✳

머나먼 바닷가

✳

어스시 전집 제3권

머나먼 바닷가

어슐러 르 귄 장편소설

최준영 · 이지연 옮김

황금가지

차례

마가목

분수의 뜰. 물푸레나무와 참나무의 어린 이파리들 사이로 3월의 태양이 빛났다. 물줄기가 그늘과 볕을 뚫고 솟아올랐다가 떨어졌다. 지붕이 없는 이 뜰은 사방이 높은 돌벽으로 둘러싸여 있었다. 그 벽들 뒤로는 방과 뜨락, 복도와 회랑, 탑들이 있어 가장 바깥쪽으로는 육중한 로크 대학당(大學堂)의 외벽에 이른다. 그 벽들은 단지 돌로만 되어 있는 것이 아니라 확고한 마법으로 세워졌기에 그 어떤 전쟁이나 지진에도, 바다 그 자체가 몰아쳐 온다 해도 버텨 낼 수가 있었다. 로크 섬은 현자들의 섬이며 마법의 기예가 전수되는 곳이기 때문이다. 로크 대학당은 학교인 동시에 마법 세계의 중심이다. 그리고 대학당의 중심은 외벽에

서 한참 들어가 깊숙이에 자리 잡은 작은 뜰이다. 분수가 춤추고, 비와 태양과 별빛 속에 나무들이 서 있는 곳이다.

분수에 가장 가까이 서 있는 나무는 잘 자란 마가목이었다. 그 뿌리 때문에 바닥의 대리석은 금이 가고 울쑥불쑥 불거져 나왔다. 분수대 주위의 풀 덮인 데에서부터 번져 나온 반짝이는 초록색 이끼가 돌이 갈라진 틈새들을 채웠다. 거기 두두룩이 솟아오른 이끼 낀 대리석 위에 한 소년이 걸터앉아 있었다. 뿜어 나와 떨어지는 물줄기 핵심부에 눈길을 둔 채였다. 거의 성년에 이르렀으나 아직은 소년인 그는 호리호리한 체격에 부유해 보이는 차림새를 하고 있었다. 부어 만든 듯 잘생긴 얼굴이 너무나도 단정하게 굳어 있어서 흡사 금빛 청동으로 주조해 놓은 듯했다.

소년 뒤로 열다섯 걸음쯤 떨어진 곳, 크지 않은 중앙 잔디밭의 반대쪽 끄드머리 나무 아래에 한 남자가 서 있었다. 이니, 서 있는 것처럼 보였다. 그처럼 명멸하며 움직이는 그림자와 따뜻한 빛 속에서는 그런지 아닌지 분명치 못했다. 그러나 흰 옷을 입고 움직임 없이 선 남자의 모습은 확실히 거기 있었다. 소년이 분수를 바라보고 있는 동안 남자는 소년을 지켜보았다. 살랑이는 나뭇잎들과 희롱하며 노니는 물, 그리고 그 물의 끊임없는 지절거림을 빼곤 소리도 움직임도 없었다.

남자가 앞으로 걸어 나왔다. 바람이 마가목을 스치며 새로 핀 잎새들을 흔들었다. 소년은 깜짝 놀라 유연한 동작으로 뛰어 일어섰다. 그러곤 남자를 향하여 고개 숙여 인사했다.

"대현자님."

남자가 소년 앞에 멈춰 섰다. 두건 달린 하얀 모직 망토를 걸친 그는 키가 작고 꼿꼿하며 생기에 가득 찬 인물이었다. 벗어 넘긴 두건 주름 위에 드러난 얼굴은 검붉었고, 코는 매부리코에다, 한쪽 뺨은 해묵은 흉터로 골져 있었다. 그의 눈빛은 활달하고도 엄했다. 그러나 말투는 상냥했다.

"앉아 있기 즐거운 곳이지, 분수의 뜰은."

그러더니 소년이 사과하기 전에 앞질러 말했다.

"먼 곳에서 왔고 지금까지 쉬지 않았구나. 다시 앉아라."

그는 흰색을 띤 분수대 가장자리에 무릎 꿇고 앉아 위쪽 물접시에서 빙 둘러 방울져 떨어지는 반짝이는 물방울들에 손을 뻗었다. 물이 그의 손가락을 타고 흘렀다. 소년은 불쑥 솟은 바닥돌 위에 앉았고, 잠깐 동안 둘 다 말이 없었다.

"너는 인라드와 인라드 제도를 관할하는 대공의 아들이라지? 모레드의 공국의 후계자고. 온 어스시에 그보다 더 오래고 순수한 혈통은 없다. 나는 봄철 인라드의 과수원을 본 적이 있단다. 베릴라의 황금빛 지붕들을 본 적이 있어……. 넌 뭐라고 불리느냐?"

"아렌이라고 합니다."

"너희 나라 방언이겠구나. 공용어로는 무슨 뜻이지?"

"검(劍)이지요."

대현자는 고개를 끄덕였다. 또다시 침묵이 흘렀다. 그러곤 소년이 말을 꺼냈다. 건방진 태도는 아니지만 수줍어하는 기색도 없었다.

"대현자께선 모든 언어를 다 아실 거라 생각했는데요."

남자는 분수를 바라보며 고개를 저었다.

"그리고 이름들도 전부 아실 거라고……."

"이름들을 전부? '첫 말'을 했던 세고이, 깊은 바다로부터 섬들을 끌어올린 그만이 모든 이름을 안단다. 그이는 분명 다 알지."

그 말과 함께 활달하고 엄격한 그 시선이 아렌의 얼굴에 머물렀다.

"내가 네 진짜 이름을 꼭 알아야 한다면, 알 수 있을 거다. 하지만 그럴 필요는 없구나. 아렌이라고 부르마. 나는 '새매'란다. 이제 말해 보렴, 여기 오기까지 여행은 어땠느냐?"

"너무나 길었어요."

"바람이 나쁘더냐?"

"바람은 좋았습니다. 하지만 제가 갖고 온 소식은 흉한 소식입니다, 새매 님."

"그러냐, 이야기해 보렴."

대현자는 진지하게 말했지만, 마치 얘기하고 싶어 안달이 난 어린애한테 두 손 든 사람 같았다. 아렌이 말하는 동안 그는 다시 수정의 장막을 이루며 수반에서 떨어지는 물방울들을 바라보고 있었는데, 그 모습은 이야기를 안 듣는다기보다 도리어 소년의 말보다 더 많은 것에 귀 기울이는 듯했다.

"대현자님도 아시겠지만, 대공이신 제 아버지는 모레드의 핏줄로, 마법을 지닌 분이십니다. 젊은 시절에 1년간 이곳 로크 섬에서 지내기도 하셨고요. 아버지가 마법을 사용하시는 일은 거의 없지만, 힘도 얼마간 지니셨고 영토를 다스리고 질서를 잡는 데 소용될 지식도 있으십니다. 도시들의 정무를 보는 일과 무역에 관련해서 말씀입니다. 저희 섬 상선들은 사파이어와 쇠가죽과 주석(朱錫) 무역을 하러 서쪽으로 나갑니다. 서원해까지 간답니다. 그런데 지난 초겨울에 선장 한 사람이 저희 도시 베릴라로 가져온 소문이 아버지 귀에 들어와, 아버지가 그 사람을 불러다가 자세한 이야기를 듣게 되었습니다."

소년은 명확하고 빠르게 이야기했다. 교양 있는 궁정 사람들에게 훈련 받은 아렌은 자기가 어리다는 자각이 없었다.

"저희 섬에서 뱃길로 이천 리쯤 떨어진 섬이 있는데, 그 선장 얘기론 그곳 나르베듀엔 섬에는 더 이상 마법이 존재하지 않는다는 거였습니다. 그곳에선 주문들이 아무 힘을 못 쓰고 마법의 말들은 잊혀졌다는 거예요. 아버지께선 마술사며 마녀들이 다들 그 섬을 떠나 버린 거냐고 물으셨습니다. 선장은 아니라고 하더군요. 마술사였던 사람들이 좀 있긴 한데, 이젠 주문을 전혀 못 쓰게 되었다는 겁니다. 주전자를 고치는 주문이나 잃어버린 바늘을 찾는 주문조차도 말입니다. 그래서 아버지께선 나르베듀엔 주민들이 혼돈에 빠지지 않았느냐 물으셨죠. 그러자 선장은 다시 아니라고 하면서 그 사람들은 신경 쓰지 않는 것 같더라고 했어요. 그들 사이에 병이 생기고 가을걷이가 형편없는 건 사실인데, 그래도 아랑곳하지 않는 것 같더랍니다. 선장이 아뢸 때 저도 그 자리에서 있었습니다. 그의 말은 이랬어요. '병자들 같았습죠. 1년 내로 죽을 거라는 얘기를 듣고 나서는 마음속으로 그럴 리가 없다, 나는 영원히 살 거라고 말하는 사람들 같더라고요. 세상이 어찌 되든 아예 관심도 없어요.' 그곳에서 돌아온 다른 상인들도 나르베듀엔이 마법의 기예를 잃고 가난한 땅이 되어 버렸다는 이야기를 되풀이했습니다. 하지만 이 모든 게 그저 원해(遠海) 이야기이고 원해 일들이란 늘 괴상했으니, 그 일에 관해 심각하게 생각한 건 제 아버지뿐이셨습니다.

그리고 새해가 되어 인라드에 새끼양 축제가 돌아왔지요. 양치기 아낙네들이 그해 처음 태어난 새끼양들을 메고 도시로 온답니다. 아버지께선 '뿌리'라는 마법사를 지명하여 새끼양들에 번창의 주문을 거는 일을 맡기셨습니다. 그런데 뿌리는 곤혹스러운 태도로 궁정으로 돌아와 지팡이를 내려놓곤 말하더군요.

'대공 전하, 주문을 말할 수가 없습니다.' 아버지가 왜냐고 물으셔도 그는 '말들도 형상화도 잊어버리고 말았습니다.'라고만 할 뿐이었죠. 그래서 아버지가 몸소 시장으로 가서 주문을 거셨고, 축제는 모두 무사히 끝났습니다. 하지만 전 그날 밤 궁정으로 돌아오신 아버지를 뵈었죠. 지친 듯 침울한 얼굴로 말씀하시더군요. '주문을 말하긴 했다만, 거기 무슨 의미가 있는지는 도무지 모르겠구나.' 아니나 다를까 올봄엔 양떼들에 문제가 있었습니다. 암양들이 새끼를 낳다가 죽고 새끼들이 사산되는가 하면 어떤 것들은……, 기형으로 태어났어요."

열의를 가지고 막힘 없이 말해 나가던 목소리가 꺾였다. 마지막 말을 하면서 소년은 몸을 움츠렸고, 침을 꿀꺽 삼켰다.

"저도 그런 놈들을 보았습니다."

잠시 아무 말도 없었다.

"제 아버지께서는 이 문제가, 그리고 나르베듀엔 이야기가 우리가 살고 있는 이쪽 세계에 무언가 나쁜 일이 일어나고 있는 증거라고 믿으십니다. 그래서 아버지는 현자 회의를 여셨으면 하고 간절히 바라고 계세요."

"널 보낸 걸 보니 아주 급박히 바라고 계시구나."

대현자가 말했다.

"너는 대공의 외아들이고 인라드에서 로크까지는 짧은 물길이 아니지. 얘기할 것이 더 있느냐?"

"산지에서 들리는 늙은 부인네들 이야기뿐이에요."

"늙은 부인들이 뭐라 말하는데?"

"연기나 고인 물에서 읽히는 점괘들이 모조리 흉조라고요. 또 사랑의 묘약이 듣지 않는다는 얘기도 합니다. 하지만 이 사람들은 진정한 마법을 모르지요."

"점괘나 사랑의 묘약은 대수로운 게 못 되더라도, 늙은 부인네들 이야기는 들을 가치가 있지. 음, 네가 가져온 이야기는 확실히 로크의 대마법사들 간에 논의할 거다. 하지만 모르겠구나, 아렌. 회의에서 네 아버님께 어떤 조언을 전해 드릴 수 있을지…… 그런 일이 벌어진 건 인라드가 처음이 아니니 말이다."

북쪽에서부터 대도(大島) 해브녀를 지나 내해를 거쳐 로크로 온 이번 여행이 아렌에겐 최초의 여행이었다. 그가 고향 땅이 아닌 나라들을 본 것은 지난 몇 주 동안이 유일했다. 아렌은 원근과 다양성에 관한 개념을 처음 깨우쳤고 인라드의 쾌적한 언덕들 너머로 커다란 세계가 있다는 것, 그리고 그 안에 아주 많은 사람들이 있다는 것을 알게 되었다. 아직은 넓게 생각하는 데 익숙지 않았기에 아렌은 대현자의 말뜻을 깨닫는 데 잠시 시간이 걸렸다. 그리고 깨달은 뒤엔 조금 낙심해 버렸다.

"다른 데라니, 어디죠?"

고향 인라드로 한시바삐 딱 들어맞는 해결책을 가져가고 싶었던 그였다.

"처음에는 남원해에서였다. 최근엔 군도의 남쪽 땅 와소트에서도 들려왔단다. 와소트에선 이제 더 이상 마법이 듣지 않는다고 그러더구나. 단정하긴 힘들지, 와소트는 오랫동안 반란이 들끓었고 노략질에 습관이 된 땅이며, 흔히들 남쪽 상인들의 말을 듣는 건 거짓말쟁이의 얘기에 귀 기울이는 거나 다름없다고 하니까. 하지만 들려오는 소식들은 하나같이 똑같았다. 마법의 봄이 말라 가고 있다는 얘기야."

"하지만 여기 로크에는⋯⋯."

"여기 로크에서는 그런 낌새는 조금도 느낄 수 없었지. 우리는 이곳에서 폭풍과 변화와 호시탐탐 기회를 노리는 모든 악으로부터 보호받고 있으니까. 아마 지나치게 잘 보호받고 있을 거다. 왕자여, 이제 어찌하려나?"

"인라드로 돌아갈 겁니다, 이 흉사의 본질이 무엇인지 뚜렷한 설명을 얻어 그 대책을 가져갈 수 있게 되면요."

대현자는 다시 한번 아렌을 보았다. 그리고 이번에 아렌은 이제껏 받아 온 모든 교육도 소용이 없이 고개를 돌려 눈을 피했다. 왜 그랬는지 알 수 없었다. 지그시 바라보는 그 검은 눈동자 속에 불쾌한 것이라고는 전혀 없었는데 말이다. 편견 없고 차분하고 공감이 어린 눈빛이었다.

인라드에서 사람들은 누구나 아렌의 아버지를 우러러보았다. 아렌은 다름 아닌 군주의 아들이었다. 그를 이런 식으로, 통치자인 군주의 아들이자 인라드의 왕자가 아닌 그저 아렌이라는 존재로 바라본 이는 아무도 없었다. 아렌은 자신이 대현자를 두려워한다고 생각하고 싶지는 않았다, 그러나 그와 눈을 마주칠 수가 없었다. 주위를 둘러싼 세계가 또다시 크게 확장되며, 이제는 인라드만이 무의미해지는 것이 아니라 자기 자신도 보잘 것없어져 대현자의 눈에 미미하게만 비친다고 느껴졌다. 위로는 막막한 암흑을 둔 너른 바다, 거기 둘러싸인 섬들의 광대한 풍경 속 작디작은 존재다.

소년은 대리석 바닥돌 틈에 자란 파릇파릇한 이끼를 만지작 거리며 앉아 있었다. 잠시 후 입을 열자 아렌은 스스로 자기 말소리를 들었다. 최근 이삼 년 사이 굵어졌던 목소리가 새되고 탁하게 들렸다.

"그리고 당신이 이르시는 대로 행할 겁니다."

"너는 네 아버지께 복종해야지, 내가 아니라."

대현자의 시선은 여전히 아렌에게 고정되어 있었다. 이제 소년은 그를 올려다보았다. 이 사람에게 신복(臣僕)하겠다고 한 것은 무의식적으로 말한 것이었다. 하지만 이제 그는 대현자를 바라보았다. 온 어스시에서 가장 위대한 마법사, 펜다워의 검은 벽을 닫아 버리고 아투안의 무덤으로부터 에레삭베의 고리를 얻어 내었으며 네프의 깊은 바다 장막을 세운 사람. 아스토웰로 부터 셀리더에 이르는 바다 전체를 아는 뱃사람이자 현재 생존

해 있는 단 한 명의 용주(龍主). 그 사람이 거기 분수 옆에 무릎 꿇고 앉아 있다. 키가 작고 이미 젊지 않으며 조용한 목소리와 밤처럼 깊은 눈동자를 지닌 사람이다.

소년은 서둘러 몸을 일으켜 똑바르게 무릎을 꿇었다. 그러곤 더듬으며 말했다.

"대현자님, 당신을 섬기게 해 주십시오!"

자신감은 이미 사라져 버려, 아렌의 얼굴은 붉게 달아오르고 목소리는 떨렸다.

소년은 허리에 칼을 차고 있었다. 붉은색과 금색으로 무늬가 새겨진 새 가죽 칼집에 들어 있지만 칼 자체는 평범한 것으로, 낡은 십자형 손잡이는 은빛 나는 청동으로 되어 있었다. 아렌은 허둥지둥 그것을 앞으로 가져와 충성을 서약하는 신하들이 군주에게 하듯이 칼자루 쪽을 대현자께 내밀었다.

대현자는 손을 뻗어 칼자루를 건드리는 대신 검을 보고 아렌을 보았다.

"그건 내 것이 아니라 네 것이다. 그리고 넌 종복이 아니야."

"하지만 아버지께서는 저더러 그 악의 정체가 무엇인지 알게 될 때까지 로크에 있어도 좋다고 말씀하셨습니다. 약간의 마법을 배우면서요……. 전 마법 기술을 모릅니다. 힘을 가진 것 같지도 않고요. 하지만 제 선조들 가운데엔 마법사가 계셨지요. 만약 제가 어떻게든 당신께 소용될 만한 걸 배울 수 있다면……."

"너의 조상들은 마법사이기 전에 왕이었다."

대현자는 일어서서 조용히 활기찬 발걸음으로 다가와 아렌의 손을 잡아 일으켜 세웠다.

"나를 섬기겠다고 한 것은 고맙구나. 지금은 받아들이지 않지만 이 문제들에 관해 논의한 뒤에는 받아들일 수 있겠지. 호의를 가지고 한 제안은 가벼이 물리칠 수 없으니까. 또 모레드의 아들의 검을 간단히 거절할 수도 없고! 이제 가거라. 너를 이리 데려온 아이가 먹고 씻고 쉬도록 돌봐 줄 거다. 가거라."

그러고는 아렌의 어깨뼈 사이를 가볍게 밀었다. 지금까지 누구도 아렌을 이렇게 허물없이 대한 적이 없었다. 다른 사람이 그랬다면 매우 화를 냈을 터였다. 그러나 소년에게 대현자의 손길은 빛의 진동처럼 느껴졌다. 아렌은 그를 깊이 사모하게 되었기 때문이다.

아렌은 활기찬 소년이었다. 오락을 즐기고, 자기가 지닌 심신의 재주에 자부심을 갖고 있었으며, 그로부터 기쁨을 얻었다. 쉽지도 단순하지도 않은 의식과 통치의 의무들도 잘 감당해 냈다. 그러나 아직까지 어떤 대상에 자신의 모든 것을 바쳐 본 적은 없었다. 아렌에겐 닥쳐 오는 모든 것이 수월했고, 그는 무슨 일이든 가뿐히 해 냈다. 모든 것이 그저 오락이었으며 열중하는 척했을 뿐이다. 그러나 이제 그의 깊은 곳이 일깨워졌다, 오락이나 단순한 꿈으로써가 아니라 명예와 위험과 지혜로써…….
흉터 진 얼굴과 조용한 목소리, 주목 지팡이를 쥔 가무잡잡한
손이 그를 일깨워 놓았다. 소년은 지팡이의 힘에 관해선 모르고
넘어갔지만, 그 손잡이 근처 검은 나무에 둘린 은빛 장식 고리
에는 '잃어버린 왕의 룬'이 새겨져 있었다.

어린 시절을 벗어나는 첫 발걸음은 그렇게 급작스럽게 이루
어졌다. 앞뒤를 가리지 않고 조심성 없이, 어떤 것도 신중하게
남겨 놓지 않고서.

아렌은 공손하게 하직 인사를 하는 것도 잊어버리고 허둥지
둥, 어색한 태도로나마 즐겁게 대현자의 명에 복종해 문으로 갔
다. 대현자 게드는 그 모습을 지켜보았다.

✳

게드는 잠시 동안 분수 옆의 물푸레나무 아래 서 있었다. 그
러고 나서 햇볕이 씻어 내린 하늘로 고개를 들었다.

"싹싹한 사자에, 나쁜 소식이로군."

그는 분수에게 말하기라도 하듯이 반쯤 목소리를 내어 말했
다. 분수는 듣지 않았고 은빛 혀로 재잘거리기만 했다. 게드는
잠시 동안 거기 귀를 기울였다. 그런 다음 또 다른 문으로 갔다.
아렌이 보지 못한 출입구였다. 아주 가까이까지 가도 좀처럼 눈

에 띄지 않는 문이다. 게드가 불렀다.

"수문사님."

나이를 알 수 없는 작은 남자가 나타났다. 젊지 않으니 늙었다고 해야겠지만 그에겐 그 말도 걸맞지 않았다. 그의 얼굴은 윤기 없는 상앗빛이었다. 그가 유쾌한 미소를 짓자 두 뺨에 기다란 곡선이 패었다.

"무슨 문제인가, 게드?"

거기 다른 사람은 없었다. 그는 세상에서 대현자의 이름을 알고 있는 일곱 사람 중 한 명이었다. 그 말고는 로크의 명명사와 오래전 곤트 산에서 게드에게 그 이름을 주었던 르 알비의 마법사 '침묵의 오지언', 그리고 곤트의 백색 숙녀인 반지의 테나가 있다. 그리고 들콩이라 불리는 이피시의 마을 마법사와, 역시 이피시에서 대목의 아내이자 세 딸의 어머니로 살고 있는, 마법에 관해서는 아무것도 모르지만 다른 일들엔 밝은 톱풀이리 불리는 여인이 있다. 그리고 마지막으로 어스시의 다른 끝인 아주 먼 서쪽에 용이 둘 있었다. 그들은 오름 엠바르와 칼레신이라고 했다.

대현자는 말했다.

"우리는 오늘 밤 만나야 합니다. 제가 조형사에게 가지요. 그리고 커렘카르머룩에게 전갈을 보내어 목록들을 접어 두고 학생들을 하룻밤 쉬게 하고 이쪽으로 오십사고 말할 겁니다. 육신이 직접 오진 못하더라도요. 다른 이들을 만나 주시겠습니까?"

"알겠네."

수문사는 웃으며 대답하고 가 버렸다. 이어서 대현자 또한 사라졌다. 분수는 이른 봄 햇살 속에 혼자 조용히 속살거리며 그칠 줄 몰랐다.

＊

로크 대학당의 서쪽 어디쯤에 가면, 종종 얼마쯤 남쪽으로 치우친 데에 '내재(內在)의 숲'이 보이곤 한다. 지도에는 그 장소가 표시될 수 없고 그리로 가는 법을 아는 자에게만 길이 있었다. 그러나 수련생이나 마을 사람들, 농부들도 그 숲을 볼 수는 있었다. 늘 일정한 거리를 두고 바라보아야 하긴 했지만……. 그렇게 보이는 숲엔 키 큰 나무들이 자라고, 그 이파리에는 봄철의 신록 속에서도 은은히 금빛이 비쳤다. 수련생과 마을 사람들, 농부들은 그 숲이 신비스럽게 이동한다고 여긴다. 그러나 그것은 착각이다. 왜냐하면 그 숲은 움직이지 않기 때문이다. 그 숲의 뿌리는 존재의 근원이며, 움직이는 것은 그 외의 모든 것이었다.

게드는 대학당을 나서서 들판을 걸었다. 한낮이었기 때문에 그는 하얀 망토를 벗어 들었다. 갈색 땅에서 쟁기질을 하던 농부가 손을 들어 인사를 했다. 게드도 똑같이 인사했다. 작은 새들이 공중으로 날아오르며 노래를 불렀다. 노는 땅과 길가에 불꽃풀이 막 피어나려 하고 있었다. 하늘 저 높이 한 마리 매가 커다란 원을 그렸다. 게드가 흘끗 올려다보고는 다시 손을 들었다. 매는 바람에 깃을 스치며 쏜살같이 내려왔다. 그러고는 게드가 내민 팔목에 곧장 내려앉아 노란 발톱으로 꽉 그러쥐었다. 그것은 보통 보는 새매가 아니라 흰색과 갈색 줄무늬가 진, 로크 섬의 덩치 큰 엔더 매로서 물고기를 먹었다. 매는 둥글고 밝은 금빛 눈 한쪽만으로 대현자를 곁눈질했다. 그런 다음 갈고리 같은 부리를 딱 마주치곤 환한 황금빛 두 눈으로 그를 정시했다.

"깁이 없구나."

대현자가 창조의 언어로 말했다.

큰 매는 홰를 치며 발톱에 힘을 넣고 그를 빤히 보았다.

"이제 가려무나, 형제여, 두려움 없는 형제여."

빛나는 하늘 아래 산비탈 저만치에서는 농부가 일을 멈추고 이 광경을 바라보고 있었다. 농부는 지난가을 대현자가 그 야생조를 팔뚝에 앉힌 다음 순간 사람의 모습이 사라지며 두 마리의 매가 바람을 타고 날아오르는 것을 본 적이 있었다.

농부가 보고 있으려니 이번에는 양쪽이 따로 떨어졌다. 새는 공중 높이 오르고 사람은 흙이 질퍽한 들판을 가로질러 걸었다.

게드는 내재의 숲으로 통하는 길을 갔다. 주위의 세계가 아무리 뒤틀려 있더라도 그 길은 항상 바로 뻗어 있어, 그 길을 따라가면 이내 숲의 그늘 속으로 들어서게 마련이다.

몇몇 나무 둥치들은 엄청나게 굵었다. 그것들을 보고 있으면 결국에는 그 숲이 결코 움직이지 않는다는 것을 믿을 수 있다. 그 나무들은 세월이 흐르며 잿빛이 된 태곳적의 탑들 같았다. 그 뿌리는 산의 뿌리와 같다.. 그러나 가장 나이가 많은 나무들 가운데에는 더러 잎이 성겨지고 죽은 가지를 단 것들이 있었다. 불멸의 나무들은 아닌 것이다. 거목들 사이에 어린 나무들이 자랐다. 휜칠하고 생기에 차 청청한 잎의 왕관을 쓴 나무들이며, 소녀만 한 키에 잎 몇 장을 단 지팡이 같은 묘목들이 자랐다.

그 나무들 아래 땅은 일 년 내내 썩어 가는 낙엽들로 덮여 있어 부드럽고 기름졌다. 거기서 고사리 같은 숲속 식물들이 자랐다. 그러나 나무는 단 한 종류뿐이었으며, 어스시의 하드 어에는 그 나무를 부르는 이름이 없었다. 그 가지들 아래 공기에서는 신선한 흙 냄새가 나며 입안에 생생한 봄물 같은 맛이 느껴졌다.

오랜 세월 동안 수많은 나무들이 쓰러져 이루어진 습지에서 게드는 조형사를 만났다. 조형사는 숲 속에 살고 있었고 거의, 아니 한번도 거기서 나온 적이 없었다. 그의 머리는 버터 같은 노란빛이었다. 그는 군도 사람이 아니었다. 에레삭베의 고리가 복원된 뒤 카르그의 야만인들은 침략 행위를 멈추고 내지 나라들과 교역을 터서 평화롭게 지냈다. 카르그 인들은 사근사근한 사람들이 못 되었기에 여전히 서로 서먹한 관계가 지속되긴 했지만, 그래도 이따금 젊은 전사나 상인의 아들이 모험의 열정에 이끌려서나 마법을 배우고 싶어서 혼자 서쪽으로 왔다. 10년 전 조형사의 모습이 그랬다. 카레고앗에서 온 젊은 야만인은 어느 비 내리는 아침 검을 차고 붉은 깃털을 단 모습으로 로크에 도착해서는 문지기를 향하여 서툰 하드 어로 도도하게 말했다.

"나는 배우러 왔소!"

그리고 이제 그는 나무들 밑 금록색 광채 속에 서 있었다. 그는 키 크고 잘생겼으며, 길고 아름다운 머리와 이국적인 푸른 눈을 하고 있었다. 바로 어스시의 조형사다.

한번도 입 밖에 낸 적은 없지만 아마 그 또한 게드의 이름을 일고 있을 것이다. 그들은 아무 말 없이 서로를 반겼다.

"무얼 보고 있나?"

대현자의 물음에 상대는 답했다.

"거미입니다."

쭉 뻗어 난 두 장의 풀잎 사이 빈 공간에 거미 한 마리가 집을 짓고 있었다. 둥근 형태가 교묘하게 지탱되어 있다. 은빛 실들이 햇살을 받았다. 그 한가운데서 거미는 무언가를 기다리고 있었다. 눈동자보다도 크지 않은 흑회색 거미였다.

"그 녀석도 조형자로군."

솜씨 좋게 만들어진 거미집을 보며 게드가 말했다.

손아래 마법사가 물었다.

"악(惡)이란 무엇일까요?"

중심에 검은 점을 단 둥근 거미집이 두 사람을 쳐다보는 것만 같았다. 게드가 대답했다.

"우리 인간들이 짜 내는 거미줄이지."

이 숲에는 새가 지저귀지 않았다. 정오의 빛 속에 사방이 고요하고 따뜻했다. 나무들과 그림자들이 주위를 둘러쌌다.

"나르베듀엔과 인라드로부터 소식이 왔네. 같은 소식이야."

"남쪽과 남서쪽, 북쪽과 북서쪽이로군요."

둥근 거미집으로부터 시선을 돌리지 않은 채 조형사가 말을 받았다.

"오늘 저녁 이리 오겠네. 의논하기 제일 좋은 곳이니."

"전 아무 말씀 못 드리겠습니다."

조형사는 이제 게드를 쳐다보았다. 그 초록빛 눈동자는 굳어 있었다.

"두려움이 있습니다. 깊은 뿌리에 두려움이 있어요."

"그렇지. 우린 깊은 원천을 찾아야 할 거야. 우리는 너무 오랫동안 햇빛을 즐겨 왔네. 고리가 온전해지면서 도래한 평화 속에 볕을 쬐면서 사소한 과업들을 이루고, 얕은 데서 낚시질을 하고 있었지. 오늘 밤 우리는 깊은 곳을 파고들어야 해."

그렇게 말한 뒤 게드는 햇빛 비치는 풀잎의 거미를 응시하는 조형사를 남겨 두고 그 자리를 떠났다.

거북의 잎새들이 평범한 땅 위로 뻗쳐 나긴 숲 끝 지점에 이르러, 게드는 커다란 나무 뿌리에 등을 기대고 앉아 지팡이를 무릎 위에 얹어 놓았다. 그는 휴식을 취하려는 것처럼 눈을 감고 언덕과 들판들 너머 로크 섬의 북쪽, 파도 몰아치는 곳에 선 외딴 탑으로 정신을 보냈다.

"커렘카르머룩."

그가 정신으로 불렀다. 그러자 명명사는 뿌리와 약초와 나뭇잎과 씨앗들, 꽃잎들의 이름이 적혀 있는 두꺼운 책에서 고개를 들었다. 학생들에게 그 이름들을 읽어 주고 있던 참이었다.

"여기 있소, 대현자."

그러고 나서 그는 이야기를 들었다. 명명사는 크고 호리호리한 늙은이였다. 거무튀튀한 두건 아래 머리가 허옜다. 필기용 책상에 앉아 있던 탑의 학생들은 명명사를 올려다보고 서로 눈짓을 했다.

"가겠소이다."

커렘카르머룩이 말했다. 그러고는 다시 책으로 머리를 수그렸다.

"이제 노랑꽃산마늘의 꽃잎은 이름을 가졌으니 그 이름은 예베라이며, 꽃받침 또한 이름이 있으니 그 이름은 파르토나스다. 그리고 줄기와 잎과 뿌리도 각각 제 이름을 가졌으니……"

　나무 아래 앉은 대현자 게드는 노랑꽃산마늘의 그 모든 이름을 알고 있었다. 그는 마법의 전언을 거두어들이고 좀 더 편하게 다리를 뻗었다. 그러곤 눈을 감은 그대로 나뭇잎 사이에 아른아른 얼비치는 햇빛 아래 이윽고 잠에 빠져 들었다.

로크의 대마법사들

로크의 학교에는 내지의 모든 섬들로부터 마법에 확실한 재능을 보이는 소년들이 최고도의 마법 기술을 배우러 찾아온다. 로크에서 그들은 갖은 마술 재주에 숙달하고, 이름들과 룬들을 배우며, 기술과 주문을 익히고, 해야만 하는 일과 해서는 안 되는 일을 배우고 또 그 이유를 깨우쳤다. 그리고 오랜 수련을 거쳐, 기술과 정신과 영혼이 보조를 맞춰 발전할 경우, 그들은 마침내 로크에서 마법사의 칭호와 힘의 지팡이를 얻게 된다. 진정한 마법사는 오직 로크에서만 만들어졌다.

모든 섬에 마술사와 마녀들이 있어 온 이래로 마법은 사람들에게 빵만큼이나 요긴하고 음악만큼이나 쾌적한 것이었으므로 마법 학교는 높이 존중받았다. 그 학교의 선생들인 아홉 현자는 군도의 위대한 공경(公卿)들보다 못할 것 없는 지위를 누렸다. 그들의 군주이자 로크의 파수꾼인 대현자는 '모든 섬들의 왕'을 빼고는 누구의 지배도 받지 않았다. 또한 그가 왕에게 복종한다 할지라도 그것은 신민으로서 경의를 표하고 성의를 다하는 것일 뿐이다. 그렇게 위대한 현자의 뜻이 다르다고 한다면 설사 왕일지라도 그로 하여금 평범한 세상의 법을 받들게끔 강제할 수는 없기 때문이다. 그러나 왕이 없는 시대에도 로크의 대현자들은 신민으로 처신하며 세상의 법을 따랐다. 로크에서 모든 것은 몇 백 년 동안 해 왔던 대로 이루어졌다. 그곳은 모든 문제들로부터 안전해 보였다. 소리가 되울리는 안뜰이며 대학당의 넓고 서늘한 복도에 소년들의 웃음소리가 울려 퍼졌다.

아렌에게 학교를 안내해 준 사람은 땅딸막한 소년이었다. 은 고정쇠로 목 부분을 여민 망토를 입고 있었는데, 그것은 그가 이미 수련생 시기를 거쳐 이제 지팡이를 얻기 위해 공부 중인 인증 받은 마술사임을 나타냈다. 그의 평소 이름은 '도박'이라고 했다.

"우리 부모님은 딸만 여섯이었어. 아버지 말씀에 일곱째를 낳은 건 운명에 맞선 한 판 도박이었다는 거야."

도박은 호감 가는 젊은이로 머리도 빠르고 말도 빨랐다. 다른 때라면 아렌도 그의 우스개를 즐겼겠지만 오늘은 마음이 너무나 복잡했다. 사실 아렌에겐 도박이 거의 안중에 들어오지 않았다. 도박은 뽐내고 싶은 생각에 이 처음 온 손님의 얼 나간 상태를 이용했다. 그는 학교에 관한 묘한 이야기들을 해 주면서 해괴한 거짓말들을 지껄여 댔다. 무슨 말을 하든지 아렌은 "어, 그래."라든가 "그렇구나."라고만 했다. 결국 도박은 아렌을 왕족 출신 바보로 여기게 되었다.

"물론 여기서 요리는 안 해."

돌로 지은 커다란 부엌을 지나치면서 도박이 말했다. 여러 칸으로 된 부엌엔 반짝이는 구리 솥과 탕탕거리는 도마 소리와 눈이 얼얼한 양파 냄새가 가득했다.

"그냥 모양으로 있는 거야. 우리는 모두 식당으로 가서 각자 먹고 싶은 걸 주문으로 불러내지. 설거지도 필요 없다고."

"그래, 그렇구나."

아렌이 예의바르게 대꾸했다.

"물론 미처 주문을 배우지 못한 신참들은 여기 와서 처음 몇 달 동안 살이 쑥 빠져. 하지만 녀석들도 배우게 되지. 늘 닭구이를 만들어 보려고 하던 해브너 애가 있었지. 만들어 놓으면 번번이 기장 죽이었어. 기장 죽 이상의 주문은 못 배우는 것 같아. 어제는 곁들여서 마른 대구도 만들었더군."

도박은 손님을 반신반의하게 만들려다 목이 쉴 지경이었다. 그는 포기하고 말을 멈췄다.

30

거대한 회랑을 걸어 지나면서 아렌이 물었다.

"대현자께선 어디서……, 어느 나라에서 오셨어?"

그는 회랑엔 눈길도 주지 않았다. 회랑 벽엔 온통 조각이 되어 있으며 둥근 천장은 천 개의 잎을 단 나무 형상을 이루고 있었는데도.

"곤트에서. 그분은 거기서 마을 염소치기였어."

이 별다를 것 없는 잘 알려진 사실을 듣고서, 인라드에서 온 소년은 돌아섰다. 그리고 도저히 믿을 수 없다는 눈길을 보냈다.

"염소치기라고?"

"해적이나 마술사가 아니라면 곤트 사람들 대부분이 염소치기야. 나는 그분이 지금 염소치기라고는 말하지 않았어. 알 거 아냐!"

"하지만 어떻게 염소치기가 대현자가 돼?"

"왕자가 대현자가 되려고 한다 해도 마찬가지지! 로크로 와서 대마법사들을 모조리 능가하고, 아투안에서 고리를 훔쳐 내고, '용의 길'을 항해하고, 에레삭베 이래 가장 위대한 마법사가된 결과로서야. 그렇지 않으면 어떻게 대현자가 되었겠어?"

그들은 회랑을 지나 북쪽 문으로 나왔다. 느지막한 오후 시간, 밭고랑이 진 언덕과 스월 읍의 지붕과 그 너머 작은 만은 밝고도 따사로웠다. 둘은 거기서 걸음을 멈추고 서서 이야기했다. 도박이 말했다.

"물론 이젠 모두 오래전 이야기지. 대현자 칭호를 얻은 이후 엔 그렇게 대단한 일들이 없었어. 대현자는 원래 아무것도 안 해. 그냥 로크 섬에 앉아 세계의 평형을 지켜볼 뿐이라고나 할 까. 그리고 그분은 이제 꽤 나이가 들었지."

"나이가 들어? 얼마나?"

"어, 마흔인가 쉰쯤 될걸."

"그분을 본 적 있어?"

"물론 봤지."

도박이 날카롭게 말했다. 이 왕족 바보 녀석은 또한 왕족 속 물이기도 한 모양이었다.

"자주 뵈었어?"

"아니. 그분은 홀로 지내셔. 하지만 로크에 처음 왔을 때 뵈었 지, 분수의 뜰에서."

"나는 오늘 거기서 그분과 이야기했어."

아렌의 어조 때문에 도박은 새삼스레 그를 쳐다보았다. 그러 곤 탁 털어놓고 이야기했다.

"3년 전 일이야. 난 아주 바싹 얼어서 그분을 제대로 쳐다보 지도 못했어. 물론 그때 나는 아주 어렸지. 하지만 거기선 무언 가를 분명하게 보기가 쉽지 않아. 내가 기억하는 건 기껏해야 그분의 목소리와 흘러내리던 분수 물 정도야."

그렇게 말한 도박은 잠시 후에 덧붙였다.

"그분은 곤트식 억양을 가졌어."

"만약 내가 용의 언어로 용들과 대화를 나눌 수 있다면 내 억양 따윈 신경 안 쓸 거야."

아렌의 말에 도박은 수긍한다는 얼굴로 그를 쳐다보고 물었다.

"여기 학교에 들어오려고 온 거냐, 왕자?"

"아니. 나는 아버지께서 대현자께 전하는 말씀을 가져왔어."

"인라드는 왕권을 지닌 공국들 중 하나지, 안 그래?"

"인라드, 일리엔, 그리고 '길' 섬이 그렇지. 해브너와 에아도 한때 그랬지만 그 나라들에선 왕들로부터 이어진 고귀한 핏줄이 이미 사라졌어. 일리엔은 바다에서 태어난 게말로부터 '모든 섬의 왕'이었던 마하리온까지 그 고귀한 혈통을 확인할 수 있지. 길에는 아캄바르와 실라이스의 집안이 있고. 인라드는 가장 유서 깊어서 모레드로부터 그의 아들 세리아드를 거쳐 인라드 집안이 이어 내려왔지."

아렌은 꿈꾸듯이 계보들을 읊었다. 그의 잘 교육받은 정신은 다른 주제에 쏠려 있는 듯했다.

"우리 생전에 해브너에 또 다른 왕을 보게 될까?"

"그에 대해선 별로 생각해 본 적이 없는데."

"난 방주(方舟) 섬에서 왔는데, 거기선 사람들이 그 생각을 해. 너도 아다시피 우리는 지금 일리엔 공국에 속해 있어. 평화가 성립된 후부터 말이지. 왕의 룬이 새겨진 고리가 해브너의 왕의 탑에 되돌아간 지 얼마나 되었더라, 17년, 18년? 그때 한동안은 모든 게 괜찮았지. 하지만 지금은 그 어느 때보다도 지독해. 이제 어스시의 왕좌에 다시 왕이 있어야 할 때야. 그 평화의 상징을 몸소 지니실 왕이 계셔야만 해. 전쟁, 침략, 물건 값을 올려 받는 상인들과 높은 세금을 매기는 공경들과 이 모든 혼란과 무법에 사람들은 진력이 나 있잖아. 로크는 길을 인도할 뿐 통치는 할 수 없어. 균형은 여기에 있지만, 힘은 왕의 손에 있어야 해."

도박은 흰소리를 집어치우고 진정한 열의로 이야기했고, 그것이 마침내 아렌의 주의를 끌었다. 아렌은 천천히 말했다.

"인라드는 풍요롭고 평화로운 땅이야. 한번도 그런 다툼에 말려든 적이 없지. 다른 땅에 혼란이 있다는 소문은 듣고 있어. 하지만 마하리온이 죽은 후로 해브너의 왕좌엔 왕이 없었잖아. 그게 800년 전이지. 섬들이 과연 왕을 받아들일까?"

"만약 평화롭게, 권세를 가지고 온다면 받아들이겠지. 즉 로크와 해브너가 그의 주장을 인정한다면 말이야."

"그리고 거기엔 이루어져야 할 예언이 있어, 안 그래? 마하리온은 다음 왕은 현자일 것이라고 했어."

"찬미사는 해브너 분이신데 그 문제에 관심이 있으시거든. 그분은 3년 동안 그 얘길 우리에게 하고 또 했어. 마하리온이 말한 건 이래. '살아서 어둠의 땅을 가로질러 저 너머 낮의 기슭

34

에 다다른 그가 나의 왕좌를 이어받으리.'"

"그러니까 현자일 수밖에."

"그래, 현자나 마법사라야 어둠의 땅 죽은 자들 가운데로 갔다가 돌아올 수 있으니까. 비록 그들은 거길 침범하지 않지만 말이야. 어쨌든 그 이야기가 나올 때면 언제나 그곳의 경계선이 단 하나뿐이며 그 경계를 넘고 나면 끝이 없는 것처럼 말하는데, 그렇다면 '저 너머 낮의 기슭'이란 뭘까? 하지만 마지막 왕의 예언은 그렇게 전해 내려왔으니, 언젠가 그 예언을 이룰 사람이 태어날 거야. 그러면 로크는 그를 알아볼 거고, 선단과 군대와 모든 땅들이 그에게 모여들 테지. 그러면 세상의 중심인 해브너의 왕의 탑에 다시 주권이 있게 되겠지. 그런 분이 나오면 나는 갈 거야. 가서 내 모든 재주를 다해 충심으로 진정한 왕을 섬길 거야."

도박은 그렇게 말해 놓곤 아렌에게 너무 열광적으로 보였을까 봐서 웃음을 터뜨리며 어깨를 으쓱했다. 그러나 아렌은 친근감을 갖고 그를 바라보며 생각했다.

'이 애는 내가 대현자를 생각하듯 왕을 생각하는구나.'

그래서 아렌은 소리 내어 말했다.

"왕한텐 너처럼 생각하는 이들이 필요할 거야."

둘은 저마다 자기 생각에 젖어, 하지만 서로 사귈 만하다고 여기며 서 있었다. 등 뒤에서 대학당의 징이 웅장하게 울렸다.

도박이 말했다.

"자! 오늘 밤은 렌즈콩과 양파 수프다. 어서 가자."

"요리를 하지 않는다고 했던 것 같은데."

도박을 따라가면서 아렌이 여진히 꿈에 젖어 말했다.

"아, 가끔은 해. 실수로 말이지."

저녁 식사엔 재료는 푸짐했어도 마술은 전혀 개입되어 있지 않았다. 식후에 그들은 부드러운 푸른 어스름 속에 들판을 거닐었다.

"여기가 로크 동산이야."

둥근 언덕을 오르면서 도박이 말했다. 이슬 맺힌 풀이 다리에 스치고, 아래쪽에 습지를 이룬 스윌 개울가에서는 작은 두꺼비들이 따뜻해져 오는 날씨와 짧아서 가는 별밤을 반겨 합창을 했다.

그 땅에는 어딘가 신비로운 데가 있었다. 도박이 나지막이 말했나.

"이 동산은 '첫 말'이 있었을 때 맨 처음 바다 위로 솟아올랐던 것이야."

"그리고 만물이 없게 될 그때 맨 마지막으로 가라앉을 것이겠지."

"그러니까 여기 서 있으면 끄떡없지."

도박은 경외심을 떨쳐 버리며 그렇게 말했지만, 곧바로 경외심에 가득 차 외쳤다.

"봐! 숲이야!"

동산 남쪽으로 땅 위에 커다란 빛이 스며 나오고 있었다. 마치 달빛 같았다. 하지만 여윈 달은 이미 동산 정상의 하늘 위에 서쪽으로 비껴 떠 있는 터였다. 그리고 그 광채 속에는 바람결에 나붓거리는 잎새들처럼 반짝이며 명멸하는 빛이 있었다.

"저게 뭐지?"

"숲에서 나오는 빛이야. 분명 선생님들이 저기 계실 거야. 사람들 말로는 5년 전 대현자를 정하기 위해 대마법사님들이 회합을 가졌을 때에도 밤새 저렇게 달빛 같은 빛이 타올랐대. 하지만 저분들이 지금은 왜 모이신 걸까? 네가 가져온 소식 때문일까?"

"아마 그렇겠지."

아렌이 말했다.

흥분과 불안에 젖은 도박은 대학당으로 돌아가서 대마법사들의 회합이 무얼 뜻하는지 뭔가 소문을 듣고 싶어 했다. 아렌은 도박과 함께 돌아가면서도 동산 비탈이 그 빛을 가려 새로 뜬 달과 봄철의 별들만 남을 때까지 몇 번이나 뒤를 돌아보았다.

돌로 된 침실의 어둠 속에서 아렌은 혼자 뜬눈으로 누워 있었다. 그는 태어나서 여태까지 줄곧 침대에서 부드러운 털 이불을 덮고서 잤다. 심지어 인라드를 떠날 때 타고 온 노 스무 개짜리 갤리선에서도 젊은 왕자에게 이보다는 나은 대접을 해 주었다. 여기서는 돌바닥 위에 짚 자리가 깔렸고 덮을 것이라곤 털천으로 된 누더기 담요 한 장뿐이었다. 하지만 아렌은 그런 것은 전혀 신경 쓰지 않았다.

'나는 세상의 중심에 있어.'

그는 생각했다.

'대마법사들은 지금 성스러운 곳에서 이야기하고 있지. 그들이 무얼 할까? 마법을 구해 낼 위대한 마법을 엮는 걸까? 정말로 세상에서 마법이 꺼져 가고 있는 것일까? 이 로크 섬마저 위협할 위험이란 게 과연 있을까? 난 여기 머물 테다. 집에 돌아가지 않겠어. 인라드의 공경이 되기보다도 그분의 방을 쓸고 닦는 게 좋아. 그분이 날 견습으로 두어 주실까? 아마 겉보기 마법 기술을 배우고 사물의 진짜 이름을 배우는 정도겠지. 아버지는 마법의 재능을 가졌지만, 나는 아냐. 어쩌면 세상의 마법은 정말로 시리저 가고 있을지도⋯⋯. 그래도 나는 그분 곁에 있겠어. 그분이 힘과 기술을 잃으시더라도 말이야. 심지어 그분을 다시 뵐 수 없다 해도, 그분이 다시는 한 말씀도 해 주지 않으시더라도.'

열띤 공상이 그를 지난 일로 휩쓸어 가, 아렌은 한순간 다시 한번 마가목 아래 뜨락에서 대현자와 마주한 자신을 보았다. 하늘은 어둡고 나무는 벌거벗었으며 분수는 침묵했다. 그는 말했다. '나의 주인님, 폭풍이 우리에게 임했습니다. 하지만 저는 곁

에 머물러 당신을 섬기겠습니다.' 그러자 대현자는 그를 향해
웃어 주었다……. 그러나 상상은 거기서 끝났다. 아렌은 그 검
은 얼굴이 미소 짓는 것을 본 적이 없었다.

아침이 되어 자리에서 일어나자, 아렌은 어제까지 소년이었
다가 오늘 어른이 된 기분이었다. 그 무엇이 닥쳐도 끄떡없을
듯했다. 그러나 막상 닥쳐온 일 앞에 그는 입만 뻐끔거렸다.

"대현자님이 이야기하고 싶어 하십니다, 아렌 왕자님."

방문 앞에 와 말을 전한 수련생 아이는 잠시 기다리다가, 아
렌이 대답할 정신을 차리기 전에 가 버렸다.

아렌은 탑 층계를 내려가 분수의 뜰로 이어진 돌 회랑에 접
어들었지만, 어디로 가야 할지 알 수 없었다. 노인 한 분이 회랑
에서 그를 맞이했다. 노인이 미소를 짓자 코에서 턱을 이어 뺨
에 깊은 주름이 졌다. 그는 어제 아렌이 항구에서 막 올라와 대
학당 문간에 이르러 만났던 사람이었다. 들어가기 전에 진짜 이
름을 말하라고 했던 바로 그 사람이다.

"이리 오려무나."

수문사가 말했다.

건물의 이 부분에 있는 방과 복도들은 조용했다. 나머지 부분
을 살아 숨쉬게 하는 소년들의 시끌벅적함이 없었다. 이곳에선
벽에 스민 장구한 세월이 느껴졌다. 오랜 옛날 그 돌들을 놓았
고 그간 보호해 온 마법이 이 장소에서는 뚜렷이 느껴졌다. 벽

에는 간격을 두고 룬들이 새겨져 있는데, 깊숙이 새겨 넣은 그 문자들 가운데에는 은으로 된 것도 있었다. 아버지로부터 하드어 룬을 배운 아렌이었지만 이것들 중에 아는 글자는 하나도 없었다. 몇 개는 의미를 거의 알 듯도 했지만, 아니면 옛날에는 알았던 것도 같지만, 확실히 떠올릴 수가 없었다.

"여기다, 얘야."

문지기가 말했다. 그는 '경'이나 '왕자' 같은 경칭을 붙이지 않았다. 아렌은 그를 따라 낮은 들보를 올린 긴 방으로 들어갔다. 방 한쪽 돌 화로에서는 불이 타고 있어서 그 불꽃이 참나무 바닥에 반사되었다. 다른 쪽엔 뾰족한 창이 나 있어 차갑고 부드러운 안갯빛이 비쳐 들어왔다. 화로 앞에 남자들이 무리지어 서 있었다. 아렌이 들어서자 모두 그를 바라보았지만, 아렌에겐 그들 가운데 단 한 사람 대현자만이 보였다. 아렌은 멈춰 서서 머리를 숙여 인사하고는 아무 말도 못하고 서 있었다. 대현자가 말했다.

"이분들이 로크의 대마법사들이시다, 아렌. 아홉 스승 가운데 일곱 분이지. 조형사는 숲을 떠나지 않을 것이고 명명사는 탑에 있단다. 북쪽으로 120리쯤 떨어진 곳이야. 이분들 모두 네가 왜 여기 왔는지 알고 계시다. 여러분, 이 소년이 모레드의 후손입니다."

아렌은 그런 표현에 자부심을 가질 수가 없었다. 두려움만 일었다. 그는 타고난 혈통을 자랑스럽게 여겼지만, 자기 자신은 다만 인라드 집안의 일원이자 공경의 후계자일 따름이라 생각했다. 인라드 집안의 시조인 모레드는 이천 년 전에 죽었다. 그의 위업은 이 세상 이야기가 아닌 전설이었다. 대현자는 아렌을 신화의 후손이자 백일몽의 계승자로 소개한 셈이었다.

감히 눈을 들어 여덟 현자들의 얼굴을 볼 수가 없었다. 아렌은 대현자의 지팡이 끝에 달린 쇠장식에 눈을 못박은 채 귓속에서 뛰는 피를 느꼈다.

"자, 같이 아침을 드십시다."

대현자는 말하고 음식을 차려 놓은 창문 아래 탁자로 사람들을 인도했다. 거기엔 우유와 시큼한 맥주, 빵, 신선한 버터와 치즈가 있었다. 아렌도 함께 앉아 먹었다.

아렌은 일생 동안 귀족과 영주들과 부유한 상인들 틈에서 지내 왔다. 베릴라에 있는 아버지의 궁정은 그런 사람들로 들끓었다. 많은 것을 소유한 자들, 많은 것을 사들이고 팔아넘기는 자들, 세상 만물을 잔뜩 소유한 사람들……. 그들은 고기를 뜯고 포도주를 마시고 큰소리로 이야기했다. 말싸움을 하고 아첨을 하고 대개들 자기 욕망을 좇았다. 아렌은 젊었지만 가식과 처세술에 관해 많은 것을 배워 알고 있었다. 그러나 이런 사람들 가운데 있어 본 적은 지금까지 한번도 없었다. 이 사람들은 빵을 먹고, 거의 말이 없으며, 얼굴은 평온하기만 했다. 설사 그들이 무엇인가를 찾는다 할지라도 그건 이기적인 욕망이 아니다. 그럼에도 그들은 위대한 힘을 지닌 사람들이었다. 아렌은 그것도 알 수 있었다.

대현자 새매는 탁자 윗자리에 앉아 이야기에 귀를 기울이는 태도를 취했다. 하지만 그의 주변에는 침묵이 감돌았고, 그에게 직접 말을 거는 사람은 아무도 없었다. 사람들은 아렌도 가만히 내버려 두었기 때문에 아렌은 마음을 추스를 시간이 있었다. 아렌의 왼쪽에는 수문사가 앉았고 오른쪽엔 친절해 보이는 머리 흰 마법사가 있었다. 그 사람이 이윽고 아렌에게 말을 걸었다.

"우리는 촌사람들이라오, 아렌 왕자. 나는 동(東)인라드에서 태어났지. 아올의 숲가에서 났다오."

"저는 그 숲에서 사냥을 한 적이 있어요."

아렌은 대답했고, 둘은 신화의 섬의 숲과 도시에 관하여 잠시 동안 이야기를 나누었다. 고향을 생각하자 아렌은 마음이 좀 편해졌다.

식사가 끝나자 다들 재차 화로 앞에 모였다. 몇은 앉고 몇은 섰다. 잠시 침묵이 감돌았다.

대현자가 말했다.

"지난밤에 우리는 회합을 가졌소. 오랫동안 얘기했지만 아직 해결을 보진 못했군요. 이제 아침 빛 속에 여러분 말씀을 들어 보고 싶소. 간밤의 결론을 지지할지 철회할지 말입니다."

땅딸막한 몸에 피부는 가무잡잡하고 눈빛이 침착한 약초사가 입을 열었다.

"우리가 해결을 보지 못했다는 것, 그게 바로 결론입니다. 그 숲에선 사물의 짜임새가 발견되지요. 하지만 우린 말다툼 말고는 아무것도 찾아내지 못했어요."

"그건 우리가 존재하는 짜임새를 제대로 보지 못했기 때문이오."

인라드 출신의 머리 흰 현자는 바로 변화사였다.

"우리가 아는 건 충분치가 않아요. 와소트의 뜬소문과 인라드에서 온 소식뿐이잖소. 해괴한 소식이니 관찰해 봐야 하겠지요. 하지만 그렇게 미미한 이유로 크게 두려워할 필요는 없소. 마술사 몇 사람이 주문을 잊었다고 해서 우리의 힘이 위협받는 건 아니오."

이어서 여윈 체격에 눈빛이 예리한 풍향사가 말했다.

"내 말이 그겁니다. 우리의 힘은 그대로잖습니까? 그 숲의 나무들이 자라지 않거나 잎을 안 내고 있나요? 하늘의 폭풍이 우리 주문에 응하지 않기라도 합니까? 누가 인간의 재주 중 가장 오래된 마법의 재주를 걱정하겠습니까?"

"아무도 없지요. 어떤 인간도 어떤 힘도 마법의 행위를 묶어 버리거나 힘의 언어를 침묵시킬 수는 없습니다. 그것들은 바로 창조의 말들이며, 그것들을 침묵시킬 수 있는 자라면 세계를 없애 버릴 수도 있을 터이니까요."

소환사의 말이었다. 그의 목소리는 굵고 나지막했다. 소환사
는 젊고 키 큰 사람으로 가무잡잡하고 우아한 얼굴을 하고 있었
다. 변화사가 말을 받았다.

"그렇소, 그리고 그렇게 할 수 있는 자라면 와소트나 나르베
듀엔에 있진 않겠지. 그는 여기 로크의 관문에 있을 거고, 그러
면 세상의 종말은 코앞일 거요! 우린 아직 그렇게까진 되지 않
았소."

"그러나 뭔가 잘못되어 있어요."

또 다른 목소리가 끼어들었고, 모두 말한 이를 바라보았다.
불 옆에 앉은 그 사람은 가슴이 딱바라지고 참나무 물통처럼 옹
골찼으며, 그에게서 울려 나온 목소리는 커다란 종의 소리처럼
온화하고 참되었다. 그는 찬미사였다.

"해브너에 있어야 하는 왕은 어디 있습니까? 로크는 세상의
중심이 아닙니다. 에레삭베의 검이 꽂혀 있는 그 탑이 중심이지
요. 바로 세리아드와 아캄바르와 마하리온의 왕좌가 있는 그곳
이요. 800년 동안 세상의 중심은 비어 있었어요! 우린 왕관이
있지만 그것을 쓸 왕이 없어요. 이제 우린 잃어버린 룬을 가졌
습니다. 왕의 룬, 평화의 룬이 우리에게 돌아왔지요. 하지만 우
리에게 평화가 있습니까? 왕좌에 왕을 앉힙시다. 그러면 평화가
내릴 겁니다. 그러면 원해 맨 가장자리에서라 할지라도 마술사

들이 평정한 마음으로 기술을 쓸 것이고, 질서가 잡히며 만물이 시절에 맞추어 돌아가게 될 것입니다."

"그렇습니다."

호리호리하고 민첩한 기예사가 말했다. 태도는 겸손했지만 그의 눈은 꿰뚫어보는 듯 맑았다.

"나도 동감입니다, 찬미사. 만사가 제 길을 벗어났다면 마법이 길을 잃은들 놀랄 게 있겠습니까? 무리가 한꺼번에 방황하고 있는데 우리 검은 양이 울타리 안에 머물러 있으려고요?"

그 말에 수문사가 소리 내어 웃었지만 말은 하지 않았다.

대현자가 말했다.

"그러면 여러분은 모두들 그리 크게 어긋난 건 없다고 보시는군요. 아니면 혹시 문제가 있다손 치더라도 그건 우리네 땅들이 다스림을 받지 못한 탓, 아니면 잘못 다스려지고 있는 탓이고 말이오. 그 탓에 인간의 온갖 재주와 고등 기술이 무시를 당하고 있다고요. 그 점엔 나도 깊이 동감합니다. 사실 우리가 뜬소문에 의지할 수밖에 없는 건 남방에 평화로운 교역이란 게 사라졌기 때문이지요. 또 나르베듀엔에서 온 이번 소식을 빼고, 서원해로부터 전갈을 가지고 무사히 온 사람이 하나라도 있었습니까? 만약에 배들이 옛날처럼 안전하게 오갈 수 있다면, 어스시의 섬들이 단단히 결속돼 있다면, 우린 멀리 떨어진 곳들에서 상황이 어떻게 돼 가고 있는지 알고 행동할 수 있을 겁니다.

45

예, 행동을 해야지요! 왜냐하면, 여러분, 인라드의 공경이 주문 속에 창조의 말을 했을 때 그 의미를 알 수 없었다고 전해 왔기 때문이에요. 조형사는 근원에 공포가 있다고 말하곤 더 아무 말도 하지 않습니다. 이게 걱정할 만한 일이 못 될까요? 폭풍이 시작될 때 수평선에는 작은 구름 한 점이 있을 뿐이지요."

수문사가 말했다.

"자네는 사악한 것들을 분별하는 능력이 있지, 새매. 항상 그랬어. 자네 생각에 뭐가 잘못되고 있는지 말해 보게."

"저는 모릅니다. 힘이 쇠해 갑니다. 대응책이 있어야 해요. 태양이 흐려지고 있습니다. 여러 마법사님들, 내겐 여기 앉아서 얘기하고 있는 우리 모두가 치명적인 상처를 입은 것처럼 느껴집니다. 피가 혈관으로부터 스며 나가고 있는데 우리는 계속 이야기하고 또 이야기하고 있는 거요."

"그래서 자네는 일어서서 행동하겠다는 서로군."

"그럴 겁니다."

"흠. 매가 날겠다는데 올빼미들이 말릴 수 있나."

"하지만 어디로 가겠다는 건가?"

변화사가 묻자 찬미사가 응답했다.

"우리의 왕을 찾아 그분을 왕좌로 데려가시겠지요!"

대현자는 찬미사에게 날카로운 시선을 던졌지만 단지 이렇게만 대답했다.

"나는 문제가 있는 곳으로 갈 겁니다."

"남쪽이나 서쪽이겠군요."

풍향사의 말을 수문사가 받았다.

"가야 한다면 북쪽과 동쪽으론들."

그러자 변화사가 말했다.

"하지만 여기에도 당신이 필요하다오, 대현자. 낯선 바다를 건너 불친절한 사람들 속으로 무작정 탐색을 나서기보다 모든 마법이 튼튼한 이곳에 머물러 당신의 재주로 이 재앙인지 소동 인지의 정체를 밝혀내는 게 더 현명하지 않겠소?"

"내 재주는 날 돕지 못해요."

대현자의 목소리에 깃든 뭔가가 모두를 숙연하게 했다. 그들 은 불안한 눈길을 다른 데로 돌렸다.

"나는 로크의 수호자입니다. 가볍게 로크를 떠나진 않아요. 여러분의 결론과 내 결론이 같길 바랐습니다. 하지만 이제 그런 건 기대할 수 없겠군요. 내가 결정을 내려야만 하겠소. 나는 가 야겠습니다."

"우리는 그 결정에 따르겠습니다."

소환사가 응답했다.

"그리고 나는 혼자 가겠습니다. 여러분 로크 의회가 깨져서 는 안 됩니다. 하지만 난 한 사람을 함께 데려갈 생각이오. 그가 가겠다면요."

대현자는 그렇게 말하고 아렌을 보았다.

"어제 날 섬기겠다고 했지. 간밤에 조형사가 말하더구나. '로크의 해안에 우연히 발을 딛는 사람은 없지요. 이 소식을 가져온 심부름꾼이 모레드의 후손이라는 것도 우연은 아닙니다.' 그러곤 밤새 다른 말은 더 하지 않더라. 그러니 묻겠다, 아렌. 나와 함께 가겠느냐?"

"예, 대현자님."

바싹 마른 목청으로 아렌이 대답했다.

"아버님 대공께선 분명 이런 위험 속에 뛰어드는 걸 허락하지 않으실 거요."

조금 날카롭게 말한 변화사는 대현자를 보았다.

"이 소년은 어리고 마법에도 훈련되어 있지 않아요."

새매는 건조하게 대답했다.

"내겐 나이도 주문도 두 사람 몫만큼 있다오. 아렌, 아버님이 어찌시겠니?"

"보내 주실 거예요."

"어떻게 아시오?"

소환사가 물었다.

아렌은 어디로 언제 왜 가자는 것인지 알지 못했다. 이 엄숙하고 솔직하고 무시무시한 사람들 앞에서 그는 당황스럽고 무안했다. 생각할 시간이 있었다면 아렌은 아무 말도 못했을 것이다. 그러나 생각할 여유는 없었다. 대현자는 그에게 물었다, "나와 함께 가겠느냐?" 하고.

"아버지는 저를 이리로 보내면서 말씀하셨습니다. '나는 세상에 닥쳐오고 있는 어둠과 위험의 시대가 두렵구나. 그래서 다른 누가 아닌 바로 너를 심부름 보내는 거다. 너라면 우리가 이 문제에 관해 현자의 섬의 도움을 청해야 할지, 아니면 거꾸로 인라드의 도움을 그분들께 제공해야 할지 판단할 수 있을 테니 말이다.' 그러니 만일 제가 필요하시다면, 전 여기 있습니다."

그 말에 그는 대현자가 미소 짓는 것을 보았다. 아주 짧은 순간이었지만 그 웃음은 너무나도 달콤했다. 대현자가 일곱 대마법사들에게 말했다.

"아시겠습니까? 나이나 마법이 여기에 무엇을 더할 수 있겠습니까?"

그러자 그들의 수긍하는 눈빛을 아렌은 느꼈다. 그러나 여전히 무엇인가 곰곰이 생각하는 듯한, 기이하게 여기는 듯한 표정들이었다. 소환사가 말했다. 눈살을 찌푸렸기 때문에 굽은 눈썹이 꼿꼿이 펴졌다.

"대현자님, 나는 이해가 안 됩니다. 당신이 가기로 하셨다면, 그건 좋습니다. 당신은 여기서 5년 동안이나 갇혀 있었으니까요. 하지만 전에 당신은 혼자였지요. 항상 홀로 다니셨잖습니까. 그런데 지금은 왜 누군가와 함께 가려고 하시는 겁니까?"

"전에는 도움이 필요했던 적이 없었기 때문이오."

새매의 목소리는 엄하게 날이 서 있는 듯하면서도 한편으론 묘한 음색을 띠었다.

"그리고 난 꼭 맞는 동반자를 찾았다오."

대현자에게 감도는 위험한 분위기를 감지하고 키 큰 소환사는 그 이상 묻기를 삼갔다. 하지만 찌푸린 표정은 펴지 못했다.

지혜롭고 인내심 많은 소처럼 차분한 눈과 거무스름한 피부를 지닌 약초사가 자리에서 일어서자 그 모습은 마치 기념비 같았다.

"가십시오, 대현자여. 그 소년을 데려가십시오. 우리의 신뢰가 전적으로 당신께 있을 것입니다."

다른 사람들도 한 사람씩 조용히 동의를 보낸 뒤 물러갔다. 이윽고 일곱 명 가운데 소환사만 남았다. 그가 말했다.

"새매, 당신 판단에 이의를 제기하려는 건 아닙니다. 그저 이 말만 하지요. 당신이 옳다면, 만약 불균형과 거대한 악의 위협이 존재한다면 와소트나 서원해를 찾아간들, 아니 세상 끝까지 항해해 간들 충분치 못할 수 있어요. 그러면 가야 할 그곳에 이 동반자를 데려갈 수 있겠습니까? 그게 정당한 일이겠습니까?"

그들은 아렌에게서 떨어져 서 있었고 소환사의 목소리는 나지막했다. 그러나 대현자는 다 들리도록 말했다.

"정당하다오."

"당신은 아는 걸 내게 다 이야기하지 않는군요."

"내가 안다면 말했을 거요. 하지만 난 아무것도 모르오. 많은 것이 추측일 뿐이오."

"내가 함께 가게 해 주십시오."

"한 사람은 문을 지켜야 해요."

"수문사가 있습니다……."

"로크의 문들만이 아니라오. 여기에 있어요. 여기 있으면서 떠오르는 해가 선명한지 지켜보시오. 그리고 돌담을 주시해서 누가 거길 넘어가고 어디서 얼굴을 돌리는지 봐 주시오. 소리 온, 거기엔 갈라진 틈이 있소. 파괴가, 상처가 있소. 그게 내가 탐색을 나서는 이유요. 만약 내가 실패하면 당신이 발견하시오. 하지만 기다려요, 부디 기다려 달라고 나는 당부하겠소."

대현자는 이제 옛 언어, 창조의 언어로 말하고 있었다. 진정한 주문은 반드시 그 언어로 읊어지며 위대한 마법의 행위는 모두 거기 의존하고 있다. 그러나 용들끼리의 대화가 아닌 한 대화에 사용되는 경우는 극히 드물었다. 소환사는 더 이상 주장도 항의도 하지 않았다. 대신 잠자코 대현자와 아렌 둘 다를 향해 그 훤칠한 머리를 숙인 다음 자리를 떴다.

화로에서 불이 타닥거렸다. 그것을 빼곤 아무 소리도 들리지 않았다. 창문 밖으론 형체 없는 흐린 안개가 깔려 있었다.

대현자는 아렌이 그 자리에 있다는 걸 잊어버린 양 불꽃을 응시하고 있었다. 소년은 화로에서 조금 떨어져 서서 지금 자리를 떠야 할지 물러가라고 할 때까지 기다려야 할지 모른 채 우물쭈물하며, 약간은 버림받은 기분을 느꼈다. 또다시 어둡고 무한한 미지의 우주에 놓인 작은 물체가 된 느낌이었다.

"우선 호트 읍으로 갈 거다."

화롯불에서 돌아서며 새매가 말했다.

"남원해의 온갖 소식이 그곳으로 모이지. 그러니 실마리를 찾을 수 있을 거야. 네가 타고 온 배가 아직 만에 대기하고 있지. 선장에게 말해서 아버님께 전갈을 드리려무나. 내 생각에 우린 되도록 빨리 떠나야 할 것 같다. 내일 새벽녘에 가는 거야. 배 창고의 계단으로 오너라."

"대현사님, 무엇을……."

아렌의 목소리는 도중에 끊겼다.

"……찾으시는 것이 무엇인가요?"

"모르겠구나, 아렌."

"그러면……"

"그러면 어떻게 찾을 거냐고? 그것도 모르겠다. 아마도 그게 날 찾겠지."

그는 아렌을 보고 빙그레 웃었다. 그러나 창문에 비치는 잿빛 광선 아래 그의 얼굴은 흡사 강철 같았다.

아렌의 목소리는 이제 떨리지 않았다.

"대현자님, 제가 모레드의 혈통을 타고난 것은 사실입니다. 그리고 어떤 혈통을 거슬러 올라가 보아도 그렇게 유서 깊은 혈통은 없다는 것도 사실입니다. 제가 당신을 섬길 수만 있다면 전 그걸 대단한 기회로 생각하고 제 일생의 영광으로 여길 것이며, 그보다 나은 일은 없다고 여길 겁니다. 하지만 저는 당신이 저를 과대 평가하신 게 아닐까 두려워요."

"그럴지도 모르지."

"저는 대단한 재능도 기술도 없어요. 단검과 귀족 검으로 겨루기는 할 줄 압니다. 배를 몰 수 있고요. 또 궁정의 춤이며 민속 춤들을 알아요. 신하들 간의 다툼을 다스릴 수 있어요. 씨름도 할 수 있고요. 활쏘기는 서툴지만 그물을 치고 하는 공놀이엔 실력이 있답니다. 노래를 부를 수 있고, 하프와 류트도 연주할 줄 압니다. 이게 전부입니다. 더는 아무것도 없어요. 제가 당신께 무슨 소용이 될까요? 소환사님이 옳아요."

"아, 봤느냐, 응? 그는 질투하고 있어. 더 오랫동안 충성을 바쳐 온 자의 특권을 주장하는 거지."

"그리고 능력도 저보다 한결 나으시지요."

"그럼 그가 나와 함께 가고 너는 뒤에 남아 있었으면 좋겠다는 거냐?"

"아닙니다! 하지만 저는 두려워서……."

"뭐가 두려우냐?"

소년의 눈에 눈물이 솟구쳤다.

"실망시켜 드릴 일이요."

대현자는 다시 불 쪽으로 몸을 돌렸다.

"앉아라, 아렌."

소년은 돌 화로 구석 자리에 와 앉았다.

"나는 너를 마법사나 전사나 어떤 완성된 존재로 착각하지 않았다. 네가 무엇인지 나는 모른다. 배를 몰 수 있다는 얘기를 들으니 기쁘다만……. 네가 장차 무엇이 될지는 아무도 모르지. 하지만 이것만큼은 충분히 알고 있다. 너는 모레드와 세리아드의 후손이다."

아렌은 말이 없었다. 그러다 마침내 말했다.

"그건 맞습니다, 대현자님. 하지만……."

대현자가 아무 말도 하지 않았으므로 아렌은 자기 말을 끝맺이야 했다.

"하지만 저는 모레드가 아닙니다. 저는 단지 저일 뿐이에요."

"네 혈통에 자부심을 갖지 않느냐?"

"물론 자부심을 느낍니다. 그것이 저를 왕자로 만들었으니까요. 그건 책무입니다. 그에 따라 살아가야 할……."

대현자는 단 한 번 단호하게 고개를 끄덕였다.

"바로 그 뜻이다. 과거를 부정하는 것은 미래를 부정하는 거야. 인간은 자기 운명을 만들지 못해. 받아들이든가 거부할 뿐이지. 마가목의 뿌리가 얕다면 훌륭한 결실을 볼 수 없겠지."

그 말에 아렌은 깜짝 놀라 바라보았다. 그의 진짜 이름 '레반 넨'은 마가목을 뜻했던 것이다. 그러나 대현자가 그의 이름을 내뱉은 건 아니었다. 대현자는 말을 이었다.

"너의 뿌리는 깊다. 너는 힘을 지녔어. 네겐 공간이, 자라날 공간이 필요해. 그래서 너에게 제안하는 거란다. 인라드의 집으로 가는 안전한 여행 대신 종점을 알 수 없는 위험한 항해를 말이다. 꼭 갈 필요는 없다. 선택은 너의 것이지. 하지만 난 네게 선택할 거리를 주마. 나는 안전한 장소에 질렸거든. 나를 에워싼 지붕과 벽들에 진력이 난다."

그는 느닷없이 말을 뚝 그쳤다. 꿰뚫는 듯한 그 시선은 아렌에게 머물렀지만 제대로 아렌을 보고 있는 건 아니었다. 아렌은 그 남자의 뿌리 깊은 초조감을 보고 두려워졌다. 그러나 두려움이 흥분에 날을 세웠다. 세게 뛰는 심장을 느끼며 아렌은 대답했다.

"나의 주인님, 전 당신과 함께 가는 것을 택하겠습니다."

마음도 머리도 경이감에 가득 차 아렌은 대학당을 나섰다. 나는 행복하다고 혼잣말을 해 보았지만 그 말은 들어맞는 것 같지 않았다. 대현자가 자신을 힘 있다고 하고 운명의 사람이라고 일컬었으니 그런 찬사는 자랑스러운 일이라고 스스로 말해 보아도 자랑스러운 기분은 들지 않았다. 왜일까? 세계 최강의 마법

사가 "내일 우리는 파멸의 끄트머리까지 항해해 갈 것이다."라
고 말하는 것을 듣고 머리를 끄덕이고 돌아왔다. 당연히 자부심
을 느껴야 하지 않을까? 그러나 자랑스럽지 않았다. 그가 느끼
는 건 경이감뿐이었다.

아렌은 가파르고 굽이굽은 스월 읍의 길을 따라 내려가 부둣
가에서 자기가 타고 온 배의 선장을 찾았다.

"나는 내일 대현자님과 함께 와소트와 남원해로 갈 걸세. 우
리 아버지 대공 전하께 말씀드리게. 내가 이 봉사에서 놓여나면
베릴라의 집으로 가겠노라고."

선장은 반갑지 않은 표정이 되었다. 그런 소식을 가져가는 사
람을 인라드 대공이 어떻게 맞이할지 알 만한 일이다.

"그에 관해 덩신 손으로 직접 쓰신 서한을 가져가야 합니다,
왕자님."

그 말은 다당헀고, 아렌은 서둘러 부둣가를 떠나(모든 걸 바
로 처리해야 할 것 같았기에) 기묘한 작은 가게 하나를 찾아내어
벼루와 붓과 털 천인가 싶을 만큼 두툼하고 부드러운 종이 한
장을 샀다. 그는 서둘러 부두로 되돌아와 선창가에 앉아 부모님
께 편지를 썼다. 이 종이를 손에 들고 편지를 읽을 어머니를 생
각하자 마음이 슬퍼졌다. 어머니는 성품이 밝고 꿋꿋한 분이었
지만, 아렌은 어머니의 행복의 토대가 바로 자신이라는 것을,
그래서 자신이 하루속히 돌아오길 고대하고 계시리라는 것을

잘 알고 있었다. 자신이 오랫동안 곁을 떠나 있으면서 어머니의 마음을 달래 드릴 방법은 아예 없었다. 아렌의 편지는 딱딱하고 간결했다. 그는 검의 룬으로 서명을 하고는 근처에 있던 뱃밥 항아리에서 역청을 조금 빌려 편지를 봉한 후 선장에게 넘겨주었다. 그러고는 "잠깐만!" 하고 말하곤 자갈돌 깔린 길을 달려서 도로 그 작은 잡화점을 찾아갔다. 가게를 찾는 데는 조금 애를 먹었다. 스월의 거리는 어딘가 유동적인 듯했다. 길이 번번이 달라지는 게 아닌가 싶을 정도였다. 그래도 그는 마침내 옳은 길을 찾아 붉은 점토 구슬 발을 문간에 장식한 그 가게로 달려갔다. 아까 먹과 종이를 살 때 쥠쇠들과 브로치가 놓인 쟁반에서 들장미 모양의 은 브로치를 본 터였다. 어머니 이름이 '장미'였다.

"저걸 사겠소."

성급하면서도 왕자다운 태도로 그가 말했다.

"오 섬의 고대 은 세공품입니다. 오래된 공예품을 볼 줄 아시는군요."

가게 주인은 아렌의 칼을, 멋진 칼집이 아닌 칼자루 부분을 보면서 그렇게 말했다.

"상아 네 갭니다."

좀 비싼 듯했지만 아렌은 토를 달지 않고 값을 지불했다. 그는 주머니 속에 내지의 섬에서 화폐로 쓰이는 상아 조각들을 꽤 갖고 있었다. 아렌은 어머니께 선물을 한다는 생각에 기뻤고 물건을 사는 게 즐거웠다. 가게를 떠나면서 아렌은 뽐내듯이 칼자루 끝에 손을 올려놓았다.

그 칼은 인라드를 떠나기 전날 저녁 아버지에게서 받은 것이었다. 아렌은 엄숙하게 그것을 받아 찼으며, 그 칼을 차는 게 무슨 의무라도 되는 양 배 위에서도 줄곧 차고 있었다. 허리춤에 걸린 칼의 무게와 영혼으로 느껴지는 기나긴 세월의 무게가 아렌에겐 기껍고 뿌듯했다. 그것은 모레드와 엘파란의 아들인 세리아드의 칼이었으며, 해브너의 왕의 탑 꼭대기에 있는 에레삭베의 칼을 제외한다면 세상에 그보다 오래된 검은 다시 없었다. 세리아드의 검은 결코 따로 보관되거나 비밀리에 간직된 일이 없이 늘 누군가가 차고 지녔다. 그러나 위대한 주문의 힘으로 벼린 칼이라 세월에 낡지도 삭지도 않았다. 그 검은 생명에 봉사하는 일이 아니고서는 한번도 갈집에서 뽑혀 나온 적이 없으며 설사 뽑으려 한들 뽑히지 않는다고 전한다. 그 칼은 살육이나 복수나 탐욕의 목적으로, 무엇을 얻으려는 싸움에서 휘둘러지는 것을 용납하지 않기 때문이다. 아렌은 귀중한 가보인 그것으로부터 보통 때 쓰는 이름을 받았다. 아이였을 적에 그는 아렌덱이라 불렸는데, 그건 '작은 칼'이라는 뜻이었다.

그는 그 칼을 써 본 적이 없었다. 그의 아버지도 할아버지도 마찬가지였다. 인라드는 오랫동안 평화로웠던 것이다.

그리고 이제 마법사들의 섬 낯선 마을의 거리에서 거기 손을 대자, 아렌에게 칼자루의 감촉은 낯설게 느껴졌다. 그 칼자루는 아렌의 손에 차갑고 어색했다. 칼은 무거워서 발걸음을 방해하며 질질 끌려오는 듯했다. 경이감은 아직 마음속에 남아 있었지만 차츰 식어 갔다. 그는 다시 부둣가로 가 어머니께 전하라고 선장에게 브로치를 준 다음 고향까지 무사히 항해하기를 빌며 작별을 고했다. 돌아서면서 아렌은 망토 자락을 당겨 그 오래된 불굴의 무기를, 자신이 물려받은 삼엄한 물건을 품은 칼집을 덮었다. 더 이상 으스댈 기분이 아니었다.

"내가 뭘 하고 있는 거지?"

좁은 길을 오르며 아렌은 혼자 말했다. 읍을 굽어보며 요새처럼 버티고 선 대학당으로 향하는 지금, 그는 더 이상 서두르지 않았다.

"왜 난 고향으로 돌아가지 않는 걸까? 알지도 못하는 사람과 알지도 못하는 목표를 향해 떠나다니, 어찌 된 거람?"

아렌은 자신의 물음에 답할 수 없었다.

호트 읍

동트기 전의 어둠 속에서 아렌은 건네받은 옷을 입었다. 바다 사람의 옷으로, 한참 입던 것이긴 하지만 깨끗했다. 옷을 입고 는 서둘러서 적막한 대학당 안의 회랑들을 통과하여 뿔과 용의 이빨을 조각해 만든 동쪽 문으로 갔다. 수문사가 거기서 그를 내보내 주며 약간 웃음을 띤 채 갈 방향을 가리켜 주었다. 아렌은 마을 맨 윗길을 따라 가다가 배 창고로 통하는 길로 꺾어 내려갔다. 배 창고는 스윌의 선착장으로부터 만의 해안을 따라 남쪽으로 좀 더 간 곳에 있었다. 아렌은 겨우 길을 찾아갔다. 나무들과 지붕과 언덕들이 어스름 속에 크고 컴컴한 덩어리로 뭉쳐 보였다. 완벽한 정적 속에 잠긴 어두운 대기는 몹시도 차가웠다. 모든 것이 조용했고, 저만큼 물러나 있는 듯 흐릿해 보였다. 오로지 어두운 바다 너머 저 동쪽으로 선 하나가 아련하면서도 선명하게 도드라져 있을 뿐이다. 수평선이었다. 아직 보이지 않는 태양 빛에 순간순간 물들어 오는 수평선이다.

아렌은 배 창고의 계단으로 갔다. 아무도 없었다. 무엇 하나 움직이지 않았다. 큼직한 뱃사람 외투와 양모 모자는 충분히 따뜻했지만, 어둠 속 돌 계단 위에 서서 기다리며 아렌은 몸을 떨었다.

여러 채의 배 창고가 검은 물 위로 컴컴한 윤곽을 짓고 있었다. 갑자기 쿵 하고 둔탁하게 울리는 소리가 나더니 같은 소리가 세 번 되풀이되었다. 아렌은 머리카락이 쭈뼛했다. 기다란 그림자가 소리없이 물 위로 나아왔다. 배였다. 배는 미끄러지듯 이쪽으로 다가왔다. 아렌은 층계를 달려 내려가 배 위에 뛰어올랐다.

"키를 맡아라."

뱃머리에 선 민활한 그림자는 바로 대현자였다.

"내가 돛을 올릴 동안 배를 잘 잡아 다오."

그들은 이미 물 위로 나와 있었다. 돛대로부터 하얀 날개처럼 펼쳐진 돛이 밝아 오는 빛을 받았다.

"서풍 덕에 만 밖까지 노 저어 나가는 수고를 덜었구나. 풍향사가 주는 작별의 선물이야. 조심해라, 아렌! 이 배는 아주 민감

하단다. 그래, 됐다. 봄의 '조화의 날'에 어울리는 서풍과 맑은
새벽이로구나."

"이 배가 멀리보기 호인가요?"

아렌은 노래와 무용담을 통해 대현자의 배 이야기를 들은 적
이 있었다. 상대방은 밧줄을 다루느라 분주했다.

"그렇단다."

배는 바람이 새로 불 때마다 불쑥 돌진하며 엇나가려 들었다.
아렌은 배를 통제하려고 애쓰면서 이를 악물었다.

"정말 민감하군요. 하지만 고집이 좀 있네요, 대현자님."

대현자가 소리내어 웃었다.

"고집을 부리게 두렴. 이 녀석은 현명하기도 하니까."

그러고 나서 그는 잠깐 말을 끊었다가 가로장 위에 무릎을
짚으며 아렌을 마주보았다.

"그리고 내 말을 들어 봐라, 아렌. 나는 이제 '대현자님'이 아
니야. 너도 왕자가 아니고. 나는 '매'라는 이름의 상인이고 넌
내 조카다. 아렌이라고 불리고, 날 따라다니며 바다를 배우는
중이지. 우리는 인라드 출신이고 말이다. 어느 마을 출신이라고
할까? 큰 읍이라야 하는데. 그렇지 않으면 그곳 사람을 만나게
될 테니까."

"남쪽 해안에 있는 테메르로 하면 어떨까요? 거기 사람들은
사방 원해로 장사를 다니거든요."

대현자가 고개를 끄덕였다. 아렌은 조심스럽게 말했다.

"하지만 주인님이 하시는 말씀은 인라드 억양이라고는 못하겠어요."

"안다. 나는 곤트 식으로 말하지."

동행자는 그렇게 말하곤 밝아 오는 동쪽을 바라보며 웃었다.

"하지만 필요한 건 네게서 빌려 올 수 있을 것 같구나. 그럼 우리는 우리 배 돌고래 호를 타고 테메르에서 온 거다. 그리고 나는 주인님이나 현자님이나 새매가 아니라……, 내 이름이 뭐였더라?"

"매요, 주인님."

그러고 나서 아렌은 혀를 살짝 물었다.

"연습해라, 조카야. 연습이 필요하지. 너는 왕자 말고 다른 게 돼 본 적이 없으니까. 그렇지만 나는 온갖 노릇을 해 봤단다. 그 중에서 맨 마지막이자 가장 별것 아닌 역할이 아마 대현자일 것이고……. 우리는 엠멜 석을 찾아 남쪽으로 가고 있는 거야. 주문을 새길 때 쓰는 푸른 돌 말이다. 인라드에서 그걸 귀하게 여기지 않느냐. 감기나 접질린 데, 목이 뻣뻣한 데, 그리고 말실수를 막아 주는 주문으로 쓴다더라."

잠시 후 아렌이 웃음을 터뜨렸다. 그런 후 머리를 들자 배는 마침 긴 파도에 올라섰고 대양 저 끝에 태양의 가장자리가 보였다. 느닷없이 전방에 황금빛 불꽃이 타올랐다.

작은 배는 거친 파도를 훌쩍훌쩍 뛰어넘었다. 새매는 한 손으로 돛대를 잡고 서서 떠오르는 춘분 날의 태양을 마주 보며 송가를 불렀다. 아렌은 마법사들과 용들의 말인 '옛 언어'를 알지 못했지만 그 말마디들 속에 담긴 기쁨과 찬미의 뜻은 알아들을 수 있었다. 그 속엔 또한 부풀어 올랐다 잦아드는 바다의 조수나 영원토록 꼬리에 꼬리를 물고 이어지는 낮과 밤의 균형과 닮은 크고 웅장한 박자가 깃들어 있었다. 바람 속에 갈매기들이 울고, 스윌 만의 해안이 오른쪽 왼쪽으로 스쳐 지나갔다. 이윽고 배는 빛으로 가득 찬 내해의 긴 파도 위로 나왔다.

로크에서 호트 읍까지는 대단한 항해라고 할 수 없지만, 그들은 바다 위에서 사흘 밤을 보냈다. 대현자는 떠날 때는 조급하게 굴었으면서 일단 길을 나서자 어지간히도 무던했다. 마법에 걸린 로크의 날씨에서 벗어난 직후 바람이 역풍으로 바뀌었지만, 그는 아무 날씨술사라도 일으킬 수 있을 미법풍을 돛에 불러들이지 않았다. 대신에 아렌에게 거센 맞바람 속에서 배를 어떻게 다스려야 하는지, 바위들이 송곳니처럼 튀어나온 이셀 동쪽 바다에서는 어떻게 해야 하는지 가르치며 시간을 보냈다. 이틀째 밤이 지나며 비가 내렸다. 거세고 차디찬 3월의 비였다. 그러나 비를 피하는 주문도 외지 않았다. 그 다음 날, 고요하고 추운 밤 안개와 어둠에 잠겨 호트 항 바깥에 정박해 있으면서 아렌은 이 문제를 생각했다. 그리고 그를 안 후로 함께 지낸 얼마

안 되는 기간 동안 대현자가 마법을 전혀 쓰지 않았다는 점을
곰곰이 생각했다.

그렇지만 뱃사람으로서 그는 비할 데가 없었다. 그와 함께한
이 사흘 동안 아렌은 베릴라 만에 배를 띄우고 시합을 벌였던
지난 10년간 배운 것보다 더 많은 것을 얻었다. 그리고 마법사
와 뱃사람이란 그렇게 동떨어진 것이 아니었다. 양쪽 모두 하늘
과 바다의 힘으로 일을 하며, 자신의 재주를 이용하여 거대한
바람을 굽히고 멀리 떨어져 있는 것들을 가까이 가져온다. 대현
자와 바다의 장사꾼 매가 거의 똑같다.

새매는 과묵한 쪽이라 해야겠지만, 성품은 더할 나위 없이 유
연하고 여유로웠다. 아렌이 서툴다고 짜증을 내는 일은 전혀 없
었다. 함께하기 좋은 사람이었다. 항해 동료로 이보다 더 좋은
사람은 없을 거라고 아렌은 생각했다. 그러나 새매는 골똘히 혼
자 생각에 들어 몇 시간이고 말 한마디 없는 일이 종종 있었다.
그러고 나서 말을 꺼낼 때면 그 목소리엔 혹독한 데가 있었고,
꿰뚫을 듯한 눈빛으로 아렌을 직시하는 것이었다. 이 때문에 소
년이 그에게 느낀 애정이 덜해지지는 않았을지라도 무작정 좋
아하는 건 좀 줄어들었을 터이다. 그런 모습은 좀 두려웠기 때
문이다. 새매도 그런 점을 느낀 듯했다. 와소트 해안까지 얼마
안 남은 곳에서 지낸 그 안개 낀 밤에, 새매는 좀 두서없이 자기
얘기를 꺼내 놓았다.

"내일이면 다시 사람들과 어울리게 될 텐데, 정말 그러고 싶지 않구나. 지금까지 자유로운 척해 왔는데……. 세상에 잘못된 게 없는 것처럼, 내가 대현자가 아니며 마술하고는 인연도 없는 것처럼 하고 있었지. 책임도 없고 특권도 없고 누구에게 어떤 의무를 갖지도 않은 테메르 사람 매인 양……."

그는 말을 끊었다가 잠시 뒤에 계속했다.

"아렌, 중대한 결정을 내려야 할 때에 섣부르게 택하지 말도록 해라. 어렸을 때 나는 존재하는 삶과 행위하는 삶 사이에서 선택을 해야 했단다. 그러곤 송어가 파리를 물듯 덥석 행위의 삶을 택했지. 그러나 사람이 한 일 하나하나, 그 한 동작 한 동작이 그 사람을 그 행위에 묶고 그로 인해 빚어진 결과에 묶어버린단다. 그리하여 계속 또 행동하도록 만드는 거다. 그러면 지금처럼 행동과 행동 사이의 빈틈에 다다르기란 정말로 어려워지지. 행동을 멈추고 그저 존재할 시간, 자신이 대체 누굴까를 궁금해할 기회를 가질 수 없는 거다."

어떻게 이렇게 대단한 사람이 자기가 누구이며 무엇 하는 사람인가 하는 의심에 빠질 수 있을까? 아렌은 그런 의심들은 미처 무엇을 이루지 못한 젊은이들에게나 있는 것이라고 생각하고 있었다.

거대하고 서늘한 어둠 속에서 배는 완만히 흔들렸다. 어둠 속에 새매의 목소리가 들렸다.

"그래서 난 바다가 좋구나."

아렌은 이해했다. 그러나 그는 이 사흘 낮밤을 두고 내내 그 랬던 대로 자신들의 과업에, 이 항해의 종착점에 온통 마음이 쏠려 있었다. 동행인이 적어도 대화를 나눌 기분은 되어 있는 이때를 타서 아렌이 물었다.

"호트 읍에서 우리가 찾는 것을 발견하게 될까요?"

새매가 머리를 흔들었다. 아니라는 것 같기도 하고 모르겠다 는 것 같기도 했다.

"그건 전염병 같은 게 아닐까요? 이 섬에서 저 섬으로 흘러가 며 작물과 가축과 사람의 영혼을 시들게 하는 역질 말이에요."

"역질은 커다란 균형의 움직임, '평형' 그 자체의 움직임이 야. 이건 다르다. 이 일은 악의 냄새를 품고 있어. 사물의 균형이 정상으로 되돌아가려 움직일 때 우리는 그 때문에 고생하긴 해 도 희망을 잃고 재주를 잃고 창조의 언어들을 잊어버리지는 않 는다. 자연이란 부자연스럽지 않아. 이것은 균형을 바로잡는 게 아니라 균형을 뒤엎는 일이란다. 그리고 그럴 수 있는 존재는 단 하나뿐이지."

"사람일까요?"

아렌이 넘겨짚었다.

"우리 인간들이지."

"어떻게 해서요?"

"삶을 향한 욕망을 주체하지 못해서."

"삶을 향한 욕망이라고요? 하지만 살고 싶어 하는 건 잘못이 아니잖아요?"

"잘못이 아니지. 하지만 우리가 삶을 지배하는 힘을 갈망하면, 끝없는 부와 철석같은 안전과 죽지 않는 생명 같은 것을 얻으려 한다면 그때는 소망이 탐욕이 되어 버린다. 그리고 지식이 그러한 탐욕과 합쳐지면 그땐 악이 생겨나지. 그러면 세계의 균형은 흔들리고, 파괴가 저울을 더 무겁게 내리누르게 된단다."

아렌은 한동안 곰곰이 생각해 보았다. 그러고 나서 마침내 말했다.

"그러면 우리가 찾는 게 사람이라고 생각하세요?"

"사람이고 현자지. 그래, 난 그렇게 생각한다."

"하지만 제 생각에는요, 제 아버지와 선생님들에게 가르침받은 길로 생각해 보면요, 균형 즉 민물의 평형에 의지하여 이루어지는 위대한 마법 기술들이 악에 이용될 수는 없을 것 같은데요."

새매는 난감한 듯했다.

"그 점에는 논쟁의 여지가 있다. '현자들의 논쟁엔 끝이 없다.'라고 하지……. 어스시의 어떤 섬에든 타락한 주문을 외는 마녀들과 돈을 벌려고 기술을 쓰는 마술사들은 있지. 그러나 여기엔 그 이상의 것이 있어. 어둠을 없애고 태양을 중천에 붙박

으려던 '불의 군주'는 위대한 현자였지. 에레삭베조차도 가까
스로 꺾었을 정도니까. 모레드의 적도 그래. 그가 나타나자 도
시가 통째로 무릎을 꿇고 군대가 그의 수하가 되어 싸웠더랬지.
그가 모레드에 맞서 만들어 낸 주문은 어찌나 강력했던지 그가
죽임당한 후에도 거둬들일 수가 없어 솔레아 섬이 바다로 덮이
고 섬 위의 모든 것이 스러졌다. 그들은 위대한 힘과 지식을 지
닌 이들이었단다. 그들의 힘과 지식은 악을 향한 의지에 봉사하
며 그 의지로 유지되었지. 더 선한 목적을 위해 쓰이는 마법이
항상 더 강한지 어떤지는 알 수 없다. 그렇기를 바랄 뿐이지."

확실함을 기대했던 곳에서 희망밖에 찾지 못한다는 것은 어
딘가 삭막한 데가 있었다. 아렌은 그처럼 싸늘한 정점에 서 있
고 싶지 않았다. 잠시 후 그가 말했다.

"왜 인간만이 악을 행한다고 말씀하시는지 알겠어요. 상어조
차도 결백하죠. 그것들이 살상을 할 땐 그래야만 하기 때문이니
까요."

"다른 무엇이 우리에게 맞설 수 없는 이유가 바로 그거란다.
사악한 마음을 먹은 인간에 맞설 수 있는 것은 세상에 단 하나
뿐이다. 바로 다른 사람이지. 우리의 수치 속에 우리의 영광이
있다. 악해질 수도 있는 우리의 정신만이 악을 이길 수도 있는
것이다."

"하지만 용들은요? 그들은 큰 악을 행하지 않는가요? 그것들

은 죄가 없나요?"

"용이라! 용들은 탐욕스러워 만족할 줄 모르는, 신뢰할 수 없는 존재지. 동정도 후회도 없는……. 그러나 그들이 악하냐고? 내가 누구기에 용들의 행위를 판단하겠느냐? 그들은 인간보다 현명해. 용들은 마치 꿈 같은 존재란다, 아렌. 우리 인간들은 꿈을 꾼다. 우리는 마법을 연구하고, 선을 행하고 악을 행하지. 용들은 꿈을 꾸지 않아. 그들 자신이 꿈이다. 그들은 마법을 연구하지 않아. 마법은 그들의 실체이며 그들 자신인 것이다. 그들은 무엇을 행하지 않아, 그대로 존재하지."

아렌이 말했다.

"세릴룬에는 인라드의 왕자 케오르가 300년 전에 죽인 바르 오스의 가죽이 있어요. 그날 이후 어떤 용도 인라드로 온 적이 없지요. 전 바르 오스의 가죽을 보았습니다. 쇠처럼 무겁고 너무나 커서, 그걸 펼친다면 세릴룬의 장터를 다 덮을 거라고 하더군요. 그 용의 이빨은 제 팔뚝만큼 길었어요. 하지만 바르 오스는 완전히 자라지 않은 어린 용이었다지요."

"용이 보고 싶은 마음이 있구나."

"예."

"그들의 피는 차갑고 독을 품고 있어. 그들의 눈을 바라봐선 안 된단다. 그들은 인류보다 오래되었지……."

새매는 잠시 침묵했다가 말을 이었다.

70

"설사 내가 했던 모든 일들을 잊어버리거나 후회할지라도, 한 번 서녘의 섬들 위로 석양 속에 바람을 타고 날던 용들을 보았던 일은 기억할 거다. 그리고 그걸로 만족할 거야."

그러곤 두 사람 다 말이 없었다. 배에 찰싹이는 바닷물의 속삭임 말고는 아무 소리도 빛도 없었다. 그리하여 깊은 물 위에서 그들은 마침내 잠이 들었다.

＊

아른아른 빛나는 아침 빛 속에 그들은 호트 항으로 들어갔다. 항구에는 수없이 많은 배들이 정박해 있거나 나가는 중이었다. 고깃배와 게잡이 어선, 트롤 어선, 무역상의 배, 스무 개의 노를 가진 갤리선 두 척, 거대한 노가 예순 개 달린, 수리 상태가 좋지 않은 갤리선 한 척, 그리고 선체가 좀 가늘고 기다란 대형 범선이 있었다. 범선은 바람 없고 뜨거운 남원해에서 높은 바람을 잡기 위해 고안된 꼭대기 삼각돛을 달고 있었다.

"저건 전함인가요?"

노 스무 개짜리 갤리선 곁을 지나칠 때 아렌이 물었다. 동행인이 대답했다.

"노예선이다, 사슬로 빗장을 친 감금실을 보면. 남원해에다 사람을 팔아넘기지."

71

아렌은 이 점을 생각해 본 뒤 선구 상자에서 검을 꺼내 왔다. 출발하던 날 아침에 잘 싸서 안전하게 실어 두었던 것이다. 아렌은 쌌던 것을 벗겨 냈지만, 결정을 내리지 못한 채 칼집에 든 그대로 칼을 두 손에 들고 서 있었다. 칼띠가 달랑거렸다.

"이건 아무래도 장사꾼 칼 같지 않아요. 칼집이 너무 좋아요."

키를 조정하기에 분주해 있던 새매가 흘끗 시선을 던졌다.

"차고 싶으면 차려무나."

"그러는 게 현명하지 않을까 생각했는데요."

"칼로 말하자면 그 칼은 현명하지. 그건 쓰이기를 꺼리는 칼이 아니냐?"

새매의 눈은 북적대는 만을 통과할 길 찾기를 게을리하지 않았다. 아렌이 고개를 끄덕였다.

"그렇다고들 하죠. 하지만 이건 살생을 한 적이 있어요. 여러 사람을 죽였다고요."

그는 손길에 닳은 미끈한 손잡이를 내려다보았다.

"이 칼은 살생한 적이 있지만 전 없어요. 이걸 보면 제가 바보처럼 느껴져요. 이건 저보다 너무나 나이를 많이 먹었거든요……. 단도를 가져갈래요."

아렌은 말을 마치고 검을 도로 싸서 선구함 깊숙이 밀어넣었다. 좀 화가 난 것 같은 복잡한 얼굴이었다. 새매는 아무 말도 하지 않고 있다가 부탁했다.

"이제 그 노를 잡아 주련, 아렌? 저 층계 옆 선창에 배를 댈 참이다."

호트 읍은 군도의 7대항 중 하나다. 시끄러운 선창가로부터 세 개의 가파른 언덕 경사면에 걸쳐 온갖 색깔이 뒤범벅된 시가지가 솟아 있다. 집들은 붉은색과 주황색, 노란색, 흰색으로 벽토를 발랐고 지붕엔 자줏빛 기와를 올렸다. 꽃이 핀 펜딕나무들이 위쪽 길을 따라 검붉게 덩어리져 있었다. 지붕에서 지붕으로 이어지는 화려한 줄무늬 포장이 좁은 장터를 그늘지웠다. 부둣가는 햇빛으로 빛났다. 그러나 선창 뒤로 이어진 거리들은 그림자와 사람들과 소음으로 가득 차 마치 검은 구멍 같았다.

배를 붙들어 맬 때 새매는 매듭을 확인하려는 듯 아렌 쪽으로 몸을 수그리고 말했다.

"아렌, 와소트에는 나를 잘 아는 사람들이 있단다. 그러니 잘 봐라, 그러면 날 알아볼 수 있을 테니까."

그러곤 자세를 바로하자, 그의 얼굴엔 흉터가 없었다. 머리카락은 완전히 허옇게 세었고 코는 두툼한 들창코였다. 그리고 자기 키만 한 주목 지팡이 대신 상아로 된 가는 봉을 들고 있었다. 그것을 윗옷 속에 집어넣으면서 그가 말했다.

"나를 알아보겠냐?"

그가 활짝 웃으며 아렌에게 말했다. 그러곤 인라드 억양으로 말했다.

"전에 네 삼촌을 본 적이 없니?"

아렌은 베릴라의 궁정에서 「모레드의 위업」을 무언극으로 공연하며 얼굴을 바꾸는 마법사들을 본 일이 있었고, 그것이 환각일 뿐임을 알고 있었다. 그래서 정신을 가다듬어 말할 수가 있었다.

"아, 네. 매 삼촌!"

그러나 현자가 항구 경비인과 정선 및 경비 요금을 흥정하는 동안, 아렌은 그가 정말 자기가 아는 사람인지를 확인하려고 계속 쳐다보고 있었다. 그 변신이 준 혼란은 줄기는커녕 보면 볼수록 더해 가기만 했다. 너무나 완벽한 변신이었다. 이 사람은 절대로 대현자가 아니고, 지혜로운 안내자도 지도자도 아니었다……. 경비인은 호된 값을 불렀고 새매는 불평을 하며 돈을 냈다. 그는 아렌과 함께 걸어가면서도 계속 구시렁거렸다.

"내 인내심을 시험하는군. 욕심으로 배때기가 늘어진 저 도둑놈에게 내 배를 지켜 달라고 돈을 내다니! 주문 하나의 반 토막만 써도 두 배는 든든할걸! 뭐, 이건 변장의 대가지……. 나한테 어울리는 말도 잊어버렸구나. 안 그러냐, 조카야?"

그들은 사람들이 득실대는 길을 따라 올라가는 중이었다. 노점보다 나을 게 없는 상점들이 줄을 지은 거리는 속되고 야한데다 냄새가 났다. 가게마다 상품들이 즐비하게 놓여 있고 수북이 쌓여 있었으며, 가게 주인은 문간에 서서 자기네 냄비와 속

74

옷, 양말, 모자, 삽, 핀, 지갑, 주전자, 바구니, 쇠갈고리, 칼, 밧줄, 못, 침대보를 위시하여 갖가지 철물이며 포목 들이 아름답고 싸다고 떠들어 댔다.

"장날일까요?"

"응?"

들창코를 가진 그 남자가 허연 머리를 숙였다.

"장날이냐고요, 삼촌."

"장날? 아니, 아니다. 여기선 1년 내내 저러고 있단다. 그 어육 단자는 됐어요, 아줌마. 아침은 벌써 먹었소!"

아렌은 아렌대로 조그만 놋쇠 항아리들을 얹은 목판을 메고 추근추근 따라붙는 사내를 떼어 놓느라 고생하고 있었다.

"사시구려, 사 보라고. 잘생긴 젊은 양반! 실망하지 않을 거요. 누미마의 장미처럼 달콤한 숨결이 여자들을 마술에 걸어 사로잡을 거라고요. 한번 시험해 봐요, 젊은 바다 도련님, 젊은 왕자님……."

새매가 돌연 아렌과 행상인 사이에 끼어들었다.

"거기 무슨 마술이 걸려 있소?"

그 남자는 새매로부터 뒷걸음질치며 당치 않다는 듯 우는 소리를 했다.

"마술이라뇨! 마술은 팔지 않습니다요, 뱃사람 나리! 그저 술마신 뒤나 하지아 뿌리를 먹은 후에 숨결을 상쾌하게 해 주는 물약일 뿐이에요. 그냥 물약이라고요, 훌륭하신 왕자 나리!"

행상인이 길에 깔린 돌 위로 고꾸라지듯 몸을 움츠리는 바람에 목판이 흔들렸고, 담겨 있던 병들이 찰그랑거리며 그중 몇 개가 쓰러졌다. 쓰러진 병 주둥이로부터 분홍빛과 보랏빛 나는 눅진한 액체 방울이 조금씩 흘러나왔다.

새매는 말없이 돌아서서 아렌과 함께 갔다. 얼마 가지 않아 사람이 뜸해지며 가게들은 딱할 만큼 초라해졌다. 진열품이라고는 구부러진 못 한 줌과 부러진 절굿공이, 털 빗는 고물 빗밖에 없는 초라한 구멍가게들이었다. 아렌에겐 이런 궁핍함이 차라리 덜 메스꺼웠다. 그 거리 반대편의 풍요로움 속에서는 팔려는 물건들과 사라고 사라고 외치는 소리에 눌려 숨막히고 질식할 것 같은 느낌이었다. 장사꾼들의 비굴한 태도도 그에겐 충격이었다. 고향인 북방 성읍의 시원하고 밝은 거리들이 떠올랐다. 베릴라엔 낯선 이를 붙잡고 저렇게 추근거리는 작자는 없다고 아렌은 생각했다.

"정말 썩어빠진 족속들이에요!"

"이쪽이다, 조카야."

동행인의 대답은 그뿐이었다. 그들은 높고 창문 하나 없는 붉은 담벼락 사이 골목으로 꺾어 들었다. 길은 산자락을 따라가다 삭아 가는 깃발들이 너덜너덜 늘어진 아치 길을 지나서 또다시 가파르게 경사진 광장의 햇살 속으로 나왔다. 또 다른 장터였다. 노점과 가판대가 빽빽하고 사람들과 파리 떼가 들끓었다.

광장 가장자리를 빙 둘러 꽤 많은 남녀가 쭈그리고 앉거나 벌러덩 누운 채 꿈쩍하지 않았다. 그들의 입은 이상하게 거무스름해서 꼭 멍든 것 같았다. 입술 주위엔 파리가 꾀어 건포도 다발인가 싶을 정도로 바글거렸다.

"너무 많구나."

새매가 말했다. 그 역시 충격을 받은 듯 낮은 목소리가 탁 막혔다. 그러나 아렌이 쳐다보자, 거기엔 아무 관심도 없이 둔감하고 천연덕스럽기만 한 장사꾼 매의 얼굴이 있을 뿐이었다.

"저 사람들은 왜 저러고 있나요?"

"하지아다. 고통을 달래 주고 감각을 마비시켜 몸이 정신으로부터 놓여나게 해 주지. 정신은 멋대로 떠돌아다니게 된단다. 하지만 정신이 육체로 되돌아왔을 땐 더 많은 하지아를 필요로 하게 돼⋯⋯. 그 욕구는 점점 커지고 수명은 줄어든다. 하지아는 독이니까. 처음엔 몸이 떨리다가 나중엔 마비가 오고, 급기야 죽음에 이르는 거야."

아렌은 햇볕으로 따뜻해진 벽에 등을 대고 앉은 여자를 바라보았다. 여자는 얼굴에서 파리를 털어 버리려는 것처럼 손을 들어 올렸지만, 그 손은 갑자기 공중을 헤집었다. 그녀는 자기 손이 어쩌고 있는지 전혀 모르는 듯했다. 손은 되풀이되는 마비나 근육의 경련으로 움직이고 있는 것 같았다. 마치 아무런 목적이 없는 주술이나 의미 없는 주문처럼.

매 또한 아무 표정 없이 그녀를 바라보고 있다가 말했다.

"가자!"

그는 장터를 가로질러서 차일을 쳐 햇빛을 가린 작은 가게들 쪽으로 갔다. 가게에 놓인 옷가지와 숄과 엮어 만든 허리띠들 위로 초록색과 주황색, 담황색, 빨간색, 엷은 파란색으로 물든 햇빛의 줄무늬들이 떨어졌다. 빛은 또 물건 파는 여자가 머리에 장식한 자잘한 거울들에 반사되어 갖가지 모양으로 춤을 추었다. 높이 틀어올려 깃털로 꾸민 머리였다. 덩치 큰 그 여자가 커다란 목소리로 읊어 댔다.

"비단, 공단, 삼베, 모피, 털 천, 양모 천, 곤트 산 양털이나 소울의 가제, 로바네리 산 비단 있어요! 이봐요, 북쪽에서 오신 양반들, 무릎까지 내려오는 외툴랑 벗어 버리지 그래요. 해가 비치는 게 안 보이우? 먼 해브너에 있는 색시한네 이걸 갖다 주면 어때요? 이걸 봐요, 남방의 비단이지. 하루살이 날개처럼 곱다우!"

그러면서 여자는 솜씨 좋게 은실을 섞어 짠 얇은 분홍색 비단 한 필을 펼쳤다.

"됐쉬다, 아줌마. 우리 마누라는 왕비가 아니라오."

매가 그렇게 말하자 여자의 목소리는 더 커졌다.

"그럼 댁네 여자들은 뭘 입소? 올 굵은 삼베, 어부 옷? 구두

쇠들은 끝없는 북쪽의 눈 속에서 꽁꽁 얼어 있는 불쌍한 여자들 한테 비단 한 조각 안 사 주려고 한다니까! 그럼 이건 어떻소, 곤트의 모직이오. 겨울 밤에도 색시를 따뜻하게 지켜 줄 거요!"

여자가 매대 위에 거창한 천을 펼쳤다. 북동쪽 섬들에서 나는, 담황색과 갈색으로 격자 무늬가 들어간 부드러운 염소털 천이었다. 가짜 상인 매는 손을 내밀어 천을 만져 보고는 피식 웃었다.

"아하, 당신 곤트 사람이구먼?"

여자가 큰소리로 말했고, 머리 장식이 까딱거리며 쏘아 보낸 수많은 색색의 점들이 차양과 옷감들에 비쳐 빙빙 돌았다.

"이건 안드라드 산이오. 알겠소? 손가락 폭에 날실이 네 가닥 밖에 안 들어갔잖소. 곤트에선 여섯 가닥이 넘게 넣어 짠단 말이오. 그런데 뭣 때문에 마법을 그만두고 겉보기만 그럴싸한 싸구려 장사로 돌아섰는지 말해 보시오. 몇 년 전에 여기 왔을 때 당신이 사람들 귀에서 불꽃을 끌어내는 걸 봤는데 말요. 그 불꽃으로 새나 금 종을 만들지 않았소? 그편이 이 장사보다 정직했는데."

"그런 건 장사라고 할 수 없지."

덩치 큰 여자가 말했다. 팔랑팔랑 까딱이는 깃털과 빛을 반사하는 거울들이 눈을 어지럽히는 가운데, 아렌은 여자의 눈이 한순간 자신과 매를 뚫어지게 쳐다보는 것을 의식했다. 마노처럼 딱딱한 눈이었다.

매는 아무것도 모르는 사람처럼 덤덤하게 말했다.

"그거 근사했는데, 귀에서 불을 끄집어내는 거 말요. 조카 녀석한테 그길 보여 주려고 했는데."

여자는 우람한 갈색 팔과 육중한 가슴을 계산대에 걸쳐 기대며 좀 누그러진 소리로 말했다.

"그렇구먼. 글쎄, 내 말 들어요. 이제 그런 속임수는 안 한다우. 사람들이 원하질 않거든. 사람들이 꿰뚫어 본단 말이오. 이 거울들 말인데, 거울을 보고 날 알아봤겠지만⋯⋯."

그러면서 여자가 고개를 홱 쳐드는 바람에 색색가지 반사광점들이 주위에 어지럽게 소용돌이쳤다.

"하여튼 이 반짝이는 거울들과 몇 마디 말과 당신한테 말 못할 다른 재주들을 동원해서 사람의 정신을 어지럽힐 수는 있소. 안 보이는 것, 실제론 없는 것을 보고 있다고 착각하게 만들 수 있지. 불꽃이나 황금 종이나 내가 어부들에게 걸쳐 주곤 하던 살구만 한 금강석이 달린 황금빛 옷 같은 것 말요. 그런 걸 보게 해 주면 그 작자들은 모든 섬의 왕이라도 된 양 거들먹거리곤 했지요⋯⋯. 하지만 그건 속임수고 바보 놀음이라오. 속이는 거야 되지. 눈앞에 손가락 하나만 쳐들어도 뱀한테 노림당한 병아리처럼 깜박 홀리니까. 닭이나 매한가지요. 하지만 결국엔 자기들이 홀라당 속고 얼혼이 빠졌던 줄을 알고는 성이 나서 그따위 일들엔 흥미를 잃는다우. 그래서 내가 이 장사로 돌아선 거요.
비단이 다 비단이 아니고 양모가 다 곤트 산은 아닐지 몰라도,
어쨌든 사람이 입긴 할 거 아니우? 입고말고! 진짜 옷감이고,
황금 천으로 된 옷처럼 순 거짓말에 헛것은 아니란 말요."

"그래요, 그래. 그러면 호트 읍에는 이제 귀에서 불을 끄집어
내는 사람도, 예전처럼 마법을 하는 사람도 아예 없다는 거요?"

그 끝마디 말들에 여자는 얼굴을 찌푸렸다. 그녀는 몸을 바로
세우곤 모직 천을 조심스럽게 개키기 시작했다.

"거짓말과 환상을 원하는 사람들은 하지아를 씹지. 원한다면
얘길 걸어 보시구려!"

여자는 고갯짓으로 광장 가장자리에서 꼼짝하지 않는 형체
들을 가리켰다.

"하지만 마술사들이 있지 않았소? 바다 사람들을 위해 바람
술법을 쓰거나 뱃짐에 행운의 주문을 걸어 주잖았소. 그 사람들
이 다들 다른 장사로 돌아섰단 말이오?"

그런데 그의 말에 여자가 갑자기 화를 내며 큰 소리로 고함
쳐 댔다.

"마술사를 원한다면 왜, 있지. 있고말고. 지팡이도 있고 뭣도
있는 대단한 마법사가 계시지! 저기 보이오? 저 작잔 딴 사람도
아닌 에그리하고 함께 항해했더라오. 바람을 만들고 수확 좋은
갤리선을 찾아내면서 말이오. 제 입으로 지껄이는 얘기지. 하지

만 그건 순 거짓부렁이었소. 결국엔 에그리 선장이 저자에게 딱 맞는 보상을 해 줬지! 오른손을 잘린 게야. 그래서 저자는 이제 저기 앉아 있소. 보쇼, 입구녕엔 하지아가 꽉 찼고 배때기엔 바람만 들었지. 허풍에다 거짓말이야! 허풍이랑 거짓말이란 말이오! 당신이 말하는 마법 어쩌고는 그게 다요, 염소 대가리 선장 양반!"

"자, 자, 마나님. 난 그냥 물어본 것뿐이오."

참을성 있게 부드러운 태도를 지키며 매가 말했다. 여자가 평 퍼짐한 등을 돌리자 거울들이 튕겨 낸 번쩍거리는 빛 점들이 마구 소용돌이쳤다. 아렌은 느릿느릿 물러나는 매 곁을 따랐다.

매의 느린 걸음에는 목표가 있었다. 두 사람은 가겟집 여자가 가리킨 남자 쪽으로 접근했다. 그 사람은 벽에 몸을 기댄 채 아무것도 바라보지 않고 있었다. 턱수염이 난 검은 얼굴은 한때는 상당한 미남이었을 듯했다. 내리쬐는 땡볕 아래 쭈글쭈글 오므라든 잘린 손목이 보기 민망하게 포석 위에 얹혀 있었다.

등 뒤로 노점들 사이에서 뭔가 소란이 일었지만, 아렌은 그 남자로부터 시선을 뗄 수가 없었다. 강한 혐오감이 그를 사로잡았다. 아주 낮은 소리로 아렌이 물었다.

"저 사람이 정말 마법사였나요?"

"저자는 아마 '산토끼'라 불리는 마법사였을 거다. 해적 에그리를 위해 일하는 날씨술사였지. 에그리 일당은 유명한 도적들인데……, 이쪽으로! 비켜서라, 아렌!"

가까운 노점들 사이에서 한 남자가 맹렬한 기세로 튀어나와 정통으로 두 사람에게 부딪쳐 왔다. 또 한 명이 끈과 타래실과 레이스를 잔뜩 얹은 접지게에 짓눌린 채 종종걸음쳐 왔다. 와장창 소리와 함께 노점 하나가 주저앉았다. 차일들이 차례차례 넘어갔고 더러는 주인이 황급히 접어 내렸다. 온 장터 여기저기서 사람들이 서로 밀치고 아귀다툼을 벌였다. 고함과 악쓰는 소리가 치솟아 올랐다. 거울 머리 장식을 한 여자의 목청이 모두를 압도하며 쩌렁쩌렁 울렸다. 아렌은 그 여자가 한 무리의 사내들을 향해 휘장 버팀대인지 지팡이 같은 것을 휘두르는 광경을 곁눈으로 스쳐 보았다. 여자는 궁지에 몰린 칼잡이처럼 막대를 마구잡이로 내둘러 사내들을 몰아내려는 참이었다. 싸움이 커져서 난리가 난 것인지, 도둑들에게 습격을 당한 것인지, 서로 경쟁하는 장사꾼 사이의 옥신각신인지 알 길이 없었다. 사람들은 빼앗기지 않도록 지키려는 자기 물건이나 빼앗아서 제 몫으로 삼으려는 남의 물건들을 한 아름씩 안은 채 북적거렸다. 칼싸움과 주먹다짐과 말다툼이 온 광장을 뒤덮었다.

"저쪽이에요."

아렌은 광장 밖으로 뻗은 가까운 곁길을 가리켰다. 거리로 나갈 참이었다. 즉시 이 장소를 뜨는 게 좋을 것이 분명했기 때문이다. 그러나 동반자가 팔을 잡았다. 아렌은 돌아보고 그 산토끼라는 남자가 일어서려고 애쓰는 것을 보았다. 산토끼는 몸을 바로 세우자 잠깐 휘청거리며 서 있더니 주위는 한번 쳐다보지도 않고 그 자리를 떠났다. 그는 광장 가장자리를 따라가면서 길을 찾거나 몸을 가누려는 듯 하나 남은 손으로 집 벽들을 스치며 걸었다.

"저자를 잘 보고 놓치지 마라."

새매가 말했고, 두 사람은 산토끼를 뒤따르기 시작했다. 그들이나 그들이 쫓는 남자를 집적이는 사람은 아무도 없었다. 그들은 곧 장터를 벗어나 침묵에 잠긴 좁고 구불구불한 길을 따라 언덕을 내려갔다.

머리 위로는 집집마다 툭 튀어나온 다락층들이 길을 건너 거의 시로 맞닿을 지경이었다. 그게 햇빛을 가렸다. 발밑의 포석은 구정물과 찌꺼기로 미끄러웠다. 산토끼는 눈먼 사람처럼 손을 벽에 끌면서도 상당히 빠른 걸음으로 나아갔다. 갈림길에서 그를 놓치지 않기 위해 새매와 아렌은 바짝 따라붙어야만 했다. 아렌은 돌연 추적의 흥분을 느꼈다. 마치 인라드의 숲에서 사슴 사냥을 하는 것 같았다. 모든 감각이 예민하게 깨어나, 아렌은 엇갈려 지나치는 얼굴 하나하나를 생생하게 보았고 들척지근한 도시의 악취를 숨쉬었다. 쓰레기와 방향제, 썩은 고기와 꽃들의 냄새였다. 사람이 붐비는 넓은 길을 가로질러 쫓아가던 중 아렌은 북소리를 들었고, 줄지어 선 벌거벗은 남녀의 모습을 언뜻

보았다. 저마다 손목에 쇠사슬이 채워져 줄줄이 엮여 있고 떡진 머리카락이 얼굴에 내리덮여 있었다. 흘긋 본 것뿐, 산토끼를 쫓아 몸을 비끼는 바람에 그들의 모습은 스쳐 가 버렸다. 산토끼는 긴 층계를 내려가 좁다란 공터로 나가려는 참이었다. 공터엔 샘가에서 소문 얘기를 쑥덕거리는 아낙네들뿐이었다.

거기서 새매는 산토끼를 따라잡아 그의 어깨에 한 손을 얹었다. 산토끼는 데기라도 한 것처럼 화들짝 놀라며 어느 집의 육중한 대문 처마 밑으로 물러섰다. 그러곤 쫓기는 짐승처럼 멍한 눈으로 그들을 응시했다.

"당신이 산토끼라 불리는 사람이오?"

그렇게 묻는 새매는 본래의 목소리였다. 음색은 거칠지만 어조는 부드러웠다. 상대방은 아무 말도 하지 않았다. 무슨 소리를 하든 아예 들을 마음도 없는 듯했다. 새매가 말했다.

"당신에게 원하는 게 있소."

다시 아무 응답이 없었다.

"대가는 지불하겠소."

그러자 느린 반응이 나왔다.

"상아로, 금으로?"

"금으로."

"얼마나?"

"마법사는 주문의 가치를 알지."

산토끼의 얼굴이 움찔 변했다. 순간적으로 일어난 생기는 너무나도 갑작스러워 마치 불꽃이 팔락 피어나는 듯했다. 그러곤 공허함이 도로 그 생기를 묻어 버렸다. 그가 말했다.

"그건 다 지난 얘기요. 다 없어졌어."

그는 발작적으로 기침을 하며 몸을 숙였고, 시커먼 침을 뱉어 냈다. 도로 몸을 일으켰을 때 그는 맥없이 몸을 떨며 좀 전에 하던 이야기는 아예 잊어버린 듯했다.

아렌은 다시 정신없이 그 남자를 바라보았다. 그가 서 있는 곳은 문간을 지키는 두 개의 거대한 석조상 사이의 구석진 자리였다. 석상들은 박공벽의 하중 아래 목을 굽히고 근육이 울퉁불툭한 몸을 일부만 벽 밖으로 노출시킨 모습이었다. 마치 돌에서 빠져나와 생명을 얻으려고 몸부림치다가 실패한 깃만 같았다. 석상들이 지키는 문은 돌쩌귀에 달린 채 썩어 들어갔다. 한때는 궁전이었으나 이제 폐기인 집이다. 굴곡이 지고 엄숙한 기인들의 얼굴은 쪽이 떨어졌고 돌이끼가 끼어 있다. 이 엄숙한 형상들 사이에 산토끼라 불리는 남자의 후줄근하고 섬약한 몰골이 서 있었다. 그의 눈은 그 빈 집의 창문들처럼 어두웠다. 산토끼는 불구가 된 손을 들어 보이며 애걸하는 소리를 했다.

"이 불쌍한 병신에게 동냥 좀 해 주십쇼, 나리……."

현자는 괴로운 듯, 아니면 수치스러운 듯 얼굴을 찌푸렸다. 아렌은 잠시 변장 아래 숨겨진 현자의 진짜 얼굴을 보았다고 생각했다. 현자는 다시 산토끼의 어깨에 손을 올리고 아렌은 이해 못할 마법의 언어로 부드럽게 몇 마디 했다.

산토끼는 그 말을 알아들었다. 그는 하나뿐인 손으로 새매를 움켜잡고 더듬거렸다.

"당신은 아직도 말할 수가……, 말할 수……. 나하고 갑시다. 이리 오시오."

현자는 아렌을 흘긋 본 후 고개를 끄덕였다.

그들은 비탈진 거리를 걸어 내려가 호트 읍의 세 언덕들 사이에 골진 골짜기 중 한쪽으로 들어섰다. 길은 갈수록 점점 좁아지고 더 어두워지고 조용해졌다. 하늘은 머리 위로 뻗어 나온 처마들 사이로 기다랗게 창백한 띠를 이루었다. 양쪽 벽은 습기에 눅눅히 젖어 있었다. 골짜기 밑바닥으로 개천이 흘렀는데, 열려 있는 시궁창처럼 악취가 코를 찔렀다. 아치를 그린 다리와 다리 사이로 집들이 뚝방을 따라 다닥다닥 모여 있었다. 산토끼는 이중 한 집의 문간으로 돌아 들어가 꺼지는 촛불처럼 모습을 감췄다. 새매와 아렌은 그를 따랐다.

불 안 켜진 층계 계단이 발밑에서 휘우뚱거리며 삐그덕삐그덕 소리를 냈다. 층계 꼭대기에 간 산토끼가 문을 밀어 열자 비로소 그 장소가 보였다. 한쪽 구석에 짚을 채운 요가 한 장 깔려 있고, 꽉 닫아 둔 흐린 창문이 하나 있어 먼지투성이 빛이 약간 새어드는 빈 방이었다.

산토끼는 돌아서서 새매를 마주하고는 다시 그의 팔을 붙잡았다. 산토끼의 입술이 움직였다. 그러곤 마침내 더듬으며 말을 했다.

"용(龍)……, 용……."

새매는 차분히 그의 시선을 되받으며 아무 말도 하지 않았다.

"나는 말할 수가 없어요."

산토끼는 그렇게 말했고, 새매의 팔을 놓아주곤 맨바닥에 웅크리며 흐느껴 울었다.

현자는 그 옆에 무릎을 꿇고 옛 언어를 써서 부드럽게 말했다. 아렌은 칼자루에 손을 얹은 채 닫힌 문 곁에 서 있었다. 그 음울한 광선과 먼지투성이 방, 무릎 꿇고 앉은 두 사람, 용의 언어를 말하는 현자의 부드럽고 낯선 음성, 이 모든 것이 꿈처럼 한데 어우러졌다. 외부에서 일어나는 일들이나 흐르는 시간과는 동떨어진 채…….

산토끼가 천천히 일어섰다. 그는 하나 남은 손으로 무릎의 먼지를 털고 불구인 팔은 등 뒤로 숨겼다. 그는 주위를 둘러보고, 아렌을 쳐다보았다. 이젠 앞에 있는 것들을 제대로 보는 눈이었다. 산토끼는 뒤로 돌아 요 위에 가 앉았다. 아렌은 선 채로 경계를 풀지 않았다. 하지만 새매는, 어린 시절 세간살이 없이 살았던 사람답게 소박한 태도로 맨바닥에 그대로 책상다리를 하고 앉았다. 그러곤 물었다.

"어쩌다가 당신 기술을 잃고 그 언어를 잃고 말았는지 말해 주시오."

산토끼는 한동안 대답이 없었다. 그는 망가진 팔로 넓적다리를 두드리기 시작했다. 초조하게 반복되는 발작적인 동작이었다. 그러다간 마침내 간신히 쥐어짠 말을 터뜨려 놓았다.

"놈들이 내 손을 잘랐소. 나는 주문을 욀 수가 없어요. 놈들이 내 손을 잘랐다고. 피가 흘러 나갔소, 말라붙었지."

"그러나 그건 당신이 힘을 잃고 난 후의 일이오, 산토끼. 그렇지 않고는 그런 짓을 할 수 없었소."

"힘······."

"바람과 파도와 사람을 다스리는 힘. 당신이 이름으로 부르면 그들은 복종했소."

쉬어터진 작은 소리로 산토끼가 말했다.

"그래. 내가 살아 있었을 때를 기억하오. 나는 그 말을 알고 이름들을 알았더랬지······."

"지금은 죽었소?"

"아니오. 살아 있소. 살아 있지. 하지만 나는 한때 용이었어요······. 나는 죽지 않았어. 가끔씩 자는 거요. 잠은 죽음에 아주 가깝지, 모두들 그걸 아오. 죽은 사람들은 꿈속을 걷소. 모두들 알아요. 그들은 살아 와서는, 말을 해 주지. 그들은 죽음으로부터 걸어 나와 꿈속으로 들어오지. 길이 있어요. 아주 멀리 가면 거기엔 언제라도 돌아오는 길이 있소. 있고말고. 어디를 보아야 할지 안다면 찾아낼 수 있소. 기꺼이 대가를 치를 용의가 있다면 말이지."

"그 대가가 뭐요?"

떨어지는 나뭇잎의 그림자처럼, 새매의 말은 어슴푸레한 허공에 떠돌았다.

"생명이오. 아니면 뭐겠소? 삶이 아닌 다른 무엇으로 삶을 살 수 있겠소?"

산토끼는 잠자리에 앉아 앞뒤로 몸을 흔들었다. 그 눈에 담긴 빛은 교활하고도 미친 듯했다. 그가 말했다.

"알겠소? 놈들은 내 손을 자를 수 있소. 내 머리를 자를 수도 있지. 그래도 상관없소. 나는 돌아오는 길을 찾을 수 있다고. 나는 어디를 봐야 할지 알거든. 오직 힘을 지닌 사람만이 그곳에 살 수 있소."

"마법사 얘기요?"

"맞소."

산토끼는 멈칫거렸다. 그는 몇 번이나 그 말을 하려고 시도하는 것 같았지만 말하지 못했다.

"힘을 지닌 사람들."

그는 그렇게 되풀이했다.

"그리고 그들은 반드시, 반드시 그걸 내놓아야 해. 값을 치르는 거지."

그러고 나서 '값을 치른다'는 말이 마침내 마법사와의 거래를 생각나게 하여, 자신이 정보를 파는 대신 그냥 흘려보내고 있었다는 것을 깨달은 듯 산토끼는 부루퉁해졌다. 그 이상은 그로부터 아무것도 얻어 낼 수 없었다. 새매가 뭔가 의미를 찾은 듯한 그 '돌아오는 길'에 대한 어떤 암시도, 더듬거리는 말마디도 아예 없었다. 그래서 현자는 곧 일어섰다.

"글쎄, 반쪽짜리 대답이라도 없는 것보단 낫지. 대가를 치르는 데 있어서도 마찬가지고."

그러고는 요술쟁이처럼 재치 있게 금 한 닢을 튀겨서 산토끼 앞 침상 위로 떨어뜨렸다.

산토끼는 그걸 집었다. 그는 머리를 홱홱 움직여 금과 새매와 아렌을 쳐다보았다.

"기다려요."

그가 더듬거렸다. 상황이 바뀌자마자 그는 자제력을 잃어버리고 자기가 말하려고 했던 것을 불쌍하게 더듬어 기억해 냈다.

"오늘 밤."

그가 마침내 말했다.

"기다려요. 오늘 밤. 나한테 하지아가 있소."

"나는 그게 필요 없소."

"당신에게 보여 주기 위해서, 그 길을 보여 주기 위해서요. 오늘 밤. 내가 당신을 데려갈 거요. 당신에게 보여 주겠소. 당신은 거기에 갈 수 있어요. 왜냐하면 당신은……, 당신은…….”

산토끼는 그 단어를 찾으려고 쩔쩔맸고 결국 새매가 말했다.

“나는 마법사지.”

“맞아요! 그러니 우리는 할 수 있어……, 거기 갈 수 있어요. 그 길로 갈 거요. 내가 꿈을 꿀 때. 꿈속에서. 알겠소? 내가 당신을 데려가겠소. 나와 함께 가는 거요. 그……, 그 길로 말이오.”

새매는 그 침침한 방 한가운데 꿋꿋이 생각에 잠겨 서 있었다. 그러다가 이윽고 이렇게 말했다.

“그럴 수도 있겠군. 오게 되면 어두워질 때쯤 해서 오겠소.”

그러고 나서 그는 아렌 쪽으로 돌아섰다. 한시라도 빨리 자리를 뜨고 싶었던 아렌은 바로 문을 열었다.

산토끼의 방을 나오자 그늘에 가리고 습기 찬 거리가 환한 뜨락같이 느껴졌다. 둘은 최대한 빠른 길을 택해 도시의 상층부로 질러 올라갔다. 담쟁이덩굴이 자란 집 벽 사이로 가파르게 경사진 돌 층계 길이었다. 아렌은 바다사자처럼 마셨던 숨을 뱉었다.

“맙소사! 저길 다시 갈 거예요?”

“글쎄다, 그럴 거다. 어디 덜 위험한 데서 같은 정보를 얻을 수 없다면 말이지. 저자는 복병을 숨겨 놓을 것 같구나.”

“하지만 도둑이나 뭐 그런 패거리한테서야 방비가 되어 있으시잖아요?"

"방비가 돼 있어? 무슨 얘기냐? 너는 내가 신경통을 겁내는 노파처럼 주문을 친친 감고 나아간다고 생각하는 거냐? 그럴 시간은 없었다. 난 우리 목적을 숨기기 위해 내 얼굴을 숨기고 있고, 그게 다야. 우린 서로 지켜 줄 수 있지. 그렇지만 이번 여행에서 우리가 위험을 피해 몸을 사릴 수는 없으리란 게 사실이란다."

"물론 그렇죠. 전 몸을 사리려고 한 적 없어요."

아렌이 화가 나서 딱딱하게 말했다. 그는 자존심 때문에 화가 났다.

"다행이구나."

현자는 그렇게 말했다. 고지식한 말이었지만 좋은 마음으로 스스럼없이 한 소리라 아렌은 기분이 누그러졌다. 사실 아렌은 화를 내 놓고는 깜짝 놀란 참이었다. 대현자에게 그런 소릴 하게 될 줄은 생각도 해 본 적이 없었다. 하지만 그러고 보면 이 사람은 대현자이면서 대현자가 아니기도 했다. 사자코에 각진 체구, 꼴사납게 면도한 뺨을 지닌 이 매라는 사람은 말이다. 그 목소리는 어떤 때엔 이 사람이었다가 또 어떤 때엔 다른 사람이 되었다. 기대기 힘든 낯선 사람이다.

"그게 말이 되나요? 그자가 한 말 말이에요."

아렌은 악취 나는 강물 위 그 컴컴한 방으로 돌아가고 싶지 않았다.

"살아 있느니 죽었느니, 머리를 잘려도 돌아온다느니, 죄다 허튼소리 아닌가요?"

"말이 되는지는 모르겠구나. 나는 힘을 잃은 마법사와 이야기하려고 했다. 하지만 그는 잃어버린 게 아니라 줘 버렸다고 말했지. 팔아 버렸다고. 팔아서 뭘 샀다는 걸까? 삶으로 삶을 산다고 했지, 그자가. 힘을 힘으로 바꾼다고 말이다. 아니, 나는 이해 못하겠다. 하지만 들어 볼 가치는 있지."

새매의 변함없는 분별 앞에 아렌은 더욱 부끄러움을 느꼈다. 자신이 성급하게 칭얼대는 어린애처럼 느껴졌다. 산토끼를 보고 혼이 빠졌던 아렌이었지만 이제 넋 나간 상태를 벗고 보니 상한 것을 먹은 듯한 메스꺼운 기분이 들었다. 성질을 다스릴 수 있게 될 때까지는 다시 말을 꺼내지 말자고 아렌은 마음먹었다. 그러나 다음 순간 낡고 미끌미끌한 계단을 잘못 디뎌 미끄러져 버렸고, 몸을 가누려다 돌에 손을 긁히고 말았다.

"에잇, 이 더러운 도시에 저주가 내려라!"

아렌은 화가 나서 내뱉었다. 그러자 마법사가 냉정하게 대꾸했다.

"내가 보기엔 그럴 필요도 없겠는데."

아닌 게 아니라 호트 읍은 잘못되어 있었다. 공기 자체가 어딘지 글러 있어, 이곳이 정말 저주에 걸려 있는 게 아닐까 싶었

다. 하지만 그것은 뭔가가 있어서가 아니라 차라리 뭔가가 결여
되어서, 모든 게 약화되어서 생긴 현상으로서 방문자의 정신마
저도 곧 감염시킬 질병 같았다. 따사로운 오후의 햇볕조차도 병
든 듯했고 3월의 볕이라기엔 너무 뜨거웠다. 광장과 거리는 활
동하고 거래하는 이들로 부산스러웠지만 그 안에는 질서도 번
영도 없었다. 물건들은 형편없고 물가는 비쌌으며, 도둑과 부랑
자들이 득실거리는 시장은 행상인에게나 손님에게나 똑같이 위
험했다. 길거리엔 여자들이 별로 없었고, 있다 해도 몇씩 무리
를 지어 다녔다. 법도 통제도 없는 도시였다. 사람들과 이야기
를 나누면서 아렌과 새매는 곧 호트 읍에 사실상 의회도 대표도
다스리는 공경도 남아 있지 않다는 것을 알게 되었다. 전에 이
도시를 통치하던 사람들 중 몇은 죽고 몇은 물러났으며 어떤 이
들은 암살당했다. 온갖 종류의 우두머리들이 그 도시를 조각조
각 갈라 지배하고, 항구 경비원들은 항구를 운영하며 제 주머니
를 채웠다. 만사가 그런 식이었다.

　이제 이 도시엔 중심이 없었다. 사람들은 끊임없이 움직이고
있지만 목적이 없어 보였다. 장인들에겐 물건을 잘 만들려는 의
지가 없었다. 강도들조차도 그저 할 줄 아는 게 그 짓이라서 강
도질을 하는 것 같았다. 표면적으로는 큰 항구 도시라면 어디든
지 있는 말다툼과 활기가 있었지만 그 변두리에는 꼼짝도 없이
앉아 있는 하지아 복용자들이 있었으며, 한 꺼풀만 들추면 무엇

하나 순수한 진짜로 느껴지지 않았다. 얼굴도, 목소리도, 냄새들조차도……. 새매와 아렌이 거리를 걸으며 이 사람 저 사람과 이야기를 나눈 그 길고 후덥지근한 오후 동안 그것들은 때때로 깡그리 꺼져 없어져 버릴 것만 같았다. 흐릿해져서 그대로 사라져 버리는 것이다. 줄무늬 진 천막들과 더러운 자갈길, 색색의 벽들, 그리고 존재하는 것들의 생생함이 모두 사라진 뒤 남아 있는 도시는 몽롱한 햇빛 속에 꿈속처럼 텅 비고 음산했다.

오후 늦게 두 사람이 잠깐 쉬러 올라간 도시 정상부에서만 이런 백일몽 같은 병든 분위기가 잠시 깨졌다.

"이 도시에선 운을 바랄 수 없겠다."

새매가 몇 시간 전에 한 얘기였고, 목적 없이 방황하며 낯선 사람들과 성과 없는 대화를 나누는 몇 시간을 보낸 지금 그의 모습은 피곤하고 울적해 보였다. 그의 변장이 좀 닳아서 얇아진 듯했다. 허세를 부리는 바다 상인의 얼굴에서 난감하고 어두운 마음이 뚜렷이 비쳐 보였다. 아렌은 아침에 느꼈던 초조한 기분을 떨쳐 버릴 수가 없었다.

두 사람은 언덕 꼭대기에 우거진 펜딕나무 잎사귀 아래 거친 풀밭에 앉았다. 펜딕나무 잎은 짙푸르렀고 빨간 꽃봉오리가 잔뜩 맺혀, 그중 몇 개는 꽃잎이 벌어졌다. 그 위치에서 도시를 내려다보면 비늘처럼 다닥다닥 겹친 기와 지붕들이 바다까지 이어졌다. 넓게 팔을 벌린 만으로부터 봄 아지랭이 아래 회청색을 띤 바다가 하늘 끝까지 뻗어 나갔다. 선 하나 그어져 있지 않고 경계도 없는 바다와 하늘이다. 둘은 그 광대한 파란 공간에 눈길을 두고 앉아 있었다. 아렌의 마음이 말끔히 개어 오며 기꺼이 세상을 향해 열렸다.

아렌은 근처의 작은 개울로 물을 마시러 가서, 뒤편 언덕에 자리잡은 호화로운 정원의 샘으로부터 흘러나와 갈색 바위 위로 맑게 흐르는 시내에서 실컷 물을 마신 다음 차가운 물 속에 그대로 머리를 처박았다. 그런 다음 일어서서 「모레드의 위업」에 나오는 몇 행을 소리 내어 읊었다.

"실라이스의 샘들을, 은빛 물의 하프를 칭송하라.
하지만 내 목마름을 달래 준 이 시냇물은 내 이름으로 영원히 찬양하리라!"

새매가 그를 보고 웃었고, 아렌도 웃었다. 아렌이 개처럼 머리를 흔들자 반짝이는 잔 물방울들이 금빛 햇볕의 마지막 자락 속에 흩뿌려졌다.

둘은 숲을 떠나 내려와 다시 그 거리로 접어들었다. 기름진 어육 단자를 파는 노점에서 저녁 식사를 마쳤을 때엔 하늘에 밤 기운이 짙어 가고 있었다. 어둠이 빠르게 좁다란 거리로 스며들었다.

"가는 게 좋겠다, 얘야."

새매가 말했고 아렌은 되물었다.

"배로요?"

그러나 아렌은 배가 아니라 강 위의 집으로, 그 끔찍한 텅 빈 먼지투성이 방으로 간다는 것을 알고 있었다.

산토끼는 문간에서 기다리고 있었다.

그는 기름 등잔에 불을 붙여 어두운 층계를 비춰 주었다. 등잔의 작은 불꽃이 산토끼 손에서 끊임없이 파들거리며 순간순간 커다란 그림자를 벽에 던졌다.

산토끼는 손님들이 앉도록 짚을 채운 자루를 하나 더 마련해 놓았지만, 아렌은 문간의 맨바닥에 자리 잡았다. 밖으로 열리는 문을 지키자면 사실은 문 밖에 앉아야 한다. 그러나 아렌은 그 칠흑 같은 통로를 도저히 참을 수가 없었고, 또 산토끼를 감시하고 싶었다. 새매의 주의는, 그리고 아마 그의 힘도, 산토끼가 말해 주고 보여 줄 뭔가에 쏠릴 것이다. 속임수를 경계하는 건 아렌 몫이었다.

산토끼는 좀 더 똑바로 섰고 떠는 것도 덜했다. 그리고 그 사이에 양치질을 했다. 그는 흥분해 있긴 했지만 처음엔 웬만큼 제정신을 갖고 이야기를 했다. 등잔 불빛 속에 본 그의 눈은 너무 까매서 동물의 눈처럼 흰자위가 아예 없어 보였다. 그는 새매에게 하지아를 먹으라고 억지로 권하면서 열띠게 실랑이를 했다.

"당신을 데려가고 싶소. 나와 함께 데려가고 싶다고. 우린 같은 길을 가야 해요. 머지않아 나는 갈 거요. 당신이 준비가 됐든 안 됐든 말이오. 나를 따라오려면 하지아를 먹어야만 해요."

"나는 당신을 따라갈 수 있다고 생각하오."

"내가 가려는 곳으론 못 가. 이건……, 주문 외우기가 아니오."

산토끼는 '마법사'나 '마법'이라는 단어를 말할 수 없는 것 같았다.

"당신이 그……, 그 장소에, 알죠, 그 담장에 갈 수 있다는 긴 알아요. 하지만 거기가 아니오. 다른 길이오."

"당신이 가면, 내가 따라갈 수 있소."

산토끼는 머리를 저었다. 잘생겼지만 망가져 버린 그의 얼굴에 혈기가 올랐다. 말은 현자에게만 하고 있었지만, 산토끼는 아렌도 자주 곁눈질로 넘겨다보며 그를 의식했다.

"봐요, 사람은 두 종류요. 안 그렇소? 우리 부류와 그 나머지. 그……, 용과 용 아닌 자들이오. 힘이 없는 사람들은 반만 살아 있는 거요. 그들은 중요하지 않아요. 자기들이 무슨 꿈을 꾸는지도 모르고, 어둠을 두려워하지. 하지만 다른 사람들은, 인간의 지배자들은 어둠 속에 들어갈 겁내지 않죠. 우리는 힘을 가졌소."

"우리가 사물의 이름을 아는 한."

"하지만 거기서 이름은 중요하지 않아. 그게 핵심이오. 바로 그거라고! 당신이 뭘 행하느냐, 뭘 아느냐, 필요한 건 이런 게 아니야. 주문은 아무 소용도 없소. 그런 건 다 잊어버려야 해. 다 놔 버리란 말요. 그래서 하지아를 먹는 게 도움 된다는 거요. 이름들을 잊고, 사물의 형태들을 놓아 버리고, 곧바로 현실로 나아가는 거요. 난 이제 막바로 갈 참이오. 어딘지 알고 싶거든 내가 하라는 대로 해야 해요. 내 말은 틀림없소. 사람들을 지배하는 자라야 생명의 지배자가 될 수 있지. 그 비밀을 찾아야만 해. 난 그 이름을 말해 줄 수 있소만, 이름이 대체 뭐요? 이름은 실체가 아니오. 실체가 아니야, 절대로 될 수가 없어! 용들은 그곳으로 가지 못하오. 용들은 죽거든. 난 오늘 밤 아주 많이 먹었소. 절대 날 따라잡지 못할걸. 어림도 없지. 내가 길을 잃은 곳에서부터 당신은 날 이끌어 줄 수 있어요. 그 비밀이 뭔지 기억하시오? 기억해요? 죽음은 없소. 죽음은 없이, 없다고! 땀 친 침대도 썩은 널도 없소, 더 이상은. 절대 없지. 강물이 말라붙듯 피가 말랐고, 그건 이제 다 지나간 일이오. 두려움 없소. 죽음 없소. 이름들이 사라졌고 말들이 사라졌고 두려움도, 이젠 사라지고 없소. 내가 어디서 길을 잃었는지 가르쳐 주시오. 가르쳐 줘요, 지배자여……."

산토끼는 그렇게 계속 말했다. 숨막히는 언어의 황홀경에 빠져 주문을 영창하듯 말해 갔지만 그 말들은 주문을 이루지 못했고 아귀가 맞지도 않았으며 도무지 말이 되지 않았다. 아렌은 귀 기울여 듣고 또 들으며 이해해 보려고 안간힘을 썼다. 저 얘기를 알아들을 수만 있다면! 새매는 저 사람 말을 들어서 약을 먹어야 한다. 이번 한 번만. 그러면 산토끼가 하는 얘길 알아낼 수 있을 텐데. 산토끼가 말을 안 하려는 건지 못 하는 건지 모를 그 신비를 알아낼 수 있을 텐데. 그러지 않을 거라면 왜 여기 왔나? 하지만 그러고 보면(아렌은 산토끼의 넋 나간 얼굴로부터 다른 사람의 옆얼굴 쪽으로 시선을 옮겼다.) 현자는 벌써 다 알고 있는 것 같았다. 바위처럼 굳건한 얼굴이다. 사자코와 무덤덤한 얼굴은 어디로 갔을까? 바다 상인 매는 없어졌고 까맣게 지워졌다. 거기 앉아 있는 것은 현자였다. 다름 아닌 대현자다.

산토끼의 목소리는 이제 음조를 띠고 낮게 웅얼거리는 소리가 되었고, 그는 책상다리를 하고 앉은 채로 몸을 흔들어 댔다. 얼굴이 더 핼쑥해지고 입매는 느슨히 풀렸다. 또 한 사람은 둘 사이 바닥에 놓인 기름 등잔의 작지만 흔들림 없는 빛 속에서 그를 마주 보고 있다. 새매는 한마디도 하지 않았지만, 언제 손을 뻗었는지 산토끼의 손을 잡은 채 그대로 가만히 있었다. 아렌은 새매가 손을 내미는 것을 보지 못했다. 하나하나 일어난 일들 사이에 빈틈이 있었다. 부재(不在)의 빈틈이다. ……필경 졸았던 것이리라. 분명 여러 시간이 지났다. 아마 자정에 가까웠을 것이다. 만약 잠이 든다면 아렌도 산토끼를 따라 그의 꿈

속으로 들어갈 수 있을까? 그래서 그 장소로, 그 비밀의 길로 갈 수 있을까? 아마 갈 수 있겠지. 지금은 그게 충분히 가능해 보였다. 그렇지만 아렌은 문을 지켜야 했다. 아렌과 새매가 그런 얘길 제대로 했던 건 아니지만, 두 사람 다 산토끼가 자신들을 밤에 다시 불렀을 때에는 아마 뭔가 복병을 마련해 두었을 것임을 알고 있었다. 산토끼는 원래 해적이었다. 강도들과 친분이 있는 것이다. 무슨 말을 나누지는 않았어도 아렌은 자기가 경계를 서야 한다는 걸 알고 있었다. 왜냐하면 현자가 이처럼 기이한 영적 여행을 하는 동안에는 무방비일 터이기 때문이다. 그런데 그는 바보처럼 배에다 검을 놔두고 온 터였다. 등 뒤에서 저 문이 갑자기 벌컥 열리면 손칼이 무슨 소용 있을까? 하지만 그런 일은 일어나지 않겠지. 아렌은 말을 들으면서 다른 소리에도 귀를 열어 놓을 수 있었다. 산토끼는 이제 말하고 있지 않았다. 두 사내 모두 아주 묵묵했다. 온 집이 침묵에 잠겼다. 저 휘우뚱거리는 층계를 소리깨나 내지 않고 올라올 수 있는 사람은 없다. 무슨 소리를 들으면 말하면 된다. 큰 소리를 지르면 이 몽환 상태는 깨질 것이고 새매는 돌아보고 마법사의 분노를 담은 전광으로 반격하여 자기 자신과 아렌을 보호할 것이다……. 아렌이 문간에 앉을 때 새매는 그를 쳐다봤더랬다. 한 번 흘긋 눈길을 던져 그러라고 허락했다. 허락하고 신뢰했다. 아렌은 보초였다. 그가 보초를 서고 있는 한 어떠한 위험도 없다. 하지만 계속해서 그 두 얼굴을 바라보는 일은 쉽지 않았다. 그들 사이 방바닥에 놓인 등불엔 진주알 같은 불꽃이 타고, 그들은 이제 둘 다 침묵하고 있고, 둘 다 꼼짝 않은 채, 눈은 뜨고 있지만 불빛도 먼지 투성이 방도 보고 있지 않다. 세상을 보고 있지 않다. 어딘가 다른 세계, 꿈의 세계가 아니면 죽음의 세계를 보고 있는 것이다……. 그들을 지켜보되 따라가지는 않도록 해야 한다…….

거기, 광대하고 메마른 어둠 속에, 한 사람이 서서 손짓을 했다. "오라." 키 큰 그림자들의 왕이 말했다. 손에는 진주알보다 크지 않은 미미한 불꽃을 들고 있었고, 그것을 아렌에게 내밀어 삶을 제의했다. 아렌은 천천히 그를 향해 한 발짝을 내딛었다. 이끌려 갔다.

마법의 빛

말라 있다. 입이 바짝 말랐다. 입 안에서 먼지 맛이 났다. 입술이 먼지투성이였다.

그는 바닥에서 머리를 들지 않은 채 그림자의 장난을 지켜보았다. 커다란 그림자들이 움직이다 웅크리고 부풀어 올랐다 줄어들곤 했으며, 그에 따라 더 옅은 그림자들이 벽과 천장 위로 휙휙 흘렀다. 그림자는 구석에도 하나, 바닥에도 하나 더 있었지만 그 그림자들은 움직이지 않았다.

뒤통수가 아파 왔다. 그와 동시에 보고 있던 광경이 명백하게 이해되었다. 섬광처럼 찰나에 얼어붙은 광경이다. 산토끼는 무릎에 머리를 박고 한구석에 움츠리고 있다. 새매는 바닥에 등을 대고 쭉 뻗어 있다. 한 사내가 무릎을 꿇고 새매 위로 몸을 굽혔고, 또 하나가 금 조각들을 돈 주머니에 튕겨 넣고, 셋째 사내는 선 채로 보고 있었다. 그 세 번째 사내는 한 손에 손 등잔을, 다른 손에는 단도를 든 채였다. 아렌의 단도였다.

그자들이 말을 했는지 몰라도 아렌에겐 들리지 않았다. 아렌은 자신의 생각에만 귀를 기울였고 그 생각은 지금 당장 감행해야 할 행동을 일러 주었다. 아렌은 곧바로 거기 복종했다. 그는 아주 천천히 두 자쯤 앞으로 기어간 후 번개처럼 왼손을 뻗어 약탈물이 들어 있는 주머니를 움켜쥐곤 벌떡 뛰어 일어나서 층계로 뚫고 나가며 거친 고함을 질렀다. 그는 새까만 암흑 속에서 한 발도 헛디디지 않고 한달음에, 발밑에 계단들이 느껴지지도 않을 만큼 날듯이 층계를 뛰어 내려갔다. 그러고는 거리로 뛰쳐나와 온 힘을 다해 어둠 속으로 달아났다.

집들이 시커멓게 덩어리져 별들을 가렸다. 희미하게 별빛 어린 강물이 오른쪽에 있고, 어디로 통하는 길인지는 몰라도 갈림길을 알아볼 수가 있었다. 그래서 아렌은 길을 꺾어서 왔던 방향으로 내달렸다. 그자들은 아렌을 뒤쫓았다. 뒤에서 쫓아오는 소리를 들을 수가 있었고 소리가 그리 멀지 않았다. 그들은 맨발이었으므로 헉헉대는 숨소리가 발소리보다 컸다. 그럴 시간이 있었으면 아렌은 웃음을 터뜨렸을 것이다. 사냥꾼 아닌 사냥감이 된다는 게, 추적대의 우두머리가 아니라 목표물이 된다는 게 어떤 것인지를 마침내 알게 된 것이다. 그건 혼자가 되는 것이며 자유로워지는 것이었다. 아렌은 오른쪽으로 빠져서 허리를 굽히고 난간이 높은 다리를 건너서 몸을 피했다. 그러곤 곁길로 미끄러져 들어가 모퉁이를 돌아 강가 길로 돌아와서는 얼마간 강을 따라가다 또 다른 다리를 건넜다. 신발이 자갈돌을 밟으며 시끄러운 소리를 냈다. 도시 전체에 소리라곤 그것뿐이었다. 아렌은 다리 기둥에 멈춰 서서 신발 끈을 풀려고 했지만 끈 매듭은 단단했고 추적자들은 그를 놓치지 않았다. 문득 손등불이 강 건너에서 번쩍 비쳤다. 부드럽고 둔중한 달리는 발소리가 덮쳐 왔다. 아렌은 그들을 떼어 버릴 수 없었다. 그들보다 빨리 뛰어 도망칠 수 있을 뿐이었다. 계속 가는 거야, 따라잡히면 안 돼, 저자들을 그 먼지 낀 방에서 떼어 놔야 해, 멀리 떼어 놔야 해…….

놈들이 딘도를 빼 가면서 외투도 벗겨 버린 터라 아렌은 홑겹 윗옷만 입은 채였다. 몸이 붕 뜨고, 열이 나고, 머리는 빙빙 돌았다. 머리뼈 뒤쪽의 아픔은 한 발 한 발 내딛을 때마다 콱콱 찔러 왔다. 아렌은 달리고 또 달렸다. 주머니가 방해가 되었다. 아렌은 갑자기 주머니를 내팽개쳤다. 빠져나온 금 한 닢이 날아가서 돌에 부딪혀 맑은 소리를 냈다.

"돈 여기 있다!"

아렌은 고함을 쳤다. 쉬어 터진 목소리에 숨은 있는 대로 헐떡거렸다. 그는 계속 달렸다. 그런데 느닷없이 길이 끝나 버렸다. 갈림길도 없고, 앞쪽으로는 별이 보이지 않았다. 막다른 길이다. 아렌은 멈추지 않고 빙그르르 방향을 돌려 추적자들을 향해 돌진했다. 손 등불 빛이 눈 속에서 마구 뒤흔들렸고, 아렌은 그들을 덮치면서 고함쳐 도전하는 소리를 질렀다.

＊

크게 앞뒤로 흔들리는 등불이 앞에 있었다. 움직이고 있는 커다란 잿빛 공간 속 희미한 한 점의 빛이었다. 아렌은 한참 동안 그 빛을 보고 있었다. 빛은 점점 희미해졌고, 마침내 그 앞으로 웬 그림자가 지나갔다. 그림자가 지나가고 나자 빛은 꺼지고 없었다. 좀 애석했다. 아니면 빛이 아니라 아렌 자신 때문에 애석해했던지도 모른다. 이제 깨어야 한다는 것을 알았기 때문이다.

꺼져 버린 등잔은 그대로 돛대에 걸린 채 계속 흔들리고 있었다. 해가 뜨면서 사방 바다가 밝아 오는 중이었다. 북이 울렸다. 노들이 규칙적으로 무거운 소리를 내며 덜거덕거렸고 선재(船材)들은 수백 가닥의 작은 목소리로 울부짖고 신음을 뱉었다. 뱃머리에 올라선 사내가 등 뒤의 선원들에게 뭐라고 소리를 질렀다. 선창 뒤쪽에 아렌과 함께 사슬로 묶여 있는 사람들은 모두 조용했다. 한 사람 한 사람마다 허리엔 쇠띠가 둘렸고 손목엔 수갑이 채워졌으며, 그 둘이 다 짧고 무거운 쇠사슬로 다음 사람에게 연결돼 있었다. 쇠 허리띠는 또 갑판의 고정못에 사슬로 연결되어서 앉거나 웅크릴 수는 있어도 일어설 수는 없게 되어 있었다. 모두 함께 작은 화물창에 쑤셔넣어져 너무 가깝게 부대껴 있는 바람에 누울 수도 없었다. 고개를 쳐들면 눈높이가 선창과 뱃전 사이 폭이 두어 자쯤 되는 갑판에 맞았다.

지난밤 쫓기던 것과 막다른 길 다음의 일은 그리 잘 기억나지 않았다. 아렌은 싸웠고 맞아 쓰러져서 양팔이 묶여 어딘가로 날라져 갔다. 어떤 남자가 속삭이는 듯 괴상한 목소리로 말했다. 풀무 불이 벌겋게 핥아 오르던, 무슨 대장간 같은 장소였다. 기억이 나지 않았다. 그래도 아렌은 알았다. 여기는 노예선이다. 그자들이 자신을 붙잡아 팔아 버린 것이다.

그건 별로 중요한 일이 아니다. 아렌은 너무나 목이 말랐다. 몸은 쑤시고 머리도 몹시 아팠다. 태양이 떠오르자 그 빛살은 고통의 창이 되어 눈을 찔러 들었다.

아침나절에 한 사람 앞에 반의 반 토막씩 빵이 나왔고, 모질고 딱딱한 인상의 사내가 한 명씩 입술을 잡고 가죽 물주머니를 입에 대어 쭉 들이켜게 해 주었다. 개의 목띠와 비슷하게 금 장식 못이 박힌 널찍한 가죽 목띠를 찬 사내였다. 그가 말을 하자 아렌은 그 괴상한 목소리, 바람 소리가 섞인 약한 목소리를 알아들었다.

얼마가 지나자 물과 음식이 아렌의 신체적인 고통을 누그러 뜨려 주고 머리를 맑게 해 주었다. 아렌은 그제야 비로소 함께 있는 다른 노예들의 얼굴을 보았다. 같은 줄에 세 명이 있고 뒤편에 또 네 명이 있었다. 그중 몇은 세운 무릎에 머리를 괴고 앉아 있다. 한 명은 아픈지 약에 취했는지 축 처진 채였다. 아렌 바로 옆 사람은 편편하고 납작한 얼굴을 한 스무 살쯤 먹은 남자였다. 아렌은 그 사람에게 물어보았다.

"우릴 어디로 데려가는 건가요?"

그 사람은 아렌을 쳐다보았다. 둘의 얼굴은 서로 한 자도 채 떨어져 있지 않았다. 그는 히죽이 웃으며 어깨를 으쓱해 보였고, 아렌은 모른다는 의미로 받아들였다. 하지만 그는 곧바로 무슨 손짓을 하려는 것처럼 수갑 찬 팔을 홱 끌어당기며 웃음 띤 입을 크게 벌려 보여 주었다. 혀가 있어야 할 자리엔 꺼먼 혀 뿌리밖에 없었다.

"아마 소울일걸."

뒷줄에서 한 명이 말했다. 이어서 또 다른 사람이 말했다.

"아니면 앰런의 시장이거나."

그러자 흡사 배 안 곳곳에 도사리고 있는 것만 같은 그 목띠 찬 남자가 선창을 굽어보며 날카롭게 쉭쉭거렸다.

"상어밥이 되고 싶지 않거든 입 닥쳐."

모두들 조용해졌다.

아렌은 지금 들은 소울과 앰런의 시장이란 장소들을 상상해 보려고 애썼다. 거기서 노예를 판다. 베릴라의 장터에서 소나 양을 팔 때 그렇듯이 살 사람 앞에다 노예들을 세워 놓을 것이다, 틀림없이. 아렌은 거기 사슬을 차고 서 있게 될 것이다. 누군가가 그를 사서 집으로 데려다가 일을 시킬 것이다. 그는 말을 듣지 않을 터였다. 아니면 시키는 대로 하면서 탈출을 시도하거나. 아마 죽임 당하게 되겠지, 이렇게든 저렇게든……. 아렌은 노예가 된다는 생각을 의지를 가지고 거부하는 게 아니었다. 아렌은 너무도 메스꺼웠고 생각은 혼란스럽기만 했다. 자기가 노예 일을 못 하리라는 것, 한두 주 안에 죽든가 죽임을 당하리라는 것은 그저 아는 것이었다. 아렌은 그것을 알고 사실로 받아들였지만 그래도 겁이 났고, 그래서 그 이상은 애써 생각하려 하지 않았다. 그는 두 발 사이 더럽고 시커먼 선창 겉판자를 쳐다보며 벗은 어깨에 태양의 열기를 느꼈다. 다시 갈증이 입을 바싹 말리고 목구멍을 죄어 왔다.

해가 가라앉았다. 맑고 추운 밤이 다가들었다. 선연한 별들이 모습을 드러냈다. 북소리는 느린 심장 고동처럼 울리며 계속 노 젓기를 독려했다. 바람이 살짝도 불지 않았던 것이다. 이제 추위가 가장 큰 고통이 되었다. 등은 뒤쪽에 좁게 부대낀 남자의 다리 덕에, 왼쪽 옆구리는 곁에 앉은 벙어리 덕에 조금이나마 따뜻했다. 벙어리 사내는 등을 구부리고 앉아서 내내 똑같은 음으로 이어지는 그르렁거리는 콧노래를 불렀다. 노잡이들이 교대했고, 다시 북이 울렸다. 어둠을 갈망했던 아렌이었지만 도무지 잠이 오지 않았다. 뼈가 아파도 자세를 바꿀 수가 없었다. 아렌은 앉은 채 통증에 시달리고 벌벌 떨면서 타는 것 같은 갈증 속에 별을 우러러보았다. 별은 노잡이들이 노를 당길 때마다 홱 솟구쳤다가 미끄러져 제 자리를 찾고, 가만히 멈췄다가, 다시 홱 움직이고, 미끄러지고, 멈추었다······.

목띠를 찬 남자와 또 한 사람이 뒤 선창과 돛대 사이에 서 있었다. 돛대에서 흔들리던 작은 손 등잔이 두 사람 사이에 빛을 던져 그들의 머리와 어깨를 그림자지웠다.

"안개란 말이야, 이 돼지 오줌통 같은 놈아? 이 계절에 남해협에 안개라니 이게 무슨 일이야! 더럽게 재수 없군!"

목띠를 찬 남자가 그 미약하고 독살스런 목소리로 말했다.

북이 울렸다. 별이 치솟았다가, 미끄러지고, 멈췄다. 혀 없는 사내가 아렌 옆에서 돌연 흠칫 몸을 떨더니 고개를 번쩍 쳐들고 악몽 같은 절규를 올렸다. 형태를 이루지 못한 끔찍한 소리였다.

"거기, 입 닥쳐!"

돛대 옆에 있던 두 번째 남자가 으르렁거렸다. 벙어리는 다시 몸서리를 치더니 입을 우물거리며 잠잠해졌다.

별들이 매끄럽게 앞으로 미끄러져 나가 공허 속으로 모습을 감췄다.

돛대의 모습이 일렁이다가 사라져 버렸다. 아렌은 차가운 잿
빛 담요가 등 위로 떨어져 내린 듯한 느낌을 받았다. 북소리는
흐트러졌다. 그리고 다시 박자를 회복한 다음에도 전보다 느리
게 울렸다.

"엉긴 젖처럼 뻑뻑하군."

아렌 위쪽 어디선가 쉰 목소리가 말했다.

"거기, 노 박자를 원래대로 빨리 해! 80리 안에는 육지가 없
다고!"

굳은살이 박히고 흉터가 진 발이 안개 속에서 불쑥 나와서
아렌의 얼굴 가까이를 딛었다가 단 한 걸음 만에 사라졌다.

안개 속에서는 앞으로 나아가는 느낌이 전혀 들지 않았다. 그
저 노가 휘둘렸다 물을 잡는 감각뿐이었다. 맥동하던 노짓기 북
의 소리가 무뎌졌다. 끈적한 냉기가 들었다. 아렌의 머리카락
속에서 안개가 응결되어 생긴 물이 눈으로 흘러내렸다. 아렌은
어떻게든 갈증을 달래고자 혀로 그 물방울들을 받으려 애쓰며
입을 벌리고 습한 공기를 숨쉬었다. 하지만 이가 딱딱 맞부딪혔
다. 차디찬 쇠사슬이 흔들려 넓적다리를 때렸고, 거기 닿은 살
갗은 불에 덴 듯한 느낌이었다. 북이 울리고, 다시 울리고, 그쳐
버렸다.

고요했다.

"북을 계속 울려! 뭐가 문제냐?"

그 쉭쉭거리는 거친 음성이 이물에서 으르렁댔다. 대답은 없
었다.

잔잔한 바다 위에서 배가 조금 요동했다. 뱃전은 어슴푸레했
고 그 너머로는 아무것도 없었다. 공허다. 뭔가가 선체 옆구리
를 긁는 소리가 났다. 죽은 듯 괴이한 정적과 어둠 속에서 그 소
음은 크게 들렸다.

"좌초한 거야."

잡힌 사람 중 하나가 소곤거렸다. 하지만 정적이 그 음성을
덮어 눌렀다.

안개가 점점 밝아졌다. 마치 그 속에서 빛이 피어오르는 듯했
다. 아렌에겐 사슬에 묶인 옆 사람들의 머리가 뚜렷이 보였다.
그들의 머리카락에 맺힌 미세한 물방울들이 반짝거렸다. 다시
한번 배가 출렁였고, 아렌은 사슬이 허용하는 한도까지 일어나
서 목을 쭉 빼고 배 앞쪽을 보려고 했다. 안개는 얇은 구름에 가
린 달처럼 갑판 위에 빛을 뿌렸다. 차갑고 휘황한 빛이었다. 노
잡이들은 조각상처럼 앉아 있었다. 선원들은 배 중동 부분에 서
있었다. 그들의 눈도 얼마간 반짝였다. 그리고 좌현 쪽에 어떤
남자가 홀로 서 있었다. 빛은 그 남자에게서 나오는 것이었다.
그의 얼굴과, 손과, 정련 중인 은처럼 타오르는 지팡이로부터
빛이 나왔다.

그 찬란한 사람의 발치에 시커멓게 웅크린 무언가가 있었다.

아렌은 말을 하려고 했지만 할 수 없었다. 장엄한 광채에 휩싸인 채로 대현자는 아렌에게 와서 갑판 위에 무릎을 짚었다. 아렌은 그의 손길을 느끼고 그의 목소리를 들었다. 손목과 몸을 묶었던 구속들이 풀리는 게 느껴졌다. 선창 전체에서 쇠사슬이 철그럭거리는 소리가 났다. 그러나 아무도 움직이지 않았다. 아렌만이 일어서려고 했지만, 오랫동안 꼼짝하지 않고 얽매여 있었던 탓에 일어설 수가 없었다. 대현자의 굳센 손길이 아렌의 팔을 쥐었다. 아렌은 거기에 도움을 받아 화물창 밖으로 기어올라와 갑판 위에 고꾸라졌다.

대현자는 아렌을 놔두고 성큼성큼 걸어갔고, 안개 어린 광채가 노잡이들의 얼어붙은 얼굴들을 비췄다. 대현자는 좌현 쪽 뱃전 아래 웅크린 사내 옆에 멈춰 섰다.

"나는 벌하지 않는다."

안개 속의 차디찬 마법 광채와도 같이 차갑고 맑고 엄혹한 음성이 울렸다.

"하지만 정의를 위하여 이만큼은 해야 하겠다, 에그리. 네가 말할 가치가 있는 단어를 찾을 그날까지 벙어리가 되기를 명하노라."

대현자는 돌아와서 아렌을 그를 부축해 일으켜 세워 주었다.

"이제 가자, 얘야."

아렌은 현자의 도움을 받아 절뚝이며 겨우겨우 앞으로 나아갔고, 반쯤은 기고 반쯤은 굴러 떨어지며 선체 옆 아래쪽에 흔들리고 있던 작은 배로 내려갔다. 멀리보기 호였다. 그 돛이 안개 속에 나방 날개 같았다.

변함없는 정적에 잠겨 죽은 듯 잔잔한 바다 위에서 빛이 꺼져 사라지고, 작은 배는 방향을 돌려 미끄러지듯 노예선 곁을 떠났다. 갤리선이, 희미한 돛대 등불이, 움직이지 않던 노잡이들이, 크고 흉측한 시커먼 배 옆구리가 거의 한순간에 사라졌다. 아렌은 비명을 지르는 목소리들을 들은 것 같았다. 하지만 그 소리들은 가늘었고 금세 안 들리게 되어 버렸다. 조금 더 있자 안개가 엷어지며 갈가리 해어지더니 어둠 속으로 날려가 버렸다. 두 사람은 별빛 아래로 빠져나왔고, 멀리보기 호는 나방처럼 소리없이 맑은 밤 바다 위를 날았다.

새매는 아렌에게 담요를 덮어 주고 물을 주었다. 그러곤 갑자기 흐느끼기 시작한 아렌의 어깨에 손을 얹고 앉아 있었다. 새매는 아무 말도 하지 않았지만 아렌에게 얹은 손은 온화하고 굳건했다. 서서히 안정감이 들었다. 따뜻함과, 배의 부드러운 움직임과, 마음의 평정이 스며들어 왔다.

아렌은 동료를 올려다보았다. 그 검은 얼굴에는 지상의 것이 아닌 광채는 조금도 깃들어 있지 않았다. 별빛을 뒤에 이고 있어 거의 알아볼 수 없을 정도였다.

배는 주문으로 조종되며 날듯이 나아갔다. 양쪽 뱃전에서 물결이 놀란 듯이 속살거렸다.

"목띠를 찬 그 사람은 누구예요?"

"계속 누워 있으렴. 에그리라는 해상 강도다. 예전에 목줄기를 가로 베인 흉터를 숨기려고 그 목띠를 두르지. 그자의 장사는 해적질에서 노예업으로 전락한 모양이구나. 하지만 이번엔 곰 새끼를 잡아간 꼴이지."

감정 없이 차분한 그 목소리 속에 희미하게 만족스러운 울림이 있었다.

"절 어떻게 찾아내셨어요?"

"마법으로, 뇌물로……. 시간을 낭비했지. 대현자이자 로크의 파수꾼인 이가 호트 읍 뒷골목을 쑤시고 다닌다는 걸 알리고 싶지 않았거든. 계속 변장을 유지할 수 있었으면 좋았을걸. 그렇지만 이 작자 저 작자의 뒤를 쫓아야 했고, 그래서 급기야 노예선이 일출 전에 그곳을 떴다는 걸 알았을 땐 성질을 터뜨리고 말았구나. 멀리보기 호에 올라 죽은 듯 가라앉은 날씨에 바람을 불러 돛을 채우고, 만 안에 있는 배들의 노를 모조리 노받이에 딱 붙여 놓았지……. 잠깐 동안 말이다. 만약 마법이 모두 거짓이고 헛것이라면 그 사람들이 그걸 어떻게 설명할지, 그건 알아서들 하라지. 그런데 성이 나서 서두르다가 난 에그리의 배를 못 보고 지나쳤단다. 그 배는 얕은 데를 피해 남동쪽으로 갔던 거야. 오늘 내가 한 일들은 죄다 어그러졌구나. 호트 읍에 운이

라곤 없어……. 뭐, 결국엔 찾기 주문을 엮었고, 그렇게 해서 어
둠 속에서 그 배를 찾아간 거다. 이제 자야지?"

"괜찮아요. 아까보다 훨씬 나아요."

이제 아렌에겐 한기 대신 미열이 들었다. 그리고 정말로 기분
이 괜찮았다. 몸은 뻐근했지만 마음은 한 가지 일에서 또 다른
일로 가볍게 줄달음질쳤다.

"언제 깨어나신 거예요? 산토끼는 어떻게 됐나요?"

"날빛이 비칠 때쯤 깼지. 단단한 머리를 가졌기에 망정이지.
귀 뒤에 오이처럼 쪼개진 상처가 났고 혹이 생겼다. 내가 떠났
을 때 산토끼는 약에 취해서 자고 있더라."

"제가 보초를 잘 못 서서……."

"하지만 잠들어서 그런 건 아니지."

"그건 아니에요."

아렌은 머뭇거렸다.

"그건……, 저는……."

"네가 나보다 먼저 가고 있었지. 너를 봤단다."

새매가 이상한 말을 했다.

"그리고 그자들이 기어 들어와 배틀거리는 새끼 양을 잡듯
우리 머리를 치고, 금이랑 괜찮은 옷가지랑 팔릴 만한 노예를
챙기곤 나머지는 놔뒀지. 놈들이 뒤쫓은 건 너였다, 아렌. 앰런
의 장터에서 넌 농장 하나 값을 벌어 줬을 거다."

아렌은 눈을 번뜩였다.

"그자들이 절 제대로 갈기지 못했어요. 전 정신을 차렸거든요. 놈들에게 달음박질을 시켜 줬죠. 놈들이 훔친 돈을 거리에 쫙 뿌리기도 했어요. 절 막다른 데 몰아넣기 전까지요."

"그자들이 있을 때 정신을 차렸다고……, 그리고 도망쳤다고? 왜 그랬느냐?"

"그자들을 당신한테서 떼어 놓으려고요."

놀란 듯이 묻는 새매의 어조가 돌연 아렌의 자존심을 쿡 찔렀다. 아렌은 거칠게 덧붙였다.

"전 그자들이 노리는 게 대현자님이라고 생각했어요. 그자들이 대현자님을 죽일 거라고 생각했어요. 전 돈주머니를 움켜잡았어요, 그러면 그자들이 쫓아올 테니까요. 그러곤 소리를 지르고 도망쳤죠. 그자들은 영락없이 저를 쫓아왔어요."

"그랬구나……. 물론 그랬겠지!"

새매가 말한 것은 그게 다였다. 찬사는 없었고, 다만 앉은 채 잠시 생각에 잠겨 있었을 뿐이다. 그런 다음 그가 말했다.

"내가 이미 죽었을 거라는 생각은 들지 않았니?"

"아니요."

"죽이는 게 먼저고 터는 건 그 다음, 그게 안전한 순서지."

"그 생각은 못 했어요. 전 오직 그자들을 대현자님한테서 떼어 놓을 생각만 했어요."

118

"왜?"

"왜냐하면 대현자님이 우리 둘을 지키고 거기서 우리 둘 다를 구출해 낼 수 있을 테니까요. 깨어나실 시간만 있다면요. 아니면 아무튼 대현자님만이라도 벗어나실 수 있을 테니까요. 전 보초를 서고 있었는데 제대로 못 섰어요. 그 보상을 하려고 했어요. 제가 지키고 있던 건 당신이세요. 당신이 중요한 분이세요. 전 당신을 지키기 위해, 아니면 어떤 일이든 당신이 필요로 하시는 일을 하기 위해 함께 온 거예요. 인도할 분은 당신이시죠. 우리가 가야만 할 곳이 어디든, 그곳으로 가서 그릇되어 가는 일을 바로잡을 수 있는 분은 당신이세요."

"그러냐?"

현자가 말했다.

"나도 그렇게 생각했다, 어젯밤까지는. 나는 내가 종자(從者)를 달고 온 줄 알았는데 실제로는 내가 네 뒤를 따라갔지."

그 목소리는 태연하면서도 조금쯤 비꼬는 기미가 있었다. 아렌은 뭐라고 할 말을 찾지 못했다. 정말로 완벽하게 어리둥절했다. 아렌은 그 강도들을 새매로부터 끌어낸 행동 가지고는 자기가 졸음에 빠졌던(아니면 환각 상태에 들어갔던) 잘못을 메우기 힘들다고 생각했는데, 지금 보니 그 행동은 바보 같은 짓이었고 반면에 그래서는 안 될 시점에 환각에 빠졌던 것은 또 대단히 똑똑한 일이었던 것 같았다.

"죄송합니다, 대현자님."

아렌은 마침내 그렇게 말했다. 입술이 딱딱하게 굳었고, 울고 싶은 심정은 다시 쉽게 다스려지지 않았다.

"실망시켜 드렸군요. 그래도 제 목숨을 구해 주시고……."

"그리고 넌 내 목숨을 구한 게다, 틀림없이."

현자가 딱 잘라 말했다.

"누가 알겠니? 그자들이 볼일을 끝내고 내 목을 그어 버렸을지. 그에 대해선 더 이상 얘기하지 말자, 아렌. 나는 네가 함께 있어 기쁘단다."

현자는 선구함 쪽으로 가서 작은 석탄 화로에 불을 켜고 분주하게 뭔가를 했다. 아렌은 누워서 별들을 바라보았다. 그러자 감정이 누그러지며 생각도 이리지리 들뛰기를 그쳤다. 그리고 아렌은 자기가 한 행동과 하지 않은 행동에 대해 새매가 잘잘못을 가리지 않으리라는 것을 알았다. 아렌은 행동을 했고 새매는 그것을 그대로 받아들였다. "나는 벌하지 않는다." 새매는 에그리에게 냉정한 음성으로 그렇게 말했다. 그는 상을 주지도 않았다. 그러나 그는 온 힘을 다해 황급히 바다를 건너 아렌을 찾으러 왔고, 아렌 때문에 억제해 오던 마법의 힘을 발휘했다. 그리고 또다시 그렇게 할 것이다. 의지할 수 있는 사람이었다.

새매는 아렌이 그에게 품고 있는 모든 애정과 모든 신뢰에 값하는 인물이었다. 그가 아렌을 신뢰한다는 것이 정말이기 때문이다. 아렌이 한 일은 과연 옳았다.

　이제 그가 돌아와 아렌에게 김이 모락모락 나는 뜨거운 포도주 잔을 건넸다.

　"마시면 잠이 올 거다. 조심해라, 혀를 델라."

　"포도주는 어디서 났어요? 배에서 술 주머니는 본 적이 없는데……."

　"멀리보기 호에는 눈에 보이는 것보다 더 많은 게 있단다."

　다시 옆에 앉으면서 새매가 말했고, 아렌은 어둠 속에서 짧고 거의 소리 없는 그의 웃음소리를 들었다.

　아렌은 포도주를 마시려고 일어나 앉았다. 아주 맛이 좋아서 몸도 정신도 개운해졌다. 아렌은 물었다.

　"지금 어디로 가고 있나요?"

　"서쪽으로."

　"산토끼와 함께 어디로 가셨던 거였죠?"

　"어둠 속으로 들어갔지. 나는 그를 놓치지 않았지만, 그가 길을 잃었단다. 그는 경계를 넘어가서 끝없는 광란과 악몽의 황무지를 헤맸다. 그의 영혼이 그 황량한 곳에서 새처럼 날카롭게 울어 대더구나. 바다에서 멀리 떨어진 갈매기처럼 울었지. 그는 안내인이 될 수 없었다. 줄곧 길을 잃고 있었던 거야. 그 모든 마법의 재주를 지니고도 그는 앞에 놓인 길을 결코 보지 못했지. 오직 자기 자신만을 볼 뿐이었어."

아렌은 이 이야기를 하나도 이해할 수 없었다. 또한 지금 당장은 이해하고 싶지도 않았다. 그는 마법사들이 얘기하는 '어둠' 속으로 조금 끌려 들어가 보았고, 그 일을 기억하고 싶지 않았다. 그건 그와 아무 관계 없는 것이다. 사실 아렌은 잠들고 싶지 않았다. 잠이 들면 꿈속에서 또다시 그것을 볼 것 같았다. "오라." 하고 속삭이며 진주 구슬을 내밀던 검은 형상을, 그 그림자를.

아렌의 마음은 재빨리 다른 관심사로 향했다.

"대현자님, 왜……."

"자렴!"

새매가 부드럽게 성을 내며 말했다.

"못 자겠어요, 대현자님. 저는 왜 당신이 다른 노예들은 풀어 주지 않으셨는지 궁금해요."

"풀어 주었다. 나는 그 배의 누구도 묶여 있는 체 뇌두지 않았다."

"하지만 에그리의 부하들은 무기를 가졌어요. 대현자님이 그 자들을 묶어 주셨더라면……."

"그래, 만약 내가 그들을 묶었다면? 그들은 여섯 명밖에 되지 않았다. 노잡이들은 너처럼 사슬에 매인 노예들이었고. 에그리 일당은 지금쯤이면 죽었거나, 그 사람들 손에 묶여서 노예로 팔려 나가게 되었을 거다. 하지만 나는 그들이 싸우든 흥정을 하든 마음대로 하게 두었다. 나는 노예잡이가 아니란다."

"하지만 그자들이 악한들인 걸 아시면서……."

"그러니 나도 그자들처럼 돼야겠느냐? 그들의 행위가 내 행위를 지배하게 하란 말이냐? 나는 그들을 대신해서 선택을 해주지 않을 것이다. 또한 그들이 나 대신 내 선택을 좌우하게 하지도 않을 거고!"

아렌은 말없이 이 문제를 생각해 보았다. 이윽고 현자가 부드럽게 말을 꺼냈다.

"알겠느냐, 아렌. 하나의 행위라는 것이, 젊은이들이 생각하는 것처럼 돌멩이 하나를 집어서 던지면 맞거나 빗나가거나 하고 그걸로 끝이 나는 그런 게 아니란 걸 말이다. 돌을 들어 올리면 땅은 가벼워진다. 돌을 쥔 손은 더 무거워지지. 그게 던져지면 별들의 운행이 반응하고, 그게 맞히거나 가서 떨어진 자리로부터 우주가 변한단다. 모든 행위마다에 전체의 균형이 달려 있어. 바람과 바다, 물과 땅과 빛의 힘들, 이들이 행하는 모든 것은, 그리고 들짐승과 푸른 식물들이 행하는 모든 것은 알맞게 행해지고 바르게 이루어지지. 이 모든 행위는 '평형' 속에 있다. 태풍과 큰 고래의 소리로부터 마른 잎이 떨어지고 각다귀가 나는 일에 이르기까지 그들이 행하는 것은 모두 전체의 균형 속에서 일어난단다. 하지만 우리는, 우리가 세계를 지배하고 서로를 지배할 힘을 가진 이상에는, 나뭇잎과 고래와 바람이 천성대로 행하는 것을 우리는 '배워야' 한다. 우리는 균형을 지키는 법을 배워야만 해. 지성을 갖고 있기에 우리는 무지하게 행동해서는 안 된다. 선택을 할 수 있는 이상 책임감 없이 행동해선 안 돼. 내게 그럴 힘이 있기는 해도, 내가 누구기에 벌을 주고 상을 주며 사람들의 운명을 희롱하겠느냐?"

소년은 별들을 향해 얼굴을 찌푸렸다.

"하지만 그러면 그 균형이란 아무것도 안 하는 걸로 지켜지나요? 분명 사람은 행동해야 해요. 자기 행동이 가져올 결과들을 전부 알지 못하더라도요. 하여튼 뭔가가 이루어지려면요, 그렇잖아요?"

"걱정 마라. 사람들에겐 행동을 삼가기보다 행동하기가 훨씬 쉽지. 우리는 계속 선을 행하고 악을 행할 거다……. 하지만 다시 우리 모두에게 군림할 왕이 있게 된다면, 그 왕이 옛 시절처럼 현자의 조언을 구하고 내가 그 현자라고 하면, 난 그에게 이렇게 말할 거다. '왕이시여, 하지 마십시오. 그 일이 정의롭거나 찬양받을 만하거나 고귀한 일이기 때문이라면, 하지 마십시오. 하는 것이 좋을 것 같아서라면, 하지 마십시오. 오직 당신이 해야 하는 일만을 하고, 다른 방법으로는 할 수 없는 일만을 하십시오.'"

그가 말할 때 그 목소리에 담긴 무엇인가가 아렌으로 하여금 몸을 돌려 그를 처다보게 만들었다. 아렌은 새매의 매부리코와 흉터 진 뺨, 어둡고 단호한 눈동자를 바라보며 그 얼굴에서 다시금 광휘가 쏟아져 나온다고 생각했다. 그리하여 아렌은 사랑에 찬 동시에 두려움도 품고서 그를 바라보며 생각했다.

'이분은 내게서 아득히 높이 계시구나.'

그러나 계속 바라보던 아렌은 마침내 그 사내의 얼굴의 주름진 데며 민틋한 곳을 그림자 지우지 않고 평탄히 깔린 그 빛이 마법사의 빛, 차가운 마법의 후광이 아님을 깨달았다. 그것은 그냥 빛이었다. 아침 빛, 평범한 날빛이었다. 마법사의 것보다 더 위대한 힘이 거기 있었다. 세월은 새매를 특별히 봐주지 않았다. 그 주름들은 세월의 흔적이었고, 빛이 점점 강해짐에 따라 그는 퍽 피곤해 보였다. 그가 하품을 했다.

그렇게 물끄러미 쳐다보고 경이로워하고 속생각을 굴리다가 아렌은 마침내 잠이 들었다. 그러나 새매는 그 곁에 앉아 새벽이 오고 해가 떠오르는 것을 바라보았다. 잘못된 것이 없는지 보물을 찬찬히 살펴보는 사람처럼, 보석의 흠을 찾아 보는 사람처럼, 아픈 아이를 들여다보는 사람처럼, 그는 그렇게 바라보고 있었다.

바다 꿈

　아침 늦게 새매는 돛으로부터 마법풍을 거둬들이고 배가 세계풍으로 가게 놔두었다. 남서쪽으로 부는 산들바람이었다. 오른쪽 밀리로 와소트 님해안의 언덕들이 스쳐 갔다. 언덕들은 파르스름하게 작아져 안개 속에 겹진 파도처럼 뒤로 스러져 갔다.

　아렌이 깨어났다. 바다는 뜨거운 황금빛 정오 속에 볕을 쬐고 있었다. 무한한 빛살 아래 무한한 물이었다. 배의 고물께에 새매가 돛 천으로 만든 터번과 사타구니 가리개만 두른 벌거숭이 모습으로 앉아 있었다. 그는 부드럽게 노래를 부르던 참이었다. 햇빛 속에, 노 자리를 북 삼아 손바닥으로 가볍게 두드려서 단조로운 박자를 맞추고 있다. 새매가 부르는 노래는 마법의 주문도 영웅이나 왕들의 업적을 기리는 찬가도 아니고 그저 의미 없는 말들을 가볍게 흥얼거리는 것뿐이었다. 길고긴 여름날 오후 곤트의 고산 지대에서 양을 치는 소년이 부를 법한 노래였다.

바닷물 표면에서 고기 한 마리가 뛰어올라 잠자리 날개처럼 반짝이는 지느러미를 빳빳이 펴고 몇 발짝 거리나 활공했다.

"우리는 남원해에 있단다."

노래를 마친 새매가 말했다.

"세계의 묘한 한구석이지. 소문에는 고기가 날고 돌고래가 노래하는 곳이라지. 하지만 물은 헤엄치기 좋게 잔잔하고 나는 상어에 대해서 좀 안다. 네 몸에서 노예 사냥꾼의 손자국을 씻어 버리려무나."

아렌은 몸 근육 하나하나가 쑤셨고, 처음엔 움직이는 것조차 끔찍스러웠다. 게다가 헤엄은 별로 쳐 본 적이 없었다. 인라드의 바다는 혹독해서 사람들은 바다에서 수영을 한다기보다 바다와 싸워야 하며, 그러다 이내 지쳐 버리게 마련이다. 하지만 이쪽 바다는 더 파랬고, 처음 뛰어들 때는 차가웠지만 그 다음엔 정말 유쾌했다. 통증은 떨어져 나갔다. 아렌은 어린 바다뱀처럼 멀리보기 호 옆에 붙어 물을 찰박거렸다.

문득 분수처럼 촥 하고 물보라가 졌다. 새매가 합세해 와서 좀 더 확실한 동작으로 헤엄을 쳤다. 멀리보기 호는 반짝이는 물 위로 하얀 날개를 단 채 차분히 보호하듯 그들을 기다렸다.

물고기가 바다에서 공중으로 튀어올랐다. 아렌은 그 뒤를 쫓아
갔다. 고기는 물속으로 잠겼다가 도로 튀어올라, 공중을 헤엄치
고 바닷속을 날며 그와 노닐었다.

황금빛을 띤 유연한 소년은 해가 바다에 닿도록 빛과 물속에
장난치고 일광욕을 했다. 가무잡잡하고 깡마른 사내는 연륜에
서 오는 간결한 뚝심과 낭비 없는 동작으로 헤엄을 치고, 배의
항로를 유지하고, 돛 천으로 햇볕을 가리고, 헤엄치는 소년과 하
늘을 나는 물고기를 사심 없는 부드러움으로 지켜보고 있었다.

"우리가 어디로 향하고 있나요?"

늦은 황혼 녘 아렌이 물었다. 소금에 절인 고기와 딱딱한 빵
을 잔뜩 먹은 후였고, 벌써 다시 졸음이 밀려왔다.

"로바네리로."

새매가 대답했다. 그 말랑말랑한 음절이 그날 밤 아렌이 제대
로 들은 마지막 단어였다. 그래서 밤의 앞머리에 아렌의 꿈은
그 단어를 중심으로 엮여 나갔다. 아렌은 둥실둥실 떠 있는, 뭔
가 부드럽고 희미한 빛깔을 띤 것 위를 걸어가는 꿈을 꾸었다.
분홍색, 황금색, 담청색을 띤 보풀이나 실오라기 같은 것이었으
며 아렌은 바보 같은 기쁨을 느꼈다. 누군가가 말했다.

'여긴 로바네리의 비단 들판이지. 어두워지는 일이 없는 곳
이야.'

하지만 나중에, 가을 별이 봄 하늘에 반짝이는 밤의 끝자락에

이르러서는 폐허가 된 집 안에 있는 꿈을 꾸었다. 메마른 곳이었다. 모든 것이 먼지투성이고, 누덕누덕 먼지가 낀 거미줄이 드리워져 있다. 거미줄이 다리에 엉키고 콧구멍과 입으로 스며들어와 숨을 막았다. 최악의 공포는 아렌이 그 폐허가 된 천장 높은 방을 안다는 사실이었다. 바로 대마법사들과 함께 아침을 먹었던 로크 대학당의 방이었다.

아렌은 가슴이 철렁해서 일어났다. 심장이 쿵쿵 뛰었다. 노 자리에 막혀 다리를 접은 채로 자던 참이었다. 아렌은 나쁜 꿈을 떨쳐 버리려 애쓰며 일어나 앉았다. 동쪽은 아직 빛이 못 된 옅어진 어둠이었다. 돛대가 삐걱거렸고, 북동쪽에서 부는 산들바람에 여전히 팽팽히 부푼 돛이 저 위에 희끄무레하게 빛나고 있었다. 고물에선 동료가 고요히 푹 잠들어 있었다. 아렌은 도로 자리에 누웠고, 맑은 새날이 잠을 깨울 때까지 깜박깜박 선잠을 잤다.

이날 바다는 아렌이 그럴 수 있으리라 상상해 본 적도 없을 만큼 새파랗고 잔잔했다. 물이 어찌나 따뜻하고 맑은지 그 물에서 헤엄치는 건 반쯤은 공중에 떠서 미끄러지는 듯했다. 정말 묘한 느낌이었고, 꼭 그 꿈 같았다.

아렌이 물은 것은 한낮이었다.

"마법사들은 꿈을 중요하게 보나요?"

새매는 낚시 중이었다. 그는 낚싯줄을 응시하고 있다가 한참 후에 되물었다.

"왜 묻느냐?"

"전 꿈에 진실이 담겨 있을 수 있는지 궁금해요."

"물론이지."

"꿈이 앞날을 참되게 예언할까요?"

그러나 입질이 왔고, 10분 후 현자가 점심거리를 낚아 올리자 질문은 잊혀 버렸다. 멋진 은청색 바다 농어였다.

오후가 되어 압도적인 햇볕을 피하기 위해 세운 차일 아래 빈둥거리고 있을 때 아렌이 물었다.

"로바네리에서 우린 뭘 찾죠?"

"우리가 찾는 걸 찾지."

새매의 말이었다.

잠시 후 아렌이 말했다.

"인라드엔 말이죠, 돌을 신생님으로 둔 소년에 관한 이야기가 있어요."

"그래? ……그 애가 뭘 배웠는데?"

"묻지 않기요."

새매가 웃음을 참는 것처럼 킁 소리를 내더니 자세를 펴고 앉았다.

"좋다! 내가 무엇에 관해 말하는 건지 알게 될 때까지 말을 아끼는 편을 좋아하긴 한다만…… 호트 읍과 나르베듀엔에서,

그리고 어쩌면 온 원해들에서 마법이 이루어지지 않는 이유가
뭘까? 그게 우리가 알아내려는 것이지, 그렇지 않니?"

"그래요."

"'원해에서는 규칙이 바뀐다.'라는 옛말을 아느냐? 바닷사람
들이 하는 얘기인데, 본래 마법사들의 속담이지. 그건 마법 그
자체가 장소에 달려 있다는 의미란다. 로크에서 진정한 주문인
것이 이피시에선 그저 말에 지나지 않을 수도 있는 거야. 창조
의 언어가 세상 모든 곳에서 기억되어 오진 못했다. 여기서 한
마디를 기억하고, 저기서 또 다른 말을 기억했지. 그리고 주문
을 엮는다는 것은 그 자체가 땅과 물에 엮이는 것이야. 주문을
읊는 그장소의 바람과 떨어지는 빛살에 엮이는 것이지. 나는 한
번 동쪽 깊숙이 항해해 간 적이 있단다. 너무나 멀리 가서 바람
도 물도 내 명령을 듣지 않았다. 그것들은 제 이름을 몰랐어. 아
니, 그보다는 아마 내가 그 이름을 몰랐던 것일 거다.

세상은 아주 넓단다. 온갖 지식도 난바다에는 미치지 못하지.
그리고 세상 밖에 또 세상들이 있다. 이 공간의 심연들 너머 장
구히 확장된 시간 속에서 과연 그 어떤 말해질 수 있는 말이 어
디서나 영영토록 그 의미의 무게와 힘을 담아낼 수 있을는지 난
의심스럽구나. 세고이가 말했던 '첫 말'이 아닌 한은, 아니면 지
금껏 말해진 적 없고 앞으로도 모든 게 없게 될 그때까지는 말
해지지 않을 '마지막 말'이 아닌 한은……. 그러니까 우리의 이

어스시 세상 안 우리가 아는 작은 섬들에도 차이가 있고 신비와 변화가 있다는 말이다. 그리고 어스시에서 가장 덜 알려졌고 신비에 찬 곳이 바로 남원해지. 내지의 마법사들 중 이 사람들을 찾아갔던 이는 거의 없다. 그이들은 마법사를 반기지 않아, 자기들만의 마법을 가졌거든……. 그렇다고들 믿고 있지. 하지만 이에 관한 소문들은 막연할 따름이라, 아마 거기에 고등한 기예로서의 마법은 잘 알려져 있지 않을 것이다. 완전히 이해하고 있지도 못할 것이고. 그렇지 않았다면 그 마법도 그걸 소멸시키려 한 자에 의해 내지의 우리 마법보다도 먼저 쇠해 버렸을 테고, 그럼 우리는 남쪽에 마법이 쇠망했다는 이야기를 들었겠지.

왜냐하면 우리의 기예는 배움을 통해 더 깊고 세차게 흐르게 되기 때문이다. 방향성이 없다면 인간의 행위는 얕은 데서 헤매 돌다 낭비되고 말지. 그래서 그 거울 단 뚱뚱한 여자는 자기 기예를 잃고 자기가 그런 재주를 가졌던 적이 없다고 생각하는 거다. 또 그래서 산토끼가 하지아를 먹으면서 자기가 가장 위대한 현자들보다도 더 멀리 나아갔다고 생각하는 것이고. 실제론 꿈의 들판에 접어들자마자 길을 잃었으면서 말이지……. 하지만 그자가 찾아간다고 생각했던 그건 어디 있을까? 그자가 뭘 찾는 것일까? 호트 읍에서는 할 만큼 했다. 그러니 더 남쪽으로, 로바네리로 가야지. 마법사들이 거기서 뭘 하고 있는지 보러. 그리고 우리가 찾아내야만 하는 그게 뭔지를 찾으러……. 대답이 됐느냐?"

"예, 하지만……"

"그러면 돌을 잠시 그냥 놔둬 주렴!"

현자는 그렇게 말하곤 노르스름하게 빛나는 차일 그늘 아래 돛대에 기대 앉아서 멀리 바다를, 서쪽을 바라다보았다. 배는 오후 내내 매끄럽게 남쪽으로 항행했다. 새매는 꼿꼿이 몸을 세우고 앉아 꼼짝하지 않았다. 몇 시간이 흘렀다. 아렌은 두어 번 헤엄을 쳤는데, 선미 쪽에서 가만히 물속으로 미끄러져 들어갔다. 왜냐하면 바다 건너 서쪽을 바라보는 어두운 시선 앞을 가로지르고 싶지 않았기 때문이다. 그 눈길은 환한 수평선 저 너머, 파르스름한 허공 저 너머, 빛의 가장자리 저 너머를 바라보는 듯했다.

마침내 새매가 침묵에서 돌아와 말을 했다. 그래도 한 번에 한마디가 넘지 않았다. 아렌은 자라난 환경 덕택에 예의나 겸양으로 겉을 두른 속마음을 빨리 감지해 냈다. 그는 동료의 마음이 무겁다는 걸 알았다. 그래서 더 이상 질문을 하지 않고, 저녁이 되자 이렇게 말했다.

"제가 노래를 부르면 혹시 생각하시는 데 방해가 될까요?"

새매는 애써 농담처럼 응수했다.

"그거야 노래에 달렸지."

아렌은 돛대에 등을 기대고 앉아 노래했다. 그의 목소리는 이제 몇 년 전 베릴라 전당의 음악 선생이 키 큰 하프로 화음을 퉁기며 훈련시켰던 때처럼 높고 감미롭지는 않았다. 요즘에는 높은 음은 거칠게 나오고 낮은 음은 비올의 울림처럼 어둡고도 맑았다. 아렌은 「백색 마법사의 애가」를 불렀다. 그 노래는 엘파라이 모레드의 죽음을 안 후 자신의 죽음을 기다리며 지은 것이었다. 그 노래가 불리는 일은 흔치 않았고, 가볍게 부르는 노래도 아니었다. 새매는 젊은이의 강하고 확고한 음성에 귀를 기울였다. 붉은 하늘과 바다 사이에서 그 음성은 구슬펐다. 새매의 눈에 눈물이 고여 앞을 가렸다.

아렌은 그 노래를 부른 뒤 한동안 조용히 있었다. 그러고 나서 그보다 가볍고 밝은 노래를 부르기 시작했다. 노랫가락이 바람 한 점 없이 잠자는 거대한 대기와 출렁이는 바다와 꺼져 가는 빛을 부드럽게 어루만졌다. 밤이 찾아왔다.

아렌이 노래를 그치자 모든 것이 잠잠했다. 바람은 잦아들었고 물결은 잔잔했으며 나무도 밧줄도 거의 아무 소리 내지 않았다. 바다는 숨을 죽이고, 그 위로 별들이 하나씩 모습을 드러냈다. 꿰뚫을 듯 밝은 노란 빛이 남쪽에 나타나 빗줄기 같은 황금빛 광선을 쏘아 던졌다.

"보세요! 등대예요!"

그런 다음 조금 있다가 다시 말했다.

"저게 별일 수가 있나요?"

한동안 그걸 응시하던 새매가 마침내 말했다.

"필경 저건 고바르돈 별일 거다. 남원해에서만 보이지. 고바르돈이란 왕관을 뜻한다. 커렘카르머룩이 가르쳐 주기를 남쪽으로 쭉 배를 몰아 가면 고바르돈 밑으로 수평선에 하나씩 하나씩 별이 여덟 개 더 또렷한 모습을 나타내어 장엄한 성좌를 이룬다고 했지. 어떤 이들은 '달리는 사람'이라고 하고 다른 이들은 '아그넨' 룬이라 부르는 별자리야. 바로 '끝'의 룬이지."

그들은 쉴 새 없이 출렁이는 수평선을 가르고 변함없는 빛을 던지는 그 별을 바라보았다.

새매가 말했다.

"너는 엘파란의 노래를 불렀지. 마치 그녀의 슬픔을 아는 것처럼. 그리고 넌 내게도 그 슬픔을 알려 주었구나……. 어스시의 온 역사를 통틀어 무엇보다도 날 사로잡는 건 늘 그것이란다. 절망에 맞선 모레드의 위대한 용기, 절망을 넘어 탄생한 자비로운 왕 세리아드, 그리고 그녀, 엘파란. 내가 내 생애 최대의 악을 저질렀던 그때 나를 돌려세운 것은 그녀의 아름다움이었던 것 같다. 나는 그녀를 보았단다. 찰나 속에 나는 엘파란을 보았어."

차디찬 떨림이 아렌의 등줄기를 타고 올랐다. 아렌은 침을 삼키고 아무 소리 없이 앉아서 한에 사무친 듯 눈부신 빛을 뿌리는 황옥색 별을 바라보았다.

"영웅들 중 누가 네 영웅이지?"

현자가 물었다. 아렌은 약간 주저하며 대답했다.

"에레삭베요."

"그건 그가 가장 위대하기 때문이냐?"

"그가 온 어스시를 통치할 수 있었지만 그러지 않기를 택했고, 홀로 셀리더의 해안에 가서 용 오름과 싸우다 죽었기 때문이에요."

두 사람은 잠시 동안 각자 자기 생각을 좇으며 앉아 있었다. 그러고 나서 아렌이 물었다. 여전히 노란 고바르돈을 바라보면서였다.

"그러면 마술로 죽은 자를 다시 삶으로 데려다가 살아 있는 이들과 얘기하게 할 수 있다는 게 사실인가요?"

"소환 주문으로 가능하지. 그건 우리 힘이 미치는 범위 안에 있다. 하지만 그런 일은 거의 일어나지 않아. 나는 그게 단 한 번이라도 현명하게 행해질 수 있는 일인지 의심스럽구나. 이 점에서는 소환사도 나와 뜻이 같았지. 그는 「팰른 전승」을 쓰지 않고 가르치지도 않았어. 거기 그런 주문들이 들어 있지. 그중 가장 큰 주문은 천 년 전에 팰른의 회색 현자라 불리던 자가 만든 것이다. 그자는 영웅들과 현자들의 영혼을 불러올렸지, 에레삭베까지도 소환했단다. 팰른의 영주에게 전쟁이나 정치에 관한 조언을 하게 하려고 했던 거다. 하지만 죽은 이들의 조언은 산 자들에게 이롭지 못해. 팰른은 나쁜 시절을 맞았고 회색 현자는 추방당했다. 그는 이름 없이 죽었지."

"그렇다면, 그 일은 악한 건가요?"

"악이라기보다 오해라고 불러야겠지, 삶을 잘못 이해한 것이라고. 죽음과 삶은 한가지야. 이 내 손의 양면, 손바닥과 손등 같은 것이다. 그러나 한편으로 손바닥과 손등은 같지 않지…….
그 둘은 서로 떨어질 수 없고, 섞일 수도 없다."

"그럼 이제는 누구도 그 주문들을 사용하지 않나요?"

"그 주문들을 마음대로 사용하던 사람을 나는 딱 한 명 알고 있구나. 그자는 그 주문들의 위험을 헤아리지 못했지. 그 주문들은 다른 어떤 마술보다도 더 아슬아슬한, 아주 위험 천만한 것이거든. 죽음과 삶은 손바닥과 손등 같다고 내가 말했다만, 우리가 삶이 무엇인지 또 죽음이 무엇인지 알지 못한다는 게 진실이지. 자기가 이해하지 못하는 것을 좌우할 힘을 차지한다는 건 현명치 못한 일이야. 그 끝은 좀처럼 좋을 수 없단다."

"그 주문들을 썼던 사람은 누구였나요?"

아렌은 새매가 이렇게나 기꺼이 물음에 대답해 주는 걸 본 적이 없었다. 더욱이 조용히 생각에 가득 찬 이런 분위기 속에서……. 비록 화제는 어두웠어도, 이야기를 나누는 건 두 사람 모두에게 위로가 되었다.

"해브너에 살던 자야. 남들 눈에 그는 그저 마술사에 지나지 않았지만, 타고난 힘으로 치면 대마법사였지. 그자는 자기 기술을 써서 돈을 벌었다. 돈만 내면 누구한테든 그 사람이 보고 싶어 하는 영혼을 보여 주었단다. 죽은 아내나 남편이나 자식을 말이야. 그리고 일렁이는 옛 시대의 그림자들로 자기 집을 채웠다. 왕의 시대에 살았던 아름다운 여인들을 불러냈지. 나는 그자가 '메마른 땅'으로부터 바로 내 노스승이셨던 넴머를 님을 소환한 걸 보았다. 내가 젊었을 때 대현자셨던 그분을, 그저 구경꾼들을 즐겁게 해 줄 여흥 삼아 불러올린 거야. 그 위대한 영혼이 발뒤꿈치를 따르는 개처럼 그자의 부름을 좇더구나. 나는 성이 나서 그에게 도전했다. 그 당시엔 대현자가 아니었단다. 나는 이렇게 말했지. '당신은 죽은 이들을 억지로 당신 집으로 끌어 왔지. 나와 함께 그들의 기치로 가 보겠니?' 그러자 그자는 온 의지를 다해 나와 싸웠고 변신을 했고 더 이상 어쩔 수 없자 소리 내어 울기까지 했지만, 난 그를 '메마른 땅'으로 끌고 갔지."

"그래서 그자를 죽이셨어요?"

이야기에 푹 빠져서 아렌이 속삭였다.

"아니다! 난 그자로 하여금 나를 따라 죽은 이들의 땅으로 들어가게 했고, 거기서 돌아 나올 때에도 날 따르게 했단다. 그자는 겁에 질렸다. 그렇게 쉽사리 죽은 이를 소환해 내던 그자가 죽음을 무서워하기는 더하더구나. 저 자신의 죽음은 무서웠던 거지. 내가 알았던 그 누구보다도 더 겁을 내더라. 그 돌담에서……. 그런데 난 네게 수련생이 알아도 되는 것 이상을 얘기하고 있구나. 더욱이 넌 수련생도 아닌데."

어스름 속에 예리한 시선이 아렌의 응시를 되받아 아렌을 찔끔하게 했다.

"상관없지."

대현자가 말했다.

"거기 돌담이 있단다. 그러니까, 그 영역의 어떤 장소에 말이다. 영혼은 그 담을 넘어서 죽음으로 가고, 살아 있는 사람은 그걸 넘어갔다 다시 돌아오지……, 그가 현자라면 말이다. 이 사내는 산 자들 쪽 돌담 가에 쭈그리고 앉아서 내 뜻에 저항하려 했지만 그럴 수 없었다. 그자는 손으로 돌을 움켜잡고 저주를 퍼붓고 비명을 질러 댔지. 그런 공포는 본 적도 없었어. 거기 담긴 병독이 날 메스껍게 했다. 그걸로 내가 잘못을 저지른 줄을 알았어야 했는데. 나는 분노와 허영에 사로잡혀 있었어. 그자는 굉장히 강했고, 나는 열에 들떠 내가 더 강하다는 걸 입증하고 싶었던 거다."

"나중에 그자는 어떻게 했나요? ……돌아왔을 때요."

"벌벌 기면서 다시는 팰른 전승을 쓰지 않겠다고 맹세했지. 내 손에 입을 맞췄고. 혹시 그럴 배짱이 있었다면 아마 나를 죽였을걸. 그는 해브너를 떠나 서쪽으로 갔다. 아마 팰른으로 갔

을지 몰라. 몇 년이 지나서 그자가 죽었다는 이야기를 들었단
다. 팔이 길고 씨름꾼처럼 민첩한 사내였지만, 내가 알았을 때
벌써 머리가 허옜지. 내가 뭣 때문에 그 사람 이야기를 하고 있
담? 그자의 이름도 떠올리지 못하면서 말이야."

"그의 진짜 이름요?"

"아니! 그건 기억할 수 있지."

새매는 그런 뒤 잠깐 말을 끊었다. 심장이 세 번 고동칠 동안
완벽한 정적이 있었다.

"해브너에서 사람들은 그를 '거미'라고 불렀다."

새매의 음성이 달라져 있었다. 주의를 집중한 기색이었다. 이
미 표정을 살피기엔 너무 어두워졌다. 아렌은 새매가 몸을 돌려
노란 별을 쳐다보는 것을 보았다. 별은 이제 바다 물결 위로 좀
더 높이 떠올라, 거미가 뽑아낸 실처럼 가느다랗게 흩어지는 금
빛 광선을 그들 등 뒤까지 길게 흘리고 있었다. 오랜 침묵이 있
은 후 새매가 말했다.

"오래전에 잊혀졌으나 아직 존재하는 뭔가에 직면하는 건 꿈
속에서만 있는 일은 아니로구나. 그렇지? 그리고 의미를 파악하
지 못한 까닭에 엉뚱하게 보이는 이야기를 하기도 꿈속에서만
은 아니야."

로바네리

햇빛 환한 수면 너머 40리쯤 떨어져서 보는 로바네리는 초록빛, 샘가에 난 이끼 같은 선연한 초록빛이었다. 가까워지자 그 빛깔은 흩어져 나뭇잎과 나무 줄기와 그늘과 길과 집들과 사람들의 얼굴과 옷과 흙먼지가 되었고, 그 전부가 합쳐 사람이 사는 섬을 구성하였다. 하지만 전체적으로 그곳은 여전히 초록빛이었다. 왜냐하면 건물이 세워져 있는 자리와 그 위로 걸어다녀야 할 빈 공간만 제외하고는 온 땅이 다 꼭대기가 둥근 헐바 관목으로 가득 차 있었기 때문이다. 그 잎사귀를 먹은 조그만 벌레들이 뽑아내는 비단 실오라기로 로바네리의 남녀노소가 실을 잣고 천을 짠다. 황혼 녘이면 벌레들을 먹고 사는 작은 잿빛 박쥐가 하늘에 드글드글했다. 박쥐들이 잡아먹는 벌레가 꽤 됐지만, 잿빛 날개의 박쥐를 죽이는 걸 아주 불길하게 여기는 비단 직조인들은 놈들을 죽이지 않고 그냥 두었다. 사람이 그 벌레로 먹고 산다면 작은 박쥐들도 그럴 권리가 있다는 얘기였다.

집들은 괴상했다. 작은 창들이 아무렇게나 뚫려 있고, 헐바나무 잔가지로 이은 지붕들은 이끼가 끼어 온통 초록빛이었다. 로바네리는 부유한 섬이었다. 적어도 원해의 섬치곤 그랬다. 그런 기색은 말끔히 칠하고 세간도 잘 갖춘 집들, 헛간이나 작업장에 놓인 커다란 물레며 베틀, 조그마한 소사라 항구에 갖춰진 석제 부두에서 엿볼 수 있다. 부두는 상용 갤리선 몇 척이 한꺼번에 댈 만했다. 하지만 지금은 항구에 배가 없었다. 집들은 칠이 바랬고 가구 중에는 새것이 없었으며 물레나 베틀은 대부분 멈춘 채 먼지가 앉았다. 발판과 발판 사이에, 덮개와 틀 사이에 거미줄이 쳐 있었다.

"마술사? 로바네리에는 마술사가 없소. 예전에도 없었고."

소사라 마을의 읍장이 말했다. 키 작은 사내로, 그의 얼굴은 맨발인 그의 발뒤꿈치처럼 딴딴했고 갈색이었다.

"세상에 그럴 줄이야!"

새매가 놀라워하며 말했다. 그는 마을 사람 여덟아홉 명과 함께 앉아서 도수 낮고 쌉싸름한 헐바 오디 술을 마시고 있었다. 새매는 부득이 엠멜 석을 찾아 남원해에 왔다고 거짓말을 했지만 어떤 방식으로든 자신이나 동행자를 변장시키지는 않았다. 다만 아렌은 늘 그랬듯 검을 배에 숨겨 두었고, 만약 새매가 지팡이를 갖고 있었다고 하면 그건 눈에 안 보였다. 마을 사람들은 애초부터 무뚝뚝하고 사나웠는데 언제라도 도로 무뚝뚝하고 사나워질 태세였다. 새매가 교묘하게 달래고 얼러서 마지못해 그들을 받아들이게 했을 따름이다. 이제 그가 말했다.

"나무에 통달한 사람들이 있어 줘야지요. 나무밭에 늦은 서리가 내리면 어쩝니까?"

"어쩌긴 뭘 어째요."

줄줄이 앉은 마을 사람들 맨 끝에 있던 말라깽이 남자가 말했다. 그들은 모두 이엉을 인 처마 아래 여관 벽을 따라 한 줄로 등을 기대고 앉아 있었다. 그들의 맨발 바로 너머로 굵고 미지근한 4월의 빗방울이 땅을 두드렸다.

"비가 큰일이지, 서리는 괜찮소. 벌레 상자가 썩는다오. 떨어지는 비는 아무도 못 막지. 누가 막을 엄두를 내겠소."

읍장은 마술이나 마술사를 두고 싸움이라도 할 듯했다. 다른 사람들 중 몇은 같은 문제에 대하여 좀 더 아쉬워하는 모습이었다. 그런 사람 하나가 말했다.

"이 계절에 비가 왔던 적도 없지요. 전에 그 양반이 살았을 적에는요."

"누구? 밀디 노인네? 흠, 그인 이제 없잖나. 죽어 버렸지."

읍장의 말이었다.

"그이를 나무밭지기라고 불렀는데 말입니다."

깡마른 남자가 그렇게 말했다.

"그래. 나무밭지기라고 불렀더랬지."

또 다른 사람이 말했다. 침묵이 비처럼 퍼져 갔다.

방 하나로 되어 있는 여관 창 안쪽에는 아렌이 앉아 있었다. 그는 벽에 걸린 낡은 류트를 발견했다. 비단 섬에서 연주하는 목이 길고 현이 셋인 류트였고, 아렌은 지금 그것을 가지고 음악을 이끌어 낼 방법을 연구하며 퉁겨 보고 있었다. 그 소리는 이엉 위에 후드득거리는 빗소리보다 크지 않았다.

새매가 말했다.

"호트 읍의 시장에서 로바네리 비단이라고 팔리는 물건을 봤지요. 어떤 건 비단은 비단이더군. 하지만 로바네리 비단은 하나도 없었소."

깡마른 남자가 말했다.

"일기가 아주 고약했어요. 4년, 이제 5년째 이 모양이오."

"다섯 해째지. '멈춘 날' 전날부터 쳐서."

한 늙은이가 입을 옴죽거리며 자기 말에 흡족해서 그렇게 말했다.

"밀디 그 친구가 죽은 뒤부터라고. 암, 그이는 죽었지. 내 나이 근처까지도 못 오고 죽고 말았어. '멈춘 날' 전날에 말이야."

"품귀 현상이 값을 올리는 거요. 파랗게 물들인 중급 비단 한 필에 예전의 세 필 값을 받는다오."

읍장이 말했다. 그러자 깡마른 남자가 받았다.

"받으면 말이지요. 배가 어딨습니까? 게다가 그 파란색은 글 렀어요."

그로 인해 대작업장에서 사용하는 염료의 질을 두고 반 시간 쯤 말다툼이 벌어졌다.

새매가 물었다.

"누가 그 염료를 만듭니까?"

그러자 새로운 말다툼이 일었다. 그 결과 새매는 어떤 한 가 족이 염색 과정 전체를 관할한다는 사실을 알아냈다. 그 가족은 마법사를 자처하고 있었다. 그러나 설사 전에는 마법사들이었 다 하더라도 그들은 이제 기술을 잃었고, 다른 누구도 그 비법 을 찾지 못했다. 깡마른 남자가 신랄하게 투덜거린 말이었다. 읍장만 빼고 모두들 동의한 바로, 로바네리 명산인 푸른 염색과 '용의 불'이라 불리며 오래전 해브너의 왕비들이 걸쳤던 그 비 길 데 없는 선홍색은 이제 예전 같지 않았다. 뭔가가 빠져나가 버린 것이다. 계절에 맞지 않는 비가 문제였다. 아니면 염색에 쓰는 흙이 잘못됐거나, 정제 과정이 잘못됐거나……. 깡마른 남 자가 말했다.

"아니면 눈이 글러 먹었거나요. 진짜 감청색과 퍼런 진흙을 구분 못하는 사람들이 글러 먹은 거죠."

그러면서 그는 읍장을 빤히 쳐다보았다. 읍장은 그에 대해 반론하지 않았다. 사람들은 다시금 침묵에 잠겼다.

약한 과실주는 사람들 성미만 버려 놓은 듯, 얼굴들이 음울했다. 이제 골짜기 나무밭의 셀 수 없는 나뭇잎들 위로 흐드러지는 빗소리밖에는 아무 소리가 없었다. 빗소리와, 그 거리 저 아래쪽 끝에서 들려오는 바다의 속삭임과, 문 안 컴컴한 데서 두런거리는 류트 소리뿐이었다.

읍장이 물었다.

"노래는 하오? 당신이 거느리고 있는 저 계집애 같은 애녀석 말이오."

"암요, 할 줄 알지요. 아렌, 애야! 우리한테 한 곡조 불러 다오."

아렌은 창으로 내다보며 빙긋 웃었다.

"이 류트로는 단조밖에 못 뜯겠어요. 류트가 울고 싶어 하니요. 뭐가 듣고 싶으신가요, 여러분?"

"뭔가 새로운 것을."

읍장이 중얼거렸다.

류트가 가볍게 떨었다. 아렌은 이미 이 악기를 손에 익혔다. 그가 말했다.

"이 곡이 여기서는 아마 새롭겠지요."

그런 다음 아렌은 노래불렀다.

"솔레아의 하얀 해협에 두고

사랑하는 사람을 잃은 슬픔에

무겁게 수그린 그녀 머리 위로

꽃무더기 기울인

그 붉은 나뭇가지에 두고

그칠 줄 모르는 깊은 슬픔에 두고

나 세리아드,

내 어머니와 모레드의 아들이 맹세하노라.

그 악행을 기억하리라고,

영원토록, 영원토록."

　사람들은 잠잠했다. 씁쓸하게 굳은 얼굴과 고된 노동에 해어진 손과 몸을 지닌 사람들이었다. 그들은 미지근한 비가 뿌리는 남방의 황혼 속에 꼼짝 않고 앉은 채 에아의 차디찬 바다에 외떨어져 슬피 울부짖는 잿빛 고니들의 울음 같은 그 노래를 들었다. 노래가 끝난 다음에도 한동안 그들은 가만히 있었다.

　"묘한 노래로군."

　한 사람이 어정쩡하게 말했다.

　또 다른 사람이 로바네리 섬이야말로 모든 시간과 공간 속에 절대적인 중심점이라는 확신을 거듭 되살려 이렇게 말했다.

　"외지 노래들은 늘 괴상하고 우울하지."

새매가 말했다.

"우리에게 댁네 노래를 좀 들려주시구려. 난 명랑한 곡조가 듣고 싶다오. 저 녀석은 옛적에 죽은 영웅들 노래만 부를 거거든요."

"내가 해 드리지."

맨 끝에 말했던 사람이 나서서는 몇 번 헛기침을 하더니 노래를 시작했다. 근사하고 맘 뿌듯한 포도주통! 헤이, 호, 가자, 가자! 하지만 아무도 합창 부분에 목소리를 합치지 않았고 '헤이, 호' 하는 부분에 이르자 음정이 처졌다.

"이젠 제대로 돼 먹은 노래가 없어."

그 남자가 골을 내며 말했다.

"젊은 사람들 탓이오. 늘 원래 하던 방식을 난도질해 갈아 치우니. 옛날 노래는 배우지도 않지."

그러자 깡마른 남자기 말했다.

"그게 아뇨. 제대로 돼 먹은 게 아무것도 없는 거지. 더 이상 뭐 하나 올바르게 되어 가질 않아요."

제일 나이 든 사람이 씨근거렸다.

"맞아, 맞아, 맞아. 운이 다한 걸세. 바로 그거야, 운이 다했다고."

그 후에는 별다른 얘기가 없었다. 마을 사람들은 둘씩 셋씩 자리를 떠서 창문 밖에는 새매 혼자 남았다. 창 안에는 아렌이 있었다. 새매가 마침내 웃음을 터뜨렸다. 즐거운 웃음은 아니었다.

여관 주인의 아내가 와서 붙임성 없는 태도로 바닥에 침구를 깔아 놓고 갔다. 그들은 잠을 자려고 누웠다. 그러나 그 방의 높은 서까래는 박쥐들의 거처였다. 박쥐들은 유리가 없는 창문을 통해 밤새도록 들락날락하며 높은 소리로 찍찍거렸다. 그러다 새벽이 되어서야 모두 돌아와 자리를 잡고 각자 깔끔하게 꾸려진 자그마한 잿빛 꾸러미들이 되어 서까래에 거꾸로 매달렸다.

아렌의 잠이 편치 못했던 건 아마 설쳐 대는 박쥐들 때문이었을 것이다. 뭍에서 잠잔 지가 한참 전이라 몸이 꿈쩍도 않는 땅에 익숙지 못해, 막 잠이 들려고 하면 자꾸만 흔들리고 있는 듯한 느낌이 들었다. ……그러다 세상이 몸 아래서 꺼져 내리고, 아렌은 화들짝 놀라 깨고 마는 것이었다. 끝끝내 잠이 들자 이번에는 노예선의 선창에 사슬로 묶여 있는 꿈을 꾸었다. 다른 이들도 함께 묶여 있었는데 모두들 죽은 채였다. 아렌은 이 꿈에서 벗어나려 발버둥치며 몇 번이나 깨었지만 잠만 들면 또다시 그 꿈에 빠졌다. 마침내 아렌은 혼자 배 위에 있다는 생각이 들었는데 여전히 묶여 있어 꼼짝할 수 없었다. 그러더니 이상하게 느린 목소리가 귓가에서 말했다.

"속박을 풀어라."

그 음성이 그렇게 말했다.

"속박을 풀어라."

그래서 아렌은 움직이려고 노력했고, 움직였다. 그는 일어섰다. 음산한 하늘 밑 어스름에 잠긴 광대한 벌판이었다. 그 땅과 뻑뻑한 공기에는 무엇인가 무시무시한 것이 깃들어 있었다. 어마어마한 공포였다. 이 장소는 두려웠다, 장소 그 자체가 바로 공포였으며 아렌은 그 속에 있었다. 그리고 길은 하나도 없었다. 길을 찾아야만 하는데 길은 없고 그는 아주 작게만 느껴졌다. 그는 어린애처럼, 개미처럼 작고 그 장소는 어마어마하게 커 끝이 없었다. 그는 걸으려고 해 보았다. 넘어졌다가, 일어나면서.

가슴속에 공포가 있었다. 아렌은 잠을 깨어 더 이상 황야에 있지 않았다. 하지만 끝없이 광대하고 막막한 느낌은 조금도 덜해지지 않았다. 아렌은 방 안의 깜깜함에 목이 막혔다. 흐릿하게 네모로 뚫린 창에서 별을 찾아보러 했지만, 비가 그쳤는데도 별이 없었다. 그는 깬 채로 누워서 두려움에 젖어 있었고, 박쥐들은 소리 없는 피막 날개로 날아 드나들었다. 가끔 청각의 한계 근처에서 그것들의 가냘픈 울음소리가 들리곤 했다.

아침이 밝아 왔고, 두 사람은 일찍 일어났다. 새매는 엠멜 석에 관하여 열심히 탐문했다. 마을 사람들 중에 엠멜 석이 무엇인지 아는 이는 아무도 없었지만 저마다 그에 관한 견해는 있어서 말싸움이 났다. 새매는 귀 기울여 들었다. 엠멜 석에 관해서

듣는다기보다 뭔가 새로운 얘기가 있는지 듣는 것이었지
만……. 마침내 새매와 아렌은 읍장이 일러 준 길로 해서 푸른
염색토를 파내는 채취장으로 향했다. 하지만 새매는 가다가 곁
길로 꺾어 들었다.

"이게 그 집일 거다. 염색업자 일가인지 못 믿을 마술사들인
지가 이 길에 산다고 했지."

산토끼 일을 너무나 잘 기억하고 있는 아렌이 말했다.

"그자들하고 얘기해 볼 필요가 있을까요?"

"이 악운에는 중심이 있어. 어딘가 운이 새어 나가는 지점이
있다. 그 지점으로 이끌어 줄 실마리가 필요해!"

그렇게 매섭게 잘라 말하고 나서, 현자는 그 길로 나아갔다.
아렌은 쫓아갈 수밖에 없었다.

그 집은 집에 딸린 나무밭들 속에 뚝 떨어져 서 있었다. 튼튼
하게 지은 석조 건물이지만 집이나 땅 모두 한참이나 돌보지 않
은 듯했다. 멋대로 자란 가지 사이에 모아들이지 않은 누에고치
들이 빛바래 있고, 그 아래 땅에는 죽은 애벌레와 나방이 싸 놓
은 종이질 배설물이 두껍게 더께져 있다. 집 곁으로 바짝 다가
붙은 나무들 아래, 주변에는 온통 부패한 냄새가 떠돌았다. 그
리로 다가감에 따라 아렌은 간밤에 덮쳐 왔던 그 공포를 떠올
렸다.

그들이 채 다다르기도 전에 문이 벌컥 열렸다. 머리가 허연

여자가 툭 튀어나와 벌건 눈을 번들거리며 호통을 쳤다.

"나가, 저주받을 놈들아! 도둑놈, 뒷말꾼, 머저리, 거짓말쟁이, 바보 후레자식 놈들 같으니! 나가, 나갓! 꺼져 버렷! 나쁜 운수가 네놈들을 떠나지 않길!"

새매는 우뚝 서서, 좀 놀란 듯이 바라보았다. 그러곤 얼른 손을 들어 기묘한 손짓을 했다. 그러면서 한마디 말했다.

"면할지어다!"

그걸 보고 노파는 고함 지르던 걸 멈췄다. 그러곤 새매를 빤히 보았다.

"뭣 때문에 그 짓을 하나?"

"당신 저주를 면하려고 그러지요."

노파는 좀 더 오래 응시하고 있다가 끝내는 쉰 목소리로 말했다.

"외지 사람들인기?"

"북쪽에서 왔다오."

노파가 앞으로 나왔다. 처음에 아렌은 늙은 여자가 문간에서 고래고래 소리를 질러 대는 꼬락서니를 비웃고 싶은 기분이었지만, 막상 그녀가 가까이 오자 그저 딱하기만 했다. 노파는 추했고 옷도 엉망으로 입은 데다 숨결에서는 악취가 풍겼다. 게다가 빤히 쳐다보는 그 끔찍한 눈빛엔 고통이 담겨 있었다.

"나한텐 저주할 힘이 없어. ……아무 힘도 없다고."

152

그렇게 말하고 노파는 새매의 몸짓을 흉내 냈다.

"당신이 떠나온 거기선 사람들이 여전히 이렇게 하지?"

새매가 끄덕였다. 그는 노파를 지그시 바라보았고 노파는 그 눈길을 맞받았다. 문득 노파의 얼굴이 움직이더니 변하기 시작했다. 노파가 말했다.

"당신 지팡이는 어디에 있소?"

"여기서는 내보이지 않을 거요, 자매여."

"그래요, 그러지 말아야지. 그게 당신을 삶에서 떨어뜨려 놓을 테니까. 내 힘이 나를 삶에서 떼어 놓았던 것과 마찬가지야. 그래서 난 힘을 놔 버렸다오. 난 내가 알던 모든 걸 잃었소, 온갖 말들과 이름들을……. 거미줄처럼 미세한 실이 되어서 내 눈과 입에서 빠져나가 버렸어요. 세상에 구멍이 났다오. 그리로 빛이 새어 나가고 있지. 그리고 빛과 함께 말들도 사라져 버려요. 알고 있었소? 내 아들은 하루 종일 앉아서 어둠을 응시하고 있다오, 세상의 구멍을 찾는 거요. 그러면서 자기가 장님이었더라면 더 잘 볼 수 있었을 거라고 말하지. 아들 녀석은 염색 솜씨를 잃었소. 우린 로바네리의 염색 장인들이었거든. 봐요!"

노파는 알이 밴 가는 팔을 흔들어 보였다. 지금껏 수없이 물일을 해 오며 염료가 배어들어서 생긴 희미한 줄들이 어깨까지 얼룩얼룩했다.

"이건 피부에서 안 빠져요. 하지만 정신은 깨끗하게 헹궈지지. 정신은 물들지 않는다오. 당신은 누구시오?"

새매는 아무 말 하지 않았다. 다시금 그의 눈이 노파의 눈길을 붙들었고, 옆에 비켜 서서 불편하게 지켜보던 아렌의 눈길을 붙들었다.

느닷없이 노파가 몸을 부르르 떨며 속삭이는 소리로 말했다.

"난 당신을 알겠소……."

"물론. 동류는 동류를 알아보지요, 자매여."

공포에 질려 도망치고 싶은 듯이 그 현자로부터 물러나면서도, 마치 그의 발 앞에 무릎을 꿇으려는 듯이 절박하게 그에게 다가가려는 노파의 모습은 아주 기묘했다.

새매는 노파의 손을 붙잡아 멈춰 세웠다.

"당신 힘을 돌려받겠소? 기술을, 이름을? 내가 줄 수 있소."

"당신이 바로 '위대한 자'로군. 그림자들의 왕이며 '어두운 땅'의 주인인……."

노파가 속삭였다.

"나는 아니오. 나는 왕이 아니오. 나는 사람이고, 필멸자이며, 당신의 형제이자 동류라오."

"하지만 당신은 죽지 않을 테죠?"

"죽을 거요."

"하지만 되돌아와서 영원히 살겠지."

"난 아니오. 그리고 어떤 인간도 그럴 수 없소."

"그러면 당신은 아니군. 어둠의 위대한 그이가 아니로군."

노파는 눈살을 찌푸리고 말하고 곁눈질로 새매를 힐끔거렸다. 이제는 좀 덜 두려운 듯했다.

"하지만 당신도 위대한 자이긴 해. 그럼 둘이 있단 말인가? 당신 이름이 뭐요?"

새매의 엄한 얼굴이 한순간 녹었다. 그가 부드럽게 말했다.

"당신에게 말해 줄 순 없군요."

"나는 당신에게 비밀을 말해 주겠소."

노파는 이제 좀 더 반듯하게 몸을 세우고 새매를 마주 보았다. 그 모습과 그 목소리에는 예전에 지녔던 위엄의 잔향이 있었다.

"나는 계속계속 살고 또 살아 영원히 사는 걸 원하지 않아. 차라리 사물들의 이름을 되찾고 싶어요. 그러나 그것들은 다 없어졌지. 이름들은 이제 문제가 안 된다오. 이젠 더 이상 비밀이 없어요. 내 이름이 알고 싶소?"

노파의 눈에 빛이 가득 차고 주먹은 꽉 부르쥐어졌다. 노파는 앞으로 몸을 기울이고 속삭였다.

"내 이름은 아카렌이야."

그러더니 그녀는 비명처럼 크게 부르짖었다.

"아카렌! 아카렌! 내 이름은 아카렌! 이제 모두들 내 비밀 이름을, 내 진짜 이름을 알지. 이제 비밀은 없어. 진실도 없어. 죽음도 없어. 죽음이 없어, 죽음, 죽음이!"

노파는 흐느끼면서 '죽음'이라는 말을 외쳐 댔다. 그 입술에서 침 거품이 튀었다.

"가만히 있어요, 아카렌!"

그녀는 멈췄다. 빗지 않은 백발이 쫙쫙 갈라져 늘어진 더러운 얼굴에 눈물이 줄줄 흘렀다.

새매는 눈물 범벅이 된 그 주름투성이 얼굴을 양손으로 잡고 아주 가볍게, 아주 부드럽게 그 눈에 입을 맞췄다. 노파는 눈을 감은 채 꼼짝 않고 서 있었다. 그러자 새매는 노파의 귀에 입술을 가까이하여 옛 언어로 짤막하게 무슨 말을 했고, 한 번 더 입을 맞춘 다음 놓아주었다.

노파는 맑은 눈을 뜨고 한동안 그를 바라보았다. 궁금헤히는 듯 골똘한 눈매였다. 갓난아기가 어머니를 볼 때 그렇게 보며, 어머니가 자기 아이를 그렇게 본다. 노파는 천천히 몸을 돌려 자기 집 문으로 갔고, 들어가더니, 문을 닫았다. 모든 일이 침묵 속에 이루어졌다. 얼굴에는 잔잔한 경이의 표정을 담은 채로.

침묵 속에 현자는 몸을 돌려 길 쪽으로 돌아가기 시작했다. 아렌은 그를 따라갔다. 감히 뭐라고 물어볼 엄두를 낼 수 없었다. 문득 현자가 발을 멈췄다. 거기는 퇴락한 나무밭이었다. 그가 말했다.

"나는 그이한테서 이름을 빼앗고 새 이름을 주었다. 그러니

어떤 의미로는 다시 태어난 거지. 달리 도와줄 수도, 다른 희망
도 없었어."

짓눌리고 긴장된 목소리였다. 그가 계속 말했다.

"그 사람은 힘을 가진 여자였단다. 그냥 마녀나 약물 조제사
따위가 아니라 고도의 기술과 실력을 갖춘, 아름다운 것을 만드
는 데 자기 솜씨를 발휘하는, 자부심 강하고 존경할 만한 여인
이었다. 그게 그녀의 삶이었지. 그 모든 게 무너졌구나."

새매는 휙 돌아서서 나무밭 사이 골진 길로 걸어 들어갔다.
그러곤 나무줄기 옆에 등을 돌린 채 서 있었다.

아렌은 나뭇잎이 점점이 얼룩을 지운 뜨거운 햇볕 아래 기다
리고 있었다. 새매가 감정에 북받쳐 자신에게 부담을 주는 걸
부끄럽게 여기는 줄은 아렌도 알았다. 사실 거기엔 소년이 할
수 있는 일도, 해 줄 말도 없었다. 하지만 아렌의 마음은 애타게
동료에게 쏠렸다. 지금은 애초의 낭만적인 열정이나 동경으로
가 아니라 마치 그 속 중심으로부터 어떤 끈이 뻗어 나와 끊을
수 없는 결속을 맺은 것처럼 고통스럽게 쏠려 가는 것이었다.
지금 아렌이 느끼는 이 사랑 속에는 동정이 있었다. 동정 없는
사랑은 단련되지 않은 사랑이고, 따라서 온전한 사랑이 아니며,
오래가지 못한다.

이윽고 새매가 나무밭의 푸른 그늘을 지나 아렌에게 돌아왔
다. 둘 다 아무 말 없는 채 나란히 걸었다. 벌써 날이 뜨거웠다.

간밤에 내린 비는 말라 버렸고 길을 가는 그들의 발 아래 먼지가 피었다. 꿈 탓에 아까까지는 음침하고 생기 없어 보이던 날씨였지만 이제 아렌은 따가운 햇살과 휴식을 주는 그늘이 기뻤다. 또 자신들의 목표를 골똘히 생각하지 않고 그냥 걷는 것이 즐거웠다.

그편이 나았다. 왜냐하면 아무 성과가 없었던 것이다. 오후는 염료 원광을 채굴하는 사내들과 이야기를 나누고, 엠멜 석이라고 내놓은 돌 조각들을 흥정하는 데 보냈다. 머리와 목을 마구 때리는 늦은 오후 햇볕 아래 터덜터덜 소사라로 돌아오면서 새매는 말했다.

"그건 파란 공작석이다. 하지만 소사라에선들 그 차이를 알지 모르겠구나."

"여기 사람들은 이상해요. 매사가 그런 식이군요. 차이를 모르겠어요. 어젯밤 그들 중 한 사람이 자기네 우두머리한테 말한 대로예요. 진짜 감청색과 퍼런 진흙을 구별 못한다고 그랬죠. 나쁜 시절이라고 투덜거리면서도 언제부터 그 나쁜 시절이 시작되었는지는 몰라요. 물건이 엉터리라고 말하면서도 개선하질 않죠. 그 사람들은 심지어 기술자와 주문 쓰는 사람, 수공과 마법 기술의 차이도 몰라요. 머릿속에 선도 구분도 분명한 색깔도 없는 것 같아요. 그 사람들한테는 모든 게 똑같은 거예요, 똑같이 흐리멍덩하죠."

"그렇구나."

현자가 사려 깊게 말했다. 그는 한동안 성큼성큼 그대로 걸어 나갔다. 머리를 어깨 사이에 구부린 모습이 매 같았다. 그는 키가 작은 사람이었지만 보폭은 컸다.

"그이들이 잃어버린 게 뭘까?"

아렌은 서슴없이 대답했다.

"삶의 기쁨이에요."

"그렇구나."

현자가 다시 말했다. 그는 아렌의 선언을 받아들여 그에 관하여 잠시 골똘히 생각을 굴렸다. 그러곤 마침내 말했다.

"네가 날 위해 생각해 줄 수 있어 기쁘다, 얘야……. 나는 지치고 바보가 된 기분이다. 오늘 아침부터, 원래 아카렌이었던 그 여자와 이야기한 다음부터 가슴이 아프구나. 나는 소모와 파괴가 싫다. 나는 적을 원하지 않아. 내게 적이 있어야만 한다 해도 나는 그를 찾아내고 싶지 않단다. 찾아서 발견하고, 만나고 싶지 않은 거야……. 사람이 무엇을 찾아나선다면 그 대상은 마땅히 값진 것이어야 하지 않겠느냐, 혐오스러운 것이 아니라?"

"적이라고요, 마법사님?"

새매는 고개를 끄덕였다.

"그 여자가 얘기한 '위대한 이'니 '그림자들의 왕'이……?"

새매가 다시 고개를 끄덕였다.

"난 그렇게 생각한다. 우리는 어떤 장소를 찾아가야 할 뿐 아니라 어떤 사람에게 찾아가야 할 것 같다. 악이란다, 이 섬을 휩쓸고 지나가는 이것은……. 재주를 잃고 자존심을 잃은 것, 이 기쁨 없음과 이 허망함이 바로 악이야. 이것은 한 악한 의지가 빚어낸 결과다. 그런데 그 의지는 여기서 눈썹 하나 깜짝 않았고 아예 로바네리나 아카렌을 눈치 채지도 못했어. 우리가 쫓아가는 길은 난파의 길 같구나. 마치 산비탈을 굴러 내리는 수레를 쫓아가는 것 같아. 마구 굴러 내려 부서지는 것을 그저 보고 있는 꼴이야."

"그 사람이……, 아카렌이, 그 적수에 관해서 좀 더 얘기해 주지 않을까요? 그자가 누구고 어디 있는지, 어쩌면 그가 어떤 존재인지까지도?"

"이젠 그럴 수 없단다, 얘야."

현자는 부드럽지만 처연한 어조로 말했다.

"틀림없이 말해 줄 수 있었겠지. 광기 속에서도 그이에겐 마법이 있었다. 실은 그 광기가 그녀의 마법이었어. 하지만 그이를 붙들어 나에게 대답하게 할 순 없었다. 너무나 고통받고 있었으니."

그러고 나서 그는 마치 그 자신이 고통을 진 듯이, 그래서 어떻게든 그 고통으로부터 벗어나고 싶은 듯이 머리를 어깨 사이로 약간 수그린 채 걸어 나갔다.

아렌은 돌아섰다. 뒤에서 길 위를 달려오며 투덕거리는 발소리를 들었던 것이다. 한 남자가 뒤쫓아 오고 있었다. 그는 아직 한참 뒤떨어져 있었지만 빠르게 거리를 좁혀 왔다. 길에 핀 먼지와 길고 뻣뻣한 머리카락이 서녘 햇살을 받아 그 사람 주위로 붉은 후광을 지었고, 그가 드리우는 긴 그림자는 길가 나무밭의 나무 그루와 그루 사이 고랑에 끌리며 괴상하게 훌쩍훌쩍 날뛰었다.

"들어가요!"

그 남자가 소리질렀다.

"멈춰요! 난 찾았어! 내가 찾았다고요!"

그는 단숨에 따라 붙었다. 아렌의 손은 우선 칼자루가 있어야 할 허공으로 갔다가, 잃어버린 손칼을 꽂아 두었던 자리를 헛짚고, 이어서 주먹으로 쥐어졌다. 모두가 순식간의 일이다. 아렌은 표정을 굳히고 앞으로 나섰다. 그 남자는 새매보다 너끈히 머리 하나만큼은 크고 어깨가 딱 바라진, 헐떡거리며 미쳐 날뛰는, 야수 같은 눈빛의 광인이다.

"내가 찾았어!"

그자는 계속 그렇게 말했다. 아렌은 냉철하고 위협적인 목소리와 태도로 그를 위압하려 애쓰며 말했다.

"원하는 게 뭐냐?"

그 남자는 아렌을 빙 돌아 새매를 찾았다. 아렌은 다시 그자

앞에 끼어들었다.

새매가 말했다.

"자넨 로바네리의 염색업자로군."

그러자 아렌은 동료를 보호하려 한 자신이 바보처럼 느껴졌다. 그는 옆으로 비켜 섰다. 현자가 건넨 말 몇 마디만으로 광인은 헐떡거리던 숨결을 가라앉히고 얼룩이 진 커다란 손을 자꾸 움켜쥐던 동작도 멈췄다. 좀 더 차분해진 눈빛으로 그가 고개를 끄덕였다.

"염색업자였지, 전에는요. 하지만 이젠 염색을 못 해요."

그는 새매를 스쳐 보더니 빙그레 웃었다. 그러곤 불그레한 먼지투성이 더벅머리를 흔들었다.

"당신이 우리 어머니 이름을 빼앗았죠. 이제 난 어머니를 몰라요. 어머니도 날 모르죠. 여전히 나를 사랑하시지만, 나를 두고 떠나 버린 거예요. 어머닌 죽었어요."

아렌의 가슴이 졸아들었다. 하지만 새매가 가볍게 머리를 젓는 게 보였다.

"아니, 그렇지 않아. 그이는 죽지 않았다."

"하지만 죽게 될 거예요. 어머니는 죽어요."

"그야 그렇지. 그게 살아 있음의 귀결이니까."

현자가 말했다. 염색업자는 이 말에 잠깐 어리둥절했다가, 새매에게 바짝 다가들어 그의 두 어깨를 움켜잡고 머리를 기울였다. 너무 빨리 움직인 탓에 아렌은 그를 막지 못했다. 하지만 거의 막을 뻔했기에 그자가 속삭인 말을 들을 수 있었다.

"난 어둠 속에서 구멍을 찾았어요. 그 왕이 거기 서 있어. 그가 보고 있지, 그가 다스려요. 손에 작은 불꽃을 들고 있어요, 작은 촛불을. 숨을 부니 그게 꺼졌어. 그러곤 그가 다시 그걸 불어 켰어요! 불이 탔어요! 불이 타더라고!"

새매는 그가 붙잡고 속삭여도 전혀 반항하지 않았다. 그저 이렇게 묻기만 했다.

"그걸 본 게 어디였지?"

"잠자리에서요."

"꿈을 꾸면서?"

"아니요."

"담을 넘었나?"

"아니에요."

염색업자는 갑자기 불편을 느낀 듯 흐느끼는 소리로 그렇게 말했다. 그러곤 현자를 놓아주고 한 걸음 물러섰다.

"아니요, 난……, 난 그게 어딨는지 몰라요. 난 그걸 찾았어. 하지만 그게 어딘지 모르겠어."

"그게 바로 내가 알고 싶은 것인데."

"내가 도와드릴 수 있어요."

"어떻게?"

"당신은 배를 가졌죠. 여기 올 때 그걸 타고 왔고 그걸 타고 갈 테죠. 서쪽으로 가지요? 그 길이 맞아요. 그게 바로 그이가 나온 그 장소로 가는 길이야. 거기에 어떤 한 장소가 있을 거예요, 이쪽 편에요, 왜냐하면 그이는 살아 있거든. 그냥 영혼이 아니에요, 담을 넘어 나온 유령이 아니라고. 그이는 그런 게 아니에요. 그 담을 넘어 나올 수 있는 건 영혼뿐이지만, 이건 몸이라고요. 불멸의 육체예요. 그의 숨결에 암흑 속에서 불꽃이 피어나는 걸 나는 봤어요. 꺼졌던 불꽃이 피어났다고요. 난 그걸 봤어요."

그 남자의 얼굴이 변했다. 길게 깔린 금적색 광채가 비치는 그 얼굴엔 야만스러운 아름다움이 깃들었다.

"난 그이가 죽음을 극복했다는 걸 알아요. 난 안다고. 그걸 알기 위해 난 내 마법을 내놓았어요. 난 한때는 마법사였다고요! 당신도 알잖아요. 당신은 거기 가려는 참이지요. 나도 데려가 줘요."

똑같은 광채가 새매의 얼굴에도 비쳤지만 그 얼굴은 꿈쩍 없이 엄숙할 뿐이었다.

"난 그리로 가려고 애쓰고 있네."

"나도 함께 가게 해 줘요!"

새매는 짧게 고개를 끄덕였다.

"우리 배가 나갈 때까지 갈 채비를 한다면."

그의 말은 전과 똑같이 냉정했다.

염색업자는 새매로부터 한 걸음 더 물러났고, 그 자리에 서서 그를 물끄러미 바라보았다. 그 얼굴에 비치던 열광이 서서히 흐려지더니 괴상하고 무거운 표정으로 바뀌었다. 흡사 폭풍처럼 몰아쳐 그를 혼란시키는 말과 감정과 환상들을 깨뜨리고 이성적인 사고가 고개를 내밀려 고투하고 있는 듯했다. 끝내 그 남자는 아무 말 없이 뒤로 돌아서 길을 되짚어 달려가기 시작했다. 그리하여 달려왔을 때의 발걸음을 따라 피어올라 여태껏 자지 않은 먼지구름 속으로 그 모습이 묻혔다. 아렌은 긴 안도의 한숨을 내쉬었다.

새매도 긴 숨을 쉬었지만, 한숨 돌린 기색은 아니었다. 그가 말했다.

"그래, 이상한 길에는 이상한 안내자가 있는 법이지. 가자."

아렌은 새매 옆에서 걷기 시작했다.

"저자를 데리고 가진 않으시겠죠?"

"그거야 그에게 달렸지."

아렌은 불끈 성이 났다. 그건 내게도 달린 문제라고 그는 생각했다. 하지만 뭐라고 말은 하지 않았다. 그래서 둘은 침묵 속에 함께 걸었다.

소사라에 돌아와서 그들은 별로 환영받지 못했다. 로바네리 같이 작은 섬에서는 모든 일이 일어나자마자 알려지게 마련이

고, 새매와 아렌이 옆길로 새어 염색업자 집에 들렀던 것과 길
에서 그 미치광이와 이야기한 건 분명 남의 눈에 띄었을 터였
다. 여관 주인의 대접은 퉁명스러웠고 안주인은 그들을 죽도록
겁내는 모습이었다. 저녁이 되어 여관 처마 밑에 모여 앉은 마
을 남자들은 외지 사람들과는 말을 않고 짐짓 자기들끼리 아주
익살맞고 즐거운 티를 냈다. 하지만 재치 있게 주고받을 만한
우스개는 딸리고, 흥을 내어 봐도 금세 풀이 꺾였다. 사람들은
모두들 침묵에 빠져 한참이나 그렇게 앉아 있었다. 그러다 마침
내 읍장이 새매에게 말했다.

"그 파란 돌은 찾았나, 그래?"

"파란 돌을 찾긴 찾았죠."

새매가 예의바르게 대답했다.

"틀림없이 소플리가 돌이 어딨는지 가르쳐 줬겠지."

이 멋진 빈정거림에 다른 사람들이 헛웃음을 웃었다.

"소플리란 그 붉은머리 남자겠군요?"

"맞소, 그 미치광이요. 아침에 당신이 그자의 어머니를 찾아
갔잖소."

"나는 마법사를 찾고 있었지요."

마법사가 말했다.

가장 가까이 앉아 있던 사람 곧 그 깡마른 남자가 깜깜한 데
에다 침을 뱉었다.

166

"마법사는 뭐하게?"

"내가 찾는 것에 관하여 뭔가를 알아낼 수 있을 거라 생각했지요."

읍장이 말했다.

"사람들은 로바네리에 비단을 구하러 오오, 돌을 찾으러 오는 게 아니라. 주문을 찾으러 오지도 않지. 손을 휘젓고 어쩌고 저쩌고 주절거리는 마술사들 속임수는 없단 말이오. 여기 사는 이들은 정직한 사람들이고 정직하게 일하오."

"맞아요. 그 말씀이 옳소."

다른 이들이 말했다.

"그리고 우린 그렇지 않은 작자들이 여기 오는 걸 원치 않소. 외지에서 와서 기웃기웃 엿보면서 우리 일을 들쑤시고 다니는 사람들 말이지."

"맞아, 맞는 말씀이오."

합창이 뒤따랐다.

"근방에 미치지 않은 마술사가 있다고 하면 작업장에서 정직한 일을 하게 해 줄 거요. 하지만 그치들은 정직하게 일할 줄을 모르지."

"글쎄요, 할걸요. 할 일이 있다면 말이지만."

새매가 말했다.

"당신네 작업장은 텅 비었고 나무밭은 돌보지 않은 채고, 당신네 창고에 있는 비단은 모두 짠 지 몇 년씩 된 것들이잖소. 여기 로바네리의 여러분, 당신들은 뭘 하고 계시오?"

"우리 일은 우리가 알아서 해요."

읍장은 그렇게 되쏘았지만 깡마른 남자가 흥분에 들떠 끼어들었다.

"왜 배가 안 오는 거요, 말해 보시오! 호트 읍에선 뭣들을 하고 있소? 우리 제품이 형편없어서 그러나?"

성이 나서 아니라고 해 대는 소리들에 그의 말이 끊겼다. 사내들은 서로 고함을 치며 자리를 차고 일어섰고, 읍장은 새매의 얼굴에 대고 주먹을 흔들어 댔으며, 또 한 명은 손칼을 뽑았다. 분위기가 험악해졌다. 아렌은 벌떡 일어섰다. 그는 새매를 쳐다보며 그가 돌연 현자의 광휘를 온몸에 휘감고 일어나 그 힘을 드러냄으로써 이자들을 벙어리로 만들어 버리리라고 기대했다. 하지만 새매는 그러지 않았다. 그는 그 자리에 앉아 사람들을 하나하나 쳐다보며 험한 말을 귀 기울여 듣기만 했다. 그리고 사내들은 제풀에 수그러들어 조용해졌다. 계속 흥을 내지 못하는 것과 마찬가지로 화도 계속 내지 못하는 것 같았다. 칼은 칼집으로 들어갔다. 위협은 빈정거림으로 바뀌었다. 그들은 싸움판에서 물러나는 개들처럼 몇은 젠체하며, 또 몇은 슬금슬금 자리를 떴다.

둘만 남게 되자 새매는 일어서서 여관 안으로 들어왔다. 그러곤 문간에 놓인 물병에서 길게 물을 들이켜더니 말했다.

"가자, 얘야. 이 물은 이제 먹을 만큼 먹었다."

"배로요?"

"그래."

새매는 교역용 은 두 닢을 숙박료로 창턱에 얹어 두고 가벼운 옷꾸러미를 휙 들쳐 메었다. 아렌은 지쳤고 졸음이 왔지만, 퀴퀴하고 외풍 센 그 여관 방을 둘러보고 또 박쥐들이 쉴 새 없이 설치는 서까래를 쳐다보고는 이 방에서 보낸 어젯밤을 생각하여 기꺼운 마음으로 새매를 따랐다. 어둠에 잠긴 소사라 유일의 거리를 걸어 내려가면서 아렌은 또 지금 간다면 그 미치광이 소플리를 따돌릴 수 있을 거라고도 생각했다. 하지만 항구에 다다르자 소플리는 부두에서 기다리고 있었다.

"여기 있었군. 가고 싶으면 배에 타게."

현자가 말했다.

소플리는 한마디 말도 없이 배 안으로 들어가 털이 엉킨 큰 개처럼 돛대 곁에 몸을 웅크렸다. 여기에 아렌은 들고일어났다.

"주인님!"

새매가 돌아섰다. 둘은 배 위쪽 부두에 서로 얼굴을 맞대고 섰다.

"이 섬 사람들은 모두 미쳤어요. 하지만 당신은 그렇지 않다고 생각했죠. 왜 이자를 데리고 갑니까?"

"길잡이로 데리고 가지."

"길잡이요? 더 미치게 해 줄 길잡이요? 아니면 죽음으로 인도할? 물에 빠져 죽든가, 등에 칼을 맞고 죽을걸요!"

"죽음으로 인도할 길잡이지. 하지만 어떤 길로 해서 갈지 그건 모르겠다."

아렌은 열이 올라 말을 했다. 새매는 조용히 대답했지만, 그 목소리엔 모진 데가 있었다. 그는 힐문을 당하는 데 익숙하지 못했다. 하지만 이날 오후 길에서 그 광인으로부터 새매를 보호하려 했던 일 이후로, 그리고 자신의 보호가 허사로 돌아간 것과 그게 애당초 얼마나 불필요한 것이었는지를 본 이후로 아렌은 비참한 기분이었고, 아침 녘에 느꼈던 치밀어 오르는 헌신의 정은 무너져 다 쓸데없는 것이 되었다. 자신에겐 새매를 보호할 능력이 없었다. 또 무슨 결정을 내릴 여지도 허용받지 못했다. 자신은 심지어 이 탐색의 본질을 이해하는 데조차 힘이 미치지 못하든가 아니면 이해하도록 허용받지 못했다. 그저 질질 끌려다니고 있을 뿐이며 어린애처럼 아무 쓸모 없었다. 하지만 그는 어린애가 아니었다.

"당신과 다툴 마음은 없습니다, 내 주인님."

그는 최대한 냉정하게 말했다.

"하지만 이건……, 이건 이성을 벗어난 일이에요!"

"상식과 이유를 멀리 벗어난 일이지. 우리는 이성이 데려다

주지 못할 곳으로 간다. 가겠느냐, 가지 않겠느냐?"

아렌의 눈에 분노의 눈물이 솟아올랐다.

"저는 당신과 함께 있을 거고 당신을 섬기겠다고 말씀드렸습니다. 저는 제 말을 깨뜨리지 않아요."

"좋구나."

현자는 엄숙하게 말하고 돌아서 버릴 듯했다. 그러더니 다시 아렌을 마주 보았다.

"내겐 네가 필요하다, 아렌. 그리고 너도 내가 필요하지. 지금 내가 네게 말해 주겠지만, 난 우리가 가는 이 길이 네가 가야 할 길이라고 생각한다. 내게 복종하고 충성하기 위해서가 아니라 네가 나를 보기 전부터, 로크 섬에 처음 발을 딛기 전부터, 인라드에서 항해해 오기 전부터 이것은 네 길이었던 거란다. 넌 그 길에 등을 돌릴 수 없다."

그의 목소리는 부드러워지지 않았다. 아렌은 똑같이 딱딱하게 대꾸했다.

"무슨 수로 등을 돌리겠어요, 이 세상 끄트머리에서? 배도 없는데?"

"이게 세상 끝이라고? 아니야, 끝은 더 멀리 있다. 아직 한참 더 가야 해."

아렌은 한 번 고개를 끄덕하고 배 안으로 뛰어들었다. 새매는 줄을 늦추고 주문을 외어 돛에 가벼운 바람을 안겼다. 희끄무레하게 보이는 텅 빈 로바네리의 부두에서 떨어져 나오자 캄캄한 북쪽에서 차고 맑은 바람이 불어왔고, 반질반질한 앞쪽 바다에 은빛으로 부서지는 달은 섬 연안을 따라 남으로 도는 그들의 왼편으로 돋아 올랐다.

광인

그 미친 사람, 로바네리의 염색업자는 돛대에 바짝 다가붙어 웅크리고 있었다. 팔로 무릎을 감싸고 고개를 곱추처럼 푹 숙인 채였다. 잔뜩 엉킨 뻣뻣한 머리카락은 달빛 속에 검게 보였다. 새매는 담요로 몸을 둘둘 감싸고 고물에서 잤다. 그 둘 다 움찔도 하지 않았다. 아렌은 뱃머리 쪽에 서 있었다. 그는 밤새 불침번을 서기로 혼자 맹세했다. 만약 현자가 이 광기 들린 선객이 오늘 밤 자신이나 아렌을 습격하지 않을 줄로 지레짐작할 작정이라면 그러라고 할 참이었다. 어찌 됐든 아렌은 자기 나름의 가정 아래 자기가 떠맨 의무를 완수할 터였다.

하지만 밤은 무척 길고 몹시도 고요했다. 달빛은 쏟아져 내려

173

오는데 언제까지나 변함이 없었다. 돛대 곁에 웅크린 채 소플리는 코를 골았다. 코 고는 소리가 길고 부드러웠다. 부드럽게 배가 앞으로 움직여 가고, 부드럽게 아렌은 잠 속으로 미끄러져 들었다. 그는 한 번 퍼뜩 깨어서 별로 더 돋아오르지 않은 채인 달을 보았다. 그런 다음 독선적으로 정했던 불침번 노릇을 포기하고, 몸을 편하게 가눈 뒤 잠들었다.

그는 또다시 꿈을 꾸었다. 항해에 나선 이래 계속 꿈을 꾸는 것 같았다. 꿈은 처음에는 토막토막이었지만 묘하게 달콤하고 마음에 힘을 주었다. 멀리보기 호의 돛대 자리에 커다란 나무가 자라났다. 휘늘어진 큰 가지들에 잎이 무성했다. 백조들이 배 앞에서 힘차게 날개 치며 배를 이끌어 갔다. 저 앞 멀리 벽록색 바다 위로 흰 탑들의 도시가 빛났다. 그러더니 그는 그 탑 중 하나에 들어가서 나선을 그리며 휘감아 오르는 층계를 가벼운 발걸음으로 신나게 뛰어 올라가고 있었다. 이 장면들은 바뀌었다 다시 나타났다 또 다른 장면들로 이어졌는데 그 모두가 곧 흔적도 없이 스쳐 가 버렸다. 그리고 돌연 그는 그 무시무시한 황무지의 흐릿한 어스름 속에 들어와 있었고, 공포가 속에서부터 점점 자라나 숨을 쉴 수 없을 지경에 이르렀다. 하지만 그는 앞으로 나아갔다. 전진해야만 했던 것이다. 오랜 시간 후 그는 여기서 앞으로 나아간다는 것은 원을 그려 자기 발자국 위로 도로 돌아오게 되는 것임을 깨달았다. 그렇지만 벗어나야만 했다, 여

174

기를 떠나야 했다. 사정은 점점 더 급박해졌다. 그는 달리기 시작했다. 그가 달리자 원은 좁아지고 땅은 기울어 비탈지기 시작했다. 그는 갈수록 어두워 오는 둔한 어스름 속에서 달리고 있었다. 점점 더 빨리, 꺼져 내리는 구렁텅이 가장자리를 따라 달린다. 옆은 암흑으로 빨려 들어가는 엄청난 소용돌이였다. 그 사실을 깨달은 순간, 발이 미끄러졌고 그는 곤두박질쳤다.

"무슨 일이냐, 아렌?"

새매가 고물에서 말을 붙여 왔다. 잿빛 여명이 하늘에 퍼져 있고 바다는 잠잠했다.

"아니에요."

"나쁜 꿈을 꾸었니?"

"아무것도 아니에요."

아렌은 추웠고, 몸 아래 접혀 눌린 오른팔이 아팠다. 그는 밝아 오는 빛을 막으려 눈을 감고 생각했다.

'저분은 여기 관해 조금, 저기 관해 조금 암시만 줄 뿐 절대로 분명하게 말해 주지 않을 거야. 우리가 어디로 가고 있는지, 왜 그리로 가는지, 또는 왜 내가 거기 가야 하는지 말이지. 게다가 이젠 이 미치광이를 끌어들여 데려가는 참이지. 제일 정신 나간 건 어느 쪽일까? 이 광인이야, 나야? 이자와 함께 길을 가다니! 저 두 사람은 서로 통할 거야. 이제 미친 건 마법사들이라고 소플리가 그랬지. 나는 지금쯤 집에 있을 수 있었을걸. 고향에 돌아가 베릴라의 전당 내 방에서, 조각된 벽과 붉은 깔개가 덮인 바닥과 불이 타는 화덕이 있는 그 방에서 아버지와 함께 매사냥을 가려고 잠에서 깨어날 수도 있었을 텐데. 내가 왜 저 이와 함께 왔을까? 왜 나를 데리고 온 거람? 이게 내가 가야 할 길이기 때문이라고 했지만, 그건 마법사의 말이야. 거창한 말을 해서 뭐든 대단해 보이게 만드는 거지. 하지만 그 말들의 뜻은 언제나 딴 데 가 있거든. 내가 가야 할 길이란 게 있다면 그건 집으로 가는 길이지, 분별 없이 원해들을 종횡무진 헤매 다닐 게 아니다. 난 고향에 가서 다해야 할 의무가 있는데 그걸 회피하는 중이야. 만약 저분이 진정 마법의 적이 준동한다고 생각했다면 왜 혼자 온 거지, 나 하나만 데리고? 저분은 보조해 줄 다른 힌자를 데려올 수도 있었어. 백 명이라도 데려올 수 있었어! 저분은 전사들로 구성된 군대나 선단이라도 끌고 올 수 있었어. 도대체 이게 크나큰 재앙에 맞서는 방법이야? 노인 하나 소년 하나를 배에 태워 내보내는 게? 이건 순 바보짓이지. 저분 자신부터가 미친 거야. 자기가 말한 그대로야, 죽음을 찾는다고 그랬잖아. 저분은 죽으려고 하는 거고 나를 데려가고 싶어 해. 하지만 난 미치지 않았고 노인도 아니다. 난 죽지 않을 거야. 난 저 사람과 같이 가지 않을 거다.'

아렌은 팔꿈치를 짚고 몸을 일으켜 앞을 보았다. 소사라 만을 떠날 때 앞길에 돋아오르던 달이 다시금 앞쪽에 있었다, 지금은 가라앉는 중이었다. 뒤쪽, 동편에서는 선명치 못하고 생기 없는 새날이 밝아오고 있었다. 구름도 없는데 병든 것처럼 희미하게 흐린 날씨였다. 낮이 되자 태양이 뜨거워졌지만, 그 빛은 찬란하지 않고 한 꺼풀 덮인 것처럼 비쳤다.

하루 내내 그들은 로바네리 연안을 따라 항해했다. 오른쪽으로 나지막하게 푸르른 땅이 이어지고 거기서 불어 나온 미풍이 돛을 채웠다. 저녁이 되어 갈 때쯤 배는 마지막 긴 곶을 지나쳤다. 산들바람이 꺼졌다. 새매는 돛에 마법풍을 불어 넣었고, 멀리보기 호는 손목을 차고 오른 매처럼 갑자기 생기를 얻어 비단의 섬을 뒤로 한 채 날듯이 앞으로 질주해 갔다.

염색업자 소플리는 하루 종일 같은 자리에 웅크리고 있었다. 배를 무서워하고 바다를 무서워하는 게 한눈에 뻔했다. 게다가 뱃멀미를 하느라 몰골이 형편없었다. 이제 그가 쉰 소리로 말했다.

"서쪽으로 가는 건가요?"

지는 해가 그의 얼굴을 정통으로 비추는 참이었다. 하지만 새매는 그런 백치 같은 질문에도 짜증 내지 않고 고개를 끄덕였다.

"오베홀로 가나요?"

"로바네리 서쪽에는 오베홀이 있지."

"서쪽으로 한참 가야 있지요. 어쩌면 그 장소가 거기일지도 몰라."

"어떤 곳이지, 그 장소란?"

"내가 어떻게 압니까? 내가 어떻게 볼 수 있겠어요? 거긴 로바네리가 아니라고요! 난 몇 년이나 거길 찾아 헤맸어요. 4년, 5년, 어둠 속에서, 밤중에, 눈을 감고서, 언제나 그 사람이 '오라, 오라.' 하고 부르는 소릴 들었지요. 하지만 난 갈 수가 없었어. 난 어둠 속에서 길을 분간할 수 있는 마법사 대왕이 못 된다고요. 그렇지만 빛 속에서, 해 아래서 찾아갈 수 있는 곳도 있지요. 밀디하고 우리 어머닌 그걸 몰랐어. 그들은 어둠 속만 들여다봤죠. 그러다 밀디 영감은 죽었고, 어머니는 정신이 나갔어요. 우리가 염색할 때 쓰던 주문들을 다 잊어버렸는데 그것 때문에 정신이 흔들린 거죠. 어머니는 죽고 싶어 했지만 내가 기다리라고 그랬죠. 내가 그 장소를 찾아낼 때까지 기다리라고. 분명히 있어요. 죽은 이들이 이 세상에 도로 살아 올 수 있다면 세상 어딘가 그 일이 일어나는 장소가 있을 게 틀림없지."

"죽은 이들이 도로 살아 온다고?"

잠깐 사이가 있은 후 새매를 곁눈질하며 소플리는 이렇게 말했다.

"그런 건 당신이 알 줄 알았는데요."

"알 방법을 찾는다네."

소플리는 아무 말 하지 않았다. 현자가 문득 그를 똑바로 보았다. 어조는 부드러웠지만 응시하는 눈빛은 소플리를 빨아들일 듯했다.

"자넨 영원히 살 방법을 찾나, 소플리?"

소플리는 짧은 동안 그 시선을 맞받았다. 그러곤 덥수룩한 적 갈색 머리를 팔에 묻고 복사뼈 위로 두 손을 깍지 끼고는 몸을 조금씩 앞뒤로 흔들었다. 아마 겁을 먹으면 이 자세가 되는 모 양인데, 이렇게 되면 말도 하지 않았고 누가 무슨 말을 하는지 알아차리지도 못했다. 아렌은 역겨움을 느끼고 절망적인 심정 으로 그에게 등을 돌렸다. 어떻게 이 열여덟 자짜리 배 안에서 소플리와 며칠씩 몇 주씩 같이 있을 수 있을까? 마치 병든 영혼 과 한 육신을 공유하는 꼴이다…….

새매가 뱃머리의 아렌 옆에 와서 노 자리에 한 무릎을 꿇고 누르스름한 저녁 빛 속으로 눈길을 보냈다. 그가 말했다.

"저자는 연약한 영혼을 지녔구나."

아렌은 여기에 대답하지 않았다. 그는 차갑게 물었다.

"오베홀이 뭐하는 곳이죠? 한번도 들어 본 적이 없는데요."

"난 해도에 나온 이름과 위치를 알지. 그 이상은 모른다……. 저길 보렴. 고바르돈의 동료 별들이구나."

커다란 황옥색 별은 이제 남쪽 하늘 더 높이 걸려 있었고, 그 아래로 왼쪽에서는 흰 별이, 오른쪽에서는 청백색 별이 이제 막 희미한 수평선을 벗어나며 삼각형을 이루었다.

"저 별들에 이름이 있나요?"

"명명사는 알지 못했다. 아마 오베홀과 웰로기의 사람들한테는 이름이 있겠지. 나는 모른다. 우리는 이제 낯선 바다로 들어가는 중이다, 아렌. '끝'의 기호 아래에서 말이야."

소년은 대답하지 않은 채, 끝없는 물 위로 떠오른 밝디밝은 무명의 별들을 혐오스러운 감정으로 바라보고 있었다.

＊

하루하루 서쪽으로 항해해 감에 따라 물 위로 남방 봄철의 따사로움이 감돌았고 하늘은 맑겠다. 그러나 아렌은 그 빛 속에서도 마치 유리를 통해 비껴드는 빛처럼 어쩐지 무딘 느낌을 받았다. 헤엄을 쳐도 바다가 뜨뜻미지근해 별로 상쾌하지 못했다. 염장 식품들엔 풍미가 없었다. 아무것에도 신선함이나 밝은 맛이 없었고, 다만 밤이 되면 별들이 예전엔 결코 본 적 없는 휘황한 광채를 뿜으며 불타오를 따름이었다. 아렌은 누운 채로 잠들 때까지 별들을 지켜보곤 했다. 그러다 잠이 들면 꿈을 꾸었다. 꿈에는 언제나 벌판이나, 구덩이나, 사방이 벼랑으로 막힌 골짜기나, 음침한 하늘 아래 길게 이어진 내리막길이 나왔다. 언제나 침침한 빛 속에서 공포를 품은 채 희망 없이 벗어나려 발버둥치곤 했다.

새매에게는 한번도 그 이야기를 하지 않았다. 아렌은 중요한

180

얘기는 전혀 건네지 않고 항해에 관한 사소한 일상사만 말했다. 그리고 언제나 억지로 끌어내야만 말을 하던 새매는 이제 본연의 모습대로 침묵에 잠겼다.

이 불안정하고 비밀스러운 사람을 믿고 몸과 영혼을 맡긴 것이 얼마나 바보스러운 일이었는지, 아렌은 이제 알 수 있었다. 이 사람은 충동에 따라 움직일 뿐 자기 삶을 통제하려는 노력을 전혀 하지 않는, 심지어 생명을 보존하려는 노력조차 하지 않는 사람이었다. 이제 그에게선 죽음을 앞둔 느낌이 났다. 아렌은 그가 자신의 실패에, 사람들 사이의 큰 권력인 마법의 패망에 차마 똑바로 맞설 수 없기 때문이라고 생각했다.

새매를 비롯한 마술사와 마법사들이 대대로 커다란 명성과 권력을 이루어 온 수단인 그 고등 마법이라는 것에 실제로 대단한 비밀이 깃들어 있지 않다는 사실은, 그 비밀을 아는 이들이라면 이제 명백히 안다. 바람과 날씨를 부리는 것, 약초 지식, 안개와 빛과 변신술처럼 순박한 이들을 놀라게는 하겠지만 그저 속임수일 뿐인 환각을 기술적으로 보여 주는 데 지나지 않는 것이다. 실체는 바뀌지 않는다. 현자의 마법은 사람에게 남들을 지배하는 진정한 힘을 주지 못하고, 또 죽음에 대항하는 데에도 아무 소용이 없었다. 현자들이라고 보통 사람들보다 오래 살지는 않는다. 그들의 그 모든 비밀스러운 말들도 그들의 죽음이 닥칠 시간을 한 시간이라도 미뤄 놓지 못한다.

심지어 사소한 일들에서도 마법은 별로 하는 바가 없었다. 새 매는 언제나 자기 기술을 발휘하는 데 인색했다. 그들은 가능한 한 세계풍으로 범주했고, 고기를 잡아서 식량으로 삼았고, 물을 아꼈다. 여느 뱃사람들과 똑같았다. 시도때도 없이 불어닥치는 맞바람을 맞으며 나흘 동안 끝도 없이 갈지자 항행을 한 끝에 아렌은 새매에게 돛에다 순풍을 좀 불어넣으면 어떻겠느냐 청 했고, 새매가 고개를 젓자 물었다.

"왜 안 되죠?"

"아픈 사람에게 달음질을 시키지는 않으련다. 또 이미 무거 운 짐을 진 등에다 돌 하나를 보태지도 않을 것이고."

새매는 그렇게 말했다.

그가 자기 자신 이야기를 한 것인지 크게 세계를 가리켜 말 한 것인지는 분명치 않았다. 그의 대답은 늘 인색해서 이해하기 힘들었다. 바로 그 점에 마법의 핵심이 있는 거라고 아렌은 생 각했다. 아무 말도 안 하면서 엄청난 의미가 있는 것처럼 암시 를 주고, 아무것도 안 하는 게 지혜의 절정인 양 보이게 만드는 것이다.

아렌은 소플리를 무시하려고 해 보았지만 그건 불가능했으 며, 번번이 자신과 그 광인 사이에 모종의 동질감을 느끼게 되 었다. 소플리는 막 뻗친 머리카락과 횡설수설하는 말 때문에 그 렇게 보여서 그렇지 실은 그렇게까지 미치지는 않았다. 아니면

그의 광기가 그렇게 단순한 건 아니든가……. 실제로 그에게서
가장 미치광이 같은 점은 물에 대한 공포일 터였다. 소플리는
배에 올라타기 위해 필사적인 용기를 내야 했으며, 그의 공포심
은 결코 진정으로 무뎌지지 않았다. 그는 주위에서 넘실거리고
철썩대는 물을 보지 않아도 되게끔 고개를 아주 깊이 푹 박고만
있었다. 배 안에서 일어서기라도 할 양이면 현기증이 나서 돛대
를 잡고 매달렸다. 맨 처음 아렌이 헤엄을 치려고 뱃머리에서
물로 첨벙 뛰어들었을 때, 소플리는 공포에 질려 소리를 질렀
다. 아렌이 도로 배에 기어 올라와 보니 그 불쌍한 사내는 충격
을 받아 얼굴색이 노랬다.

"빠져 죽으려는 줄 알았어."

소플리는 그렇게 말했고, 아렌은 웃을 수밖에 없었다.

그날 오후, 새매가 앉아 명상에 잠겨서 주위 일을 신경 쓰지
도 듣지도 않고 있을 때에 소플리가 조심스레 노 자리를 기어
넘어 아렌에게 왔다. 그러곤 낮은 목소리로 물었다.

"당신은 죽고 싶지 않지, 응?"

"물론이지."

"저이는 죽고 싶어 해."

턱으로 슬쩍 새매를 가리키며 하는 말이었다.

"왜 그런 소릴 하나?"

아렌은 권위 있는 어조로 말했다. 실제로 아렌에겐 그게 자연

스러운 말투였고, 소플리는 아렌보다 열 살 내지 열다섯 살 많
으면서도 그걸 자연스럽게 받아들여, 비록 늘 그렇듯 횡설수설
하는 말이긴 해도 바로 존댓말로 대답했다.

"저이는 비밀 장소에 가고 싶어 하거든요. 그런데 왜 가고 싶
어 하는지 난 모르겠어. 저이는 원하지 않는걸……, 믿지 않는
걸……, 그 약속을."

"무슨 약속이지?"

소플리는 희뜩 아렌을 올려다보았다. 그 속에 얼핏 이미 망가
져 버린 사내다움의 흔적이 비쳤다. 하지만 아렌의 의지가 더
강했다. 소플리는 아주 낮게 대답했다.

"알잖아요. 생명이죠. 영원한 생명."

어마어마한 냉기가 아렌의 몸을 뚫고 지나갔다. 그는 꿈을 기
억했다. 벌판, 구덩이, 낭떠러지, 그리고 침침한 빛. 그건 죽음이
었다, 죽음의 공포였다. 그가 벗어나야 하고 길을 찾아야 하는
게 바로 죽음으로부터였다. 그리고 그림자의 관을 쓴 그 형상이
문지방에 서서 진주알보다 크지 않은 자그만 불빛을 내밀고 있
었다. 그건 죽지 않는 영생의 반짝임이었다.

아렌은 처음으로 소플리와 눈길을 마주쳤다. 밝은 갈색 눈동
자가 아주 맑았다. 그 눈을 들여다보며 아렌은 자신이 마침내
이해했다는 것을, 소플리가 그의 지식을 나누어 주었음을 깨달
았다.

새매 쪽을 턱짓하며 염색업자가 말했다.

"저 사람, 저이는 자기 이름을 내놓지 않아요. 자기 이름을 갖고 지나갈 수 있는 사람은 아무도 없는데. 길이 너무 좁거든요."

"당신이 봤나?"

"어둠 속에서, 마음속으로. 그걸론 성에 차지 않아요. 난 거기 가고 싶어. 그걸 보고 싶어. 이 세상에서, 내 눈으로요. 혹시 내가……, 혹시 내가 죽었는데 그 길을 못 찾고, 그 장소에 못 가면 어떡해요? 대부분의 사람들이 못 찾아요. 그들은 그게 거기 있는 줄도 몰라요. 우리 중 힘을 가진 몇 명만이 알죠……. 하지만 어려운 일이죠. 왜냐하면 거기 도달하려면 힘을 내놓아야만 하거든. 말은 안 돼요. 이름도 없어요. 너무나 어려운 일이라 제정신으로는 못 해요. 사람이…… 죽으면, 정신도…… 죽어서."

그는 한 단어 한 단어를 말할 때마다 머뭇거렸다.

"난 내가 돌아올 수 있다는 걸 알고 싶어. 거기 가 보고 싶어요. 그곳의 산 사람들 쪽에 말이에요. 난 살고 싶어. 안전하게 있고 싶어. 이건 싫어요……, 이 물이 싫어요."

염색업자는 공중에서 떨어지는 거미처럼 팔다리를 움츠려 모으고, 멋대로 뻗친 붉은 머리를 곱추처럼 어깨 사이로 푹 수그렸다. 바다 풍경을 보지 않으려는 것이다.

하지만 아렌은 그 후로 그와의 대화를 꺼려 하지 않았다. 그는 소플리가 환상뿐 아니라 공포도 나누어 주었음을 알았다. 그러니 만약 상황이 이보다 더 나빠져서 최악에 이른다면 소플리는 아렌이 새매와 맞서는 걸 도와줄 터였다.

계속 이어진 바람 없는 고요와 드문드문 이는 미풍 속에 그들은 천천히 서쪽으로 항해해 갔다. 새매가 짐짓 소플리가 인도해 가는 걸로 해 둔 방향이다. 하지만 소플리는 인도하지 않았다. 그는 바다에 관해 아는 게 하나도 없었다. 해도를 본 적도 없고 배에 타 본 적도 없고 아주 끔찍하게 물을 겁냈다. 이끄는 사람은 현자였으며, 그는 그들을 서서히 조난으로 이끌어 가고 있었다. 아렌은 이제 그 사실을 알았고 왜 그러는지도 알았다. 대현자는 그들이나 그들 같은 다른 사람들이 영생을 추구한다는 걸 안 것이다. 영생을 추구하여 어떠한 보장을 받았거나, 아니면 거의 가까이 이끌려 가서 어쩌면 영생을 찾아낼지도 모른다는 걸 안 것이다. 자존심 때문에, 대현자로서 자부심이 과한 나머지 그는 그들이 영생을 얻을까 봐 겁을 냈다. 그는 시기하고 두려워했으며 자기보다 더 대단한 사람을 결코 용납할 수 없었다. 그래서 모든 땅을 뒤로 하고 난바다 멀리 나가서 완전히 길을 잃고 두 번 다시 세상으로 돌아올 수 없도록 하여, 거기서 목 말라 죽게 만들려는 것이다. 그들이 영원한 삶을 얻지 못하게 하기 위해서 그는 자신의 죽음도 감수할 참인 것이다.

때때로 새매가 배 다루는 일에 관련된 사소한 얘기를 건넬 때나 따뜻한 바닷물에서 함께 헤엄을 칠 때, 또 휘황찬란한 별

들 아래 밤 인사를 할 때면 소년은 이 모든 생각들이 아예 말도
안 된다고 생각했다. 그는 동료를 쳐다보고, 그 엄격하고 인내
심 깊은 굳센 얼굴을 바라보며 생각하곤 했다.

'이분은 내 주인이자 친구이시다.'

그러면 자신이 의심을 가졌던 것을 믿을 수가 없었다. 하지만
조금 후면 다시 의심이 피어올랐다. 그러면 그와 소플리는 눈길
을 주고받아 공동의 적을 주의하도록 서로 경고를 전달했다.

날마다 해는 뜨겁게 비쳤다. 하지만 둔한 빛이었다. 느릿하게
출렁이는 바다 위로 햇빛이 윤기처럼 흘렀다. 물빛은 파랬다.
바뀌는 일도 그늘지는 일도 없는 하늘의 파란색이었다. 미풍은
불어오다가 자곤 했으며, 그들은 바람을 잡으려고 돛을 돌려 대
며 천천히 존재하지 않는 끝을 향해 기어 나갔다.

어느 날 오후 마침내 가벼운 순풍이 불어왔다. 새매는 해 질
녘에 가까운 하늘을 가리키며 말했다.

"봐라."

돛대 위 높직이 하늘을 가로질러 써 놓은 검은 룬 문자처럼
깝작도요들이 줄지어 흩날리고 있었다. 새들은 서쪽으로 날아
갔다. 그리고 새들을 뒤따라가서, 멀리보기 호는 그 다음 날 큼
직한 섬의 시야에 들어섰다.

"저거예요."

소플리가 말했다.

"저 땅이에요. 저리로 가야 해."

"자네가 찾는 그 장소가 저기 있나?"

"그래요. 저기 내려야 해요. 최대한 멀리 왔잖아요."

"저 땅은 오베홀일 거야. 저 너머로 남원해에는 또 다른 섬이 있네. 웰로기 섬이. 그리고 서원해에는 웰로기보다도 더 먼 서쪽으로도 섬들이 있어. 확실한가, 소플리?"

로바네리의 염색업자는 성이 났다. 그러자 그의 눈 속에 다시 그 위축된 표정이 나타났다. 하지만 그는 미쳐서 말하지는 않았다. 여러 날 전 로바네리에서 처음 이야기를 했던 때와는 다르다고 아렌은 생각했다.

"맞아요. 우리는 여기 내려야 해. 우리는 충분히 멀리 왔어요. 우리가 찾는 그 장소는 여기 있어요. 난 알아요. 내가 맹세하길 바랍니까? 내 이름으로 맹세할까요?"

"자넨 할 수 없네."

자기보다 키가 큰 소플리를 올려다보며 그렇게 말한 새매의 목소리는 엄했다. 소플리는 일어서 있었다. 돛대를 꽉 붙들고 서서 앞쪽의 육지를 내다보는 중이었다.

"하려고 하지 말게, 소플리."

염색업자는 분노가 아니면 고통을 느낀 듯이 낯을 찌푸렸다. 그는 배 앞으로 넘실대며 유동하는 물의 벌판 저 너머, 거리 때문에 파랗게 보이는 산들을 바라보았다. 그러고는 말했다.

"날 길잡이로 데리고 왔지요. 여기가 그 장소예요. 우린 여기 배를 대야 해요."

"어쨌든 배는 대야지. 물이 필요하니까."

새매는 그렇게 말하고 가서 키를 잡았다. 소플리는 돛대 곁 자기 자리에 주저앉아 뭐라고 중얼거리고 있었다. 아렌에게 그 소리가 들렸다.

"난 내 이름으로 맹세해. 내 이름으로."

그는 여러 번이나 그렇게 중얼거리며, 한 번 말할 때마다 또 다시 아픈 것처럼 얼굴을 찡그리곤 했다.

그들은 북풍을 타고 수월하게 섬에 더 근접해 가서는 해안을 따라 배를 델 만한 만이나 모래톱을 찾았다. 하지만 북쪽 해안 에는 그 뜨거운 햇살 속에서도 험한 파도가 천둥처럼 몰아치고 있었다. 내륙의 초록빛 산들은 그 빛 아래 산봉우리까지 나무숲 을 덮어쓴 채 볕을 쬐고 있었다.

곶을 끼고 돌면서, 드디어 하얀 모래톱으로 된 우묵한 초승달 모양의 만이 눈에 들어왔다. 여기서는 파도가 조용히 밀려들었 다. 곶이 파도의 위력을 꺾어 주어 배를 델 만했다. 해변에도 그 위 숲에도 사람이 살고 있다는 흔적은 보이지 않았다. 배 한 척, 지붕 하나, 희미한 연기 한 오라기 없었다. 가볍게 불던 바람은 멀리보기 호가 만에 들어서자마자 꺼졌다. 고요하고, 적막하고, 뜨거웠다. 아렌은 노를 잡고 새매가 키를 맡았다. 노걸이에 삐

걱대는 노 소리만이 유일했다. 만 위로 아련히 솟은 초록빛 산 봉우리들이 점점 주위를 에워 왔다. 쏟아져 내리는 백열의 햇빛이 흰 보자기처럼 물 위에 깔렸다. 아렌은 귓속에서 고동치는 맥박 소리를 들었다. 소플리는 돛대 아래 은신처를 벗어나 뱃머리에 웅크리고 있었다. 그는 바짝 긴장한 채 뱃전을 붙잡고 매달려 열렬히 앞쪽을 응시했다. 새매의 거무스름하고 흉터 진 얼굴은 땀에 젖어서 기름을 바른 듯 번들거렸다. 그의 눈길은 찰싹이는 파도로부터 저 위 무성한 나뭇잎에 가린 벼랑까지를 쉼 없이 옮겨다녔다.

"자아."

새매가 아렌과 배에게 말했다. 아렌이 세 번 힘차게 노를 당기자, 멀리보기 호는 가뿐히 모래톱에 올라앉았다. 새매는 파도의 끝힘을 빌어 배를 확실히 밀어올려 놓기 위해 배에서 뛰어내렸다. 그런데 손을 짚고 배를 밀어내면서 그는 반쯤 고꾸라지듯 비틀거렸고, 배 고물에 걸쳐 기대어 몸을 지탱했다. 새매는 엄청난 힘을 내어 배를 도로 끌어내어 빠지는 파도에 실어 놓았다. 그러곤 배가 바다와 기슭 사이에 어정쩡하게 걸쳐 있는 사이에 버둥거리며 뱃전을 넘어 배 안으로 굴러들었다.

"노를 저어라!"

새매가 헐떡이며 외쳤다. 그는 팔다리를 짚고 웅크린 채 물을 뚝뚝 흘리며 숨을 고르려 애쓰고 있었다. 손에는 창을 잡고 있다. 청동 촉을 단 두 자짜리 투창이다. 저게 어디서 났담? 아렌이 노를 잡고 어리둥절해 있는 사이에 창이 또 한 자루 나타났다. 이번 것은 노 자리 가장자리를 때려서 나무 조각을 날리고 거꾸로 뒤집혀 튕겨 나왔다. 모래톱 지나 나지막한 벼랑 위 나무 아래에서 뭔가가 움직였다. 창을 던져 내고 몸을 웅크린다. 가냘픈 휘파람 소리, 부르르 떨리는 파공음이 공중에 있었다. 아렌은 당장 머리를 어깨 사이로 박고 등을 구부리고는 힘차게 노를 당겼다. 두 번 노질로 모래톱에서 배를 빼어, 세 번으로 뱃머리를 돌리고, 바로 도망을 쳤다.

아렌의 등 뒤 뱃머리에 있던 소플리가 고함을 지르기 시작했다. 아렌은 갑자기 팔뚝을 붙잡혔고, 그 때문에 노가 물 밖으로 튀었다. 한쪽 노 자루 끝이 명치를 때리는 바람에 눈앞이 캄캄해지며 숨이 콱 막혔다.

"돌아가! 돌아가라고!"

소플리가 고함치고 있었다. 물에 얹힌 배가 돌연 제자리에서 펄쩍 뛰더니 기우뚱기우뚱 흔들렸다. 다시 노를 움켜쥐게 되자마자 아렌은 격하게 몸을 돌렸다. 소플리는 배 안에 없었다.

주위에 있는 것은 햇살 속에 출렁이며 현란히 빛나는 만의 깊은 물뿐이었다.

아렌은 멍청히 다시 뒤를 돌아보고, 고물에 웅크린 새매를 보았다.

"저기다."

새매가 뱃전과 나란히 손짓으로 방향을 가리켜 보이며 말했지만, 거기엔 아무것도 없었다. 바다와 눈부신 햇빛뿐이었다. 창던지개에서 쏘아져 나온 투창 한 자루가 배에 몇 발짝 못미쳐 물에 떨어졌다. 창은 소리도 없이 물속으로 잠겨들어 사라졌다. 아렌은 세차게 열 번인가 열두 번 노를 저었고, 배를 물려 놓은 다음 다시금 새매를 쳐다보았다.

새매는 손과 왼팔이 피투성이였다. 그런 채 돛 천 뭉치를 어깨에 대고 있다. 청동 촉을 단 창은 뱃바닥에 놓여 있었다. 아까 아렌이 처음 보았을 때 새매는 그 창을 붙잡고 있었던 게 아니었다. 창 끝이 몸에 박혀 창 자루가 그의 어깨 밑 오목한 곳에서 튀어나와 있었던 것이다. 새매는 자신들이 있는 곳과 하얀 해변 사이의 수면을 훑어보았다. 거기엔 이글이글 일렁이는 열기류 속에 튀어오르고 나부끼는 몇 개의 자그마한 사람 모습들이 있었다. 마침내 새매가 말했다.

"가자."

"소플리는……."

"떠오르지 않는구나."

"물에 빠졌다고요?"

아렌은 믿을 수 없어 하며 물었다.

새매가 고개를 끄덕였다.

192

아렌은 해안이 숲과 웅장한 초록빛 산봉우리들 아래 하얀 선처럼 될 때까지 노를 저었다. 새매는 키 곁에 앉아 있었다. 어깨에 뭉친 헝겊을 계속 대고 있으면서도 거기엔 전혀 신경 쓰지 않는 모습이었다.

"소플리도 창에 맞았나요?"

"자기가 뛰어들었다."

"하지만 그 사람은……, 그 사람은 헤엄칠 줄 몰라요. 물을 무서워했다고요!"

"그래. 죽도록 무서워했지. 그는……, 그는 육지로 가고 싶어 했어."

"저자들이 왜 우릴 공격했죠? 저자들은 누군가요?"

"그들은 우리가 적이라고 생각했을 거다. 너……, 지금 잠깐만 날 좀 도와주겠니?"

아렌은 그제야 새매가 어깨에 대고 누른 천이 선혈에 푹 젖은 것을 알아차렸다.

창은 어깨 관절과 빗장뼈 사이를 맞혀 대정맥 하나를 찢어 놓은 터였고, 그래서 출혈이 심했다. 새매의 지시 아래 아렌은 아마포 윗옷 한 장을 길쭉하게 찢어 상처를 감쌀 붕대 감을 만들었다. 새매는 그에게 창을 달라고 했고, 아렌이 창을 무릎 위에 얹어 주자 버들잎처럼 길고 폭이 좁은, 거칠게 두드려 만든 청동 창날 위에다 오른손을 얹었다. 그러곤 뭐라고 말하려고 했지만, 잠시 후 머리를 저었다.

"주문을 읊을 힘이 없구나. 나중에 해야지. 괜찮을 거다. 우릴 이 만에서 꺼내 줄 수 있겠느냐, 아렌?"

소년은 소리없이 도로 노를 잡았다. 그는 등을 굽혀 노를 저었고, 부드럽고 유연한 골격에 담긴 힘으로 머지않아 멀리보기 호를 초승달 모양의 만에서 바깥 바다로 끌어내었다. 바다에는 길고긴 원해 한낮의 적막이 깔렸다. 돛은 헐렁하게 축 처졌다. 태양은 아지랭이의 장막 너머 이글거리고, 뜨거운 열기 속에 초록빛 산봉우리들이 맥박치듯 흔들려 보였다. 새매는 뱃바닥에 쭉 뻗어 있었다. 키 부근의 노 자리에 머리를 괸 채였다. 꼼짝도 하지 않고 누운 채, 입술과 눈꺼풀은 반쯤 벌어져 있다. 아렌은 그의 얼굴을 똑바로 보고 싶지 않았기에 선미 뱃전 너머에 눈길을 두었다. 빛 아지랭이가 물 위로 일렁였다. 흡사 하늘로 짜여 올라가는 거미줄의 장막 같았다. 아렌의 팔은 힘에 겨워 부들부들 떨렸다. 하지만 그는 계속 저어 갔다.

"배를 어디로 끌고 가는 거냐?"

새매가 몸을 조금 일으키면서 쉰 목소리로 물었다. 아렌이 몸을 돌리니 초승달 모양의 만이 다시 그 푸른 팔을 오므려 배 주위를 감싸 들고 있었다. 백사장의 하얀 선이 앞쪽에 있고 저 위 공중에 산들이 모였다. 알지 못하는 사이에 배 방향을 돌렸던 것이다.

"더는 못 젓겠어요."

아렌은 그렇게 말하며 노를 밀어 버리고 뱃머리에 웅크렸다. 자꾸만 배 안 등 뒤 돛대 곁에 있던 소플리가 생각났다. 그들은 여러 날을 함께 보낸 터였고, 또 그의 죽음은 너무나 갑작스럽고 도무지 말이 안 되는, 이해할 수 없는 일이었다. 무엇 하나 이해할 수 없었다.

배는 물 위에 얹힌 채 옆으로 흔들렸고, 돛은 가로장에서 축 늘어져 있었다. 만 안으로 밀려들기 시작한 조수가 뱃전을 천천히 물흐름 방향으로 돌려 놓고 멀리 보이는 하얀 해안선 쪽으로 조금씩 조금씩 멀리보기 호를 밀어 갔다.

"멀리보기야."

마법사가 어루만지듯 부르고는 옛 언어로 한두 마디 말했다. 그러자 배는 부드럽게 기우뚱거리며 뱃머리를 바깥쪽으로 돌리고 만의 양쪽 곶을 벗어나 눈부신 바다 위를 미끄러져 나갔다.

하지만 똑같이 천천히, 똑같이 부드럽게, 배는 한 시간도 안 되어 나아가기를 멈췄다. 돛은 도로 헐렁하게 처졌다. 아렌은 배 안을 돌아보고 전과 같이 누운 채인 동료를 보았다. 하지만 그의 머리는 좀 더 뒤로 젖혀졌고 눈은 감겨 있었다.

아렌은 지금까지 내내 육중하고 메스꺼운 공포를 느꼈다. 공포는 그에게 뿌리를 박고 자라나 그를 얽매어 행동하지 못하게 만들었다. 마치 가느다란 실들이 몸과 마음을 친친 감고 있는 꼴이었다. 공포와 맞서 싸울 용기는 전혀 솟아나지 않았다. 자신의 운수에 대한 무딘 분노라고 할 만한 것이 다였다.

바위투성이 해변, 낯선 이를 공격하는 사람들이 사는 땅에 가까운 여기서 배가 멋대로 떠내려가게 놔둬서는 안 된다. 이 생각만은 뚜렷했으나 그게 별 의미를 갖지는 못했다. 그러면 뭘 어쩐단 말인가? 배를 저어서 로크 섬으로 돌아가나? 그는 길을 잃었다. 광막한 원해에서 희망 한 점 없이 외떨어져 버렸다. 몇 주 동안이나 항해해 온 길을 되짚어 어딘가 아는 땅으로 배를 끌고 간다는 것은 그로서는 도저히 불가능했다. 현자가 지시를 해 줘야만 해낼 수 있을 텐데, 새매는 부상을 입고 속수무책인 상태였다. 소플리의 죽음과 마찬가지로 갑작스럽게, 아무 맥락도 없이 벌어진 일이다. 새매의 얼굴은 변해서 맥이 풀리고 노랗게 떴다. 아마도 죽어 가고 있는 듯했다. 아렌은 새매를 차일 아래로 옮겨서 햇볕을 피하도록 해야겠다고 생각했다. 그리고 물을 줘야 한다. 피를 흘린 사람은 물을 마셔야 하니까. 하지만 물이 부족해진 지 이미 며칠이나 지났다. 통은 거의 비다시피 했다. 무슨 상관이지? 이제 아무짝에도 소용없는 것을. 다 쓸데 없다. 운은 다해 버렸다.

시간은 지나갔고, 햇살은 쨍쨍 내리쬐었고, 그 흐릿한 잿빛 열기가 주위를 감쌌다. 아렌은 그대로 앉아 움직이지 않았다.

한 자락 시원한 기운이 이마를 스치고 지나갔다. 아렌은 올려다보았다. 저녁이었다. 해가 기울었고 서쪽은 음울한 붉은빛을 띠었다. 멀리보기 호는 동쪽에서 불어오는 부드러운 바람을 타고 가파르고 숲진 오베홀 해안을 따라 천천히 움직여 갔다.

아렌은 배 안으로 정신을 돌려 동료를 보고, 차일 아래 자리를 마련해 그를 눕힌 다음 물을 먹여 주었다. 그는 붕대를 보지 않으려고 눈을 피하면서 서둘러서 이 일들을 해치웠다. 붕대는 갈아야 할 상태였다. 상처에서 피가 완전히 멎지 않았던 것이다. 새매는 쇠약해져 축 늘어진 채 아무 말이 없었다. 정신없이 물을 들이켤 때에도 눈은 감고 있었고, 마신 뒤엔 도로 잠에 빠졌다. 물보다 잠에 더 목마른 모양이었다. 그는 소리 없이 누워 있었고, 캄캄해진 후 바람이 그치자 그를 대신할 마법풍은 불지 않았다. 그리하여 배는 다시 또다시 밋밋하게 출렁이는 물 위에 떠 게으르게 기우뚱거렸다. 그러나 이제는 오른쪽으로 희미하게 늘어선 그 산들이 별빛 찬란한 하늘을 배경으로 꺼멓게 보였다. 아렌은 오랜 시간 물끄러미 그것들을 바라보았다. 그 능선이 어쩐지 친숙했다. 흡사 전에 본 적이 있는 것만 같았다. 일생 동안 줄곧 알아 왔던 산들 같았다.

자려고 몸을 눕힐 때 아렌은 남쪽을 보고 누웠다. 그쪽에는 텅 빈 바다로부터 한참이나 위에서 고바르돈 별이 불탔다. 그 아래 고바르돈과 함께 삼각형을 그리는 두 별이 있고, 또 그 아래 별 셋이 나란히 솟아올라 더 큰 세모꼴을 이루었다. 그리고 밤이 깊어 감에 따라 이윽고 그 밑으로 별이 두 개 더, 흑색과 은색 물의 평원을 빠져나왔다. 고바르돈보다는 희미했지만 비슷한 노란 빛을 띤 그 별들은 삼각형의 오른쪽 밑각 아래에서 오른쪽에서 왼쪽으로 기운 채 올라왔다. 그로써 사람의 형상이나 하드 룬 아그넨을 이룰 아홉 별 중 여덟 개가 떴다. 하지만 아렌의 눈으로는 그 별들이 늘어 놓인 모양에서 사람 모습을 찾을 수 없었다. 어쩌면 그 사람 모습이란 별자리들이 그렇듯이 이상하게 변형되어 있는 것일지도 모른다. 반면에 굽은 획과 질러 그은 획을 지닌 룬 모양은 분명하게 보였다. 맨 아래 획, 그 룬을 완성시킬 마지막 획, 아직 뜨지 않은 별 하나만 빠졌을 뿐이다.

그것을 바라보며 아렌은 잠들었다.

새벽에 잠이 깨자 멀리보기 호는 오베홀에서 더 떨어져서 떠돌고 있었다. 안개가 끼어 해변을 가려 산꼭대기만 남기고 모든 것을 덮어 숨겼다. 안개는 남쪽 바다의 보랏빛 물 위로 아련히 엷어져 나가며 마지막 남은 별빛을 흐려 놓았다.

아렌은 동료를 보았다. 새매는 숨결이 고르지 못했다. 고통이 잠을 깨뜨리지는 않아도 바로 한 꺼풀 아래에 꿈틀대고 있는 것 같았다. 그림자를 만들지 않는 차가운 빛 아래, 그의 얼굴은 주름 지고 나이 들어 보였다. 아렌은 그에게서 아무 힘도 남지 않은 한 사람을 보았다. 마법도, 힘도 없고, 젊음조차도 없고, 아무것도 없다. 그는 소플리를 구하지 못했고 자기에게 날아오는 창을 빗나가게 하지도 못했다. 그는 그들을 죽음의 위험 속으로 데리고 왔고 구출해 내지 못했다. 이제 소플리는 죽었고, 그는 죽어 가는 중이었으며, 아렌도 죽을 터였다. 이 사람의 잘못이다. 헛된 죽음이며 아무 목적 없는 죽음이다.

그래서 아렌은 절망스러운 눈을 또렷이 뜬 채 그를 쳐다보았고, 거기서 아무것도 보지 못했다.

마가목 아래 분수대의 추억도, 짙은 안개 속 노예선에 떠올랐던 새하얀 마법광의 기억도, 염색업자네 집에 딸린 울적한 나무밭에서의 일도 아렌의 마음을 일깨우지 못했다. 그의 가슴속엔 자존심도 고집도 의지도 일어나지 않았다. 아렌은 조용한 바다 위로 새벽이 오는 것을 물끄러미 보고 있었다. 엷은 자수정 빛을 띤 크고 낮은 물결이 일렁이는 모습을 보노라니 모든 것이 꿈 같았다. 현실의 생생함과 확고함을 지니지 않은 멍한 꿈. 그 꿈 깊숙이엔, 바닷속 깊숙이엔, 아무것도 없다. 텅 빈 곳, 무(無)다. 거기엔 깊이란 게 없다.

배는 드문드문 불었다 말았다 하는 바람을 따라 천천히 불규칙적으로 전진했다. 뒤에서는 오베홀의 산봉우리들이 떠오르는 햇살을 등진 채 까맣게 움츠러들었고, 바람은 그쪽에서 불어오며 배를 육지에서 떨어뜨려, 세상으로부터 떨어뜨려, 난바다 저 멀리로 실어 가고 있었다.

난바다의 아이들

그날 한낮이 다 돼 갈 때쯤 새매가 꿈틀거리더니 물을 찾았다. 물을 마시고 난 뒤 그가 물었다.

"우리가 어디로 향하고 있느냐?"

머리 위에 돛이 팽팽히 부풀어 있고, 배는 긴 바다 물결 위를 제비처럼 날아가고 있었다.

"서쪽으로요, 아니면 북서쪽이거나요."

"춥구나."

새매가 말했다. 해는 이글이글 내리쬐어 배 안이 후끈했다.

아렌은 아무 말 하지 않았다.

"계속 서쪽으로 향하게 해라. 오베홀 서쪽의 웰로기로. 거기 내리자. 물이 필요해."

소년은 앞을 보았다. 막막한 바다였다.

"왜 그러니, 아렌?"

아렌은 아무 말 하지 않았다.

새매는 일어나 앉으려고 했다. 그러다 실패하자 손을 뻗어 선구함 곁에 놓인 자기 지팡이를 잡으려 했다. 하지만 지팡이에 손이 닿지 않았다. 그가 다시 말을 하려 하자 말은 마른 입술 위에서 막혀 버렸다. 젖어서 떡진 붕대 밑에서 새롭게 피가 터져 나와 가슴의 검은 살갗 위로 새빨간 거미줄을 그렸다. 새매는 날카롭게 숨을 들이마시고 눈을 감았다.

아렌은 그를 보고 있었지만 아무 감정이 일지 않았다. 오래 쳐다보고 있지도 않았다. 그는 앞으로 가서 전처럼 뱃머리에 웅크려 앉아 앞쪽을 응시했다. 입은 바싹 말라 있었다. 이제 꾸준히 불어오는 난바다의 동풍은 사막 바람처럼 메말랐다. 그들의 물통 속엔 물이 겨우 너더댓 홉밖에 남아 있지 않았다. 아렌의 마음속에서 그 물은 새매 몫이지 자기 게 아니었다. 그 물에 입을 댈 생각은 아예 들지 않았다. 로바네리를 떠나온 후로 날생선이 갈증과 허기 둘 다를 채워 준다는 것을 배웠기에 일찌감치 낚싯줄을 드리워 놓았지만 아무것도 걸리지 않았다. 아무래도 상관없다. 배는 물로 된 사막 위를 움직여 갔다. 저 위에서는 해가 천천히, 그러나 마침내는 경주에서 하늘 끝만큼의 거리 차로

201

앞서면서, 배와 마찬가지로 동에서 서로 움직여 갔다.

한 번, 아렌은 남쪽에서 육지인지 구름인지 모를 푸른 능선을 본 듯했다. 배는 몇 시간 동안 서쪽에서 좀 북쪽으로 비낀 방향을 달려온 터였다. 아렌은 바람을 바로 받았다 꺾었다 하며 방향을 잡는 대신 배가 가는 대로 내버려 두었다. 그 땅은 어쩌면 진짜였을 수도 있고 아닐 수도 있다. 아무래도 상관없었다. 광활하고 휘황한 바람과 빛과 대양(大洋)의 장관이 아렌에겐 모두 흐릿하게 어그러져 보였다.

어둠이 찾아왔고, 다시 빛이 찾아왔다. 또 어둠이, 그리고 빛이. 마치 팽팽히 당겨진 하늘의 화폭을 두드리는 북소리처럼.

아렌은 뱃전 너머 수면에 손을 끌었다. 한순간 그는 보았다, 아주 생생하게 보았다. 자기 손이 살아 있는 물 아래 창백한 녹색을 띠는 것을……. 그는 몸을 굽혀 손가락에 묻은 물기를 빨았다. 그 맛은 짜디짰고 입술을 아프게 지져 댔지만 아렌은 같은 행동을 되풀이했다. 그러자 속이 메스꺼웠다. 토하려고 등을 구부렸으나 쓴 위액만 조금 올라와 목구멍을 화끈거리게 했을 뿐이다. 새매에게 줄 물은 이제 없었고, 아렌은 새매 곁에 다가가기가 겁났다. 그는 가로누운 채로 이 열기 속에서도 벌벌 떨고 있었다. 모든 것이 침묵에 잠겼고 바싹 메말랐고 몹시도 환했다. 끔찍하도록 환했다. 아렌은 빛을 피해 눈을 가렸다.

＊

배 안에 무엇이 서 있었다. 사람이 셋인데, 식물의 줄기처럼 여위고 뼈가 툭 튀어나오고 눈이 부리부리한 것이 무슨 괴상한 검은 해오라기나 왜가리 같았다. 음성이 가늘어서 새 소리 같다. 아렌은 그들이 하는 말을 알아듣지 못했다. 한 사람이 팔에 검은 물주머니를 들고 무릎을 짚고 앉아 아렌을 굽어보며 거기 든 것을 아렌의 입에 기울여 부었다. 물이었다. 아렌은 게걸스럽게 들이마셨고, 목이 막혀 캑캑거리다, 다시 숨을 고르고 물주머니가 다 비도록 물을 마셨다. 그런 다음 주위를 둘러보고 일어서려고 애쓰며 물었다.

"어디 있습니까? 그분은 어디 있지요?"

멀리보기 호 안에 그와 함께 있는 건 그 낯설고 홀쭉한 세 사람뿐이었던 것이다.

그들은 알아듣지 못한 얼굴로 아렌을 쳐다보았다.

"다른 사람 말이에요."

아렌은 콱 쉰 소리로 말했다. 헐어 버린 목구멍과 굳어서 갈라진 입술 탓에 제대로 말을 할 수가 없었다.

"내 친구요……."

그들 중 한 사람이, 말이 아니라 아렌의 걱정을 이해하고서 한 손을 살짝 그의 팔에 올리며 다른 손으로 손가락질을 해 보였다. 그러곤 다독이듯 말했다.

"저기."

아렌은 쳐다보았다. 그러자 배 앞 북쪽 방향으로 몇 척은 가깝게 모여 있고 다른 것들은 바다 위로 좍 흩어진 수많은 뗏목들이 보였다. 어찌나 많은지 마치 물웅덩이에 떨어진 가랑잎처럼 수면을 뒤덮었다. 뗏목들은 수면과 같은 높이로 저마다 가운데께에 한두 채씩 오두막인지 헛간인지를 이었고, 그중 몇 척은 돛대도 세우고 있었다. 뗏목들은 가랑잎처럼 물 위에 떠서 대양의 큰 물결이 밑으로 지나갈 때마다 아주 유연하게 오르내렸다. 뗏목 사이사이의 물 고랑들은 은처럼 빛났고, 뗏목들 저 너머로는 커다란 비구름이 보랏빛과 금빛 탑을 이루어 서쪽 하늘을 그늘 지웠다.

"저기요."

남자는 말하면서 멀리보기 호에 가까운 큰 뗏목을 가리켰다.

"살았나요?"

그들은 모두 아렌을 쳐다보았고, 마침내 한 명이 말을 알아들었다.

"살았소. 살아 있소."

이 말을 듣고 아렌은 흑흑 울기 시작했다. 메마른 흐느낌이었다. 그 사내들 중 하나가 가늘고 억센 손으로 아렌의 손목을 잡아 멀리보기 호에서 끌어내어 배가 묶인 뗏목 위로 오르게 했

다. 뗏목은 아주 크고 부력이 강해 그들의 무게가 실려도 조금
치도 가라앉지 않았다. 그 사내는 아렌을 이끌고 뗏목 위를 가
로질렀는데, 그 사이에 나머지 둘 중 한 명이 굽은 고래상어 이
빨을 끝에 단 육중한 갈고리를 내뻗어 곁의 뗏목을 끌어당겨서
그들이 건너갈 수 있게 해 주었다. 거기서 인도자는 아렌을 오
두막 비슷한 선실로 데리고 갔다. 한쪽 면은 훤히 열렸고 나머
지 세 면은 엮어 만든 가리개로 막은 장소였다.

"누워요."

그가 말했고, 아렌은 그 다음 일은 전혀 기억할 수 없었다.

＊

아렌은 등을 대고 사지를 쫙 펼치고 누워서 자그만 빛 점들
이 아른대는 거칠거칠한 초록빛 천장을 올려다보고 있었다. 그
는 자기가 시머마인의 사과밭에 있다고 생각했다. 베릴라 뒤편
산지에 있는 그 사과밭은 인라드의 왕공들이 여름을 보내는 장
소다. 아렌은 시머마인의 우거진 풀 속에 누워서 사과나무 가지
사이로 비쳐 드는 햇빛을 올려다보고 있다고 생각했다.

잠시 후 그는 뗏목 밑 푹 팬 데에 철썩거리고 찰바닥대는 물
소리를 들었고, 뗏목 사람들의 가느다란 목소리들도 들었다. 그
것은 군도의 공용어인 하드 어였지만 발음도 율조도 많이 변해

있어 알아듣기 힘들었다. 그로써 아렌은 자기가 어디에 있는지를 알았다. 군도를 저 멀리 등지고, 원해를 등지고, 모든 섬들을 뒤로 한 채 난바다에 표류 중이다. 하지만 그래도 아렌은 동요하지 않았다. 그는 고향의 과수원 풀밭에 누워 있기라도 하듯 여전히 평안하게 드러누워 있었다.

잠시 지나자 일어나야겠다는 생각이 들어 아렌은 그 생각을 실행했다. 그러자 자기 몸이 비쩍 말랐다는 것과 살갗이 몹시 그은 것과 다리가 후들후들 떨리지만 그럭저럭 몸을 가눌 수 있다는 것을 알게 되었다. 아렌은 오두막 벽 구실을 하고 있던, 뭔가로 엮어 짠 가리개를 젖히고 바깥 공기 속으로 발을 내디뎠다. 때는 오후였다. 잠들어 있던 동안 비가 내린 터였다. 뗏목을 이루고 있는, 매끈하게 다듬어 가시런히 맞추어서는 서로 꽉 맞물리게 조이고 틈새까지 메운 커다란 통나무들이 비에 젖어 꺼멨다. 그리고 벗은 거나 다름없는 왜소한 사람들의 머리카락도 까맣게 젖어 갈라져 있다. 하지만 하늘 절반은 개어서 서쪽으로 해가 나고, 구름은 이제 은빛 덩어리를 이루어 북쪽으로 몰려가고 있었다.

남자들 중 한 사람이 조심스럽게 아렌에게 다가와 몇 걸음 앞에서 멈춰 섰다. 몸이 홀쭉하고 키가 작아서 열두 살 난 아이 정도였다. 그의 눈은 길쭉하고 크고 검었다. 고래 이빨로 만든 미늘 촉을 단 창을 들고 있다.

아렌이 그에게 말했다.

"당신과 당신 부족에게 제 생명을 빚졌습니다."

남자는 고개를 끄덕였다.

"절 제 동료한테 데려다 주시겠어요?"

뗏목 사람은 몸을 돌리며 목청을 돋구어 바닷새의 울부짖음을 닮은, 찌르는 듯 높은 소리를 질렀다. 그러고 나선 뭔가를 기다리듯 그 자리에 쭈그려 앉았고, 그래서 아렌도 똑같이 따라했다.

그들이 올라 있는 이 뗏목은 돛대를 세우지 않고 있었지만, 뗏목들에는 돛대가 있었다. 그 돛대에 돛을 올릴 수가 있는데 뗏목의 너비에 비하면 작은 돛이었다. 돛은 뭔가 갈색을 띤 것으로 만들어졌는데 돛 천도 아니고 아마포도 아닌 섬유질의 재료로 되어 있으며 직조해 만든 것이 아니라 펠트 천을 만들 때처럼 두들겨서 만든 것 같았다. 한 마장쯤 떨어져 있던 뗏목 한 척이 밧줄을 조정해 돛대 가로장에서 돛을 내리더니 갈고리로 끌어당기고 삿대로 밀며 다른 뗏목 사이사이를 비집고 다가와 아렌이 타고 있는 뗏목 옆에 나란히 대었다. 두 뗏목 사이가 겨우 석 자쯤 되었을 때 옆에 앉아 있던 사내가 일어서서 아무렇지도 않게 거길 건너뛰었다. 아렌도 똑같이 했지만 손발을 다 짚으며 우스꽝스럽게 착지했다. 무릎에 탄력이 남아 있지 않던 것이다. 아렌은 몸을 추스르고 일어나 그 작은 남자가 재미

207

있어 하는 대신 인정하는 눈빛으로 자신을 쳐다보는 것을 깨달았다. 아렌의 침착함이 그의 존경을 산 게 분명했다.

이 뗏목은 뗏목들 중에서 제일 크고 수면 위로 제일 높이 솟아 있었다. 길이 마흔 자에 지름이 너더댓 자 되는 통나무들을 엮어 짠 것인데, 나무는 오랫동안 사용하며 비바람을 맞아 꺼멓고 민들민들해졌다. 뗏목 위에 몇 채인가 구획을 지어 놓은 집 자리랄까 오두막 같은 것이 있고 거기에 괴상한 나무 조각상들이 세워져 있었으며, 뗏목의 네 귀퉁이마다엔 끝에 바닷새 깃털 술을 단 높은 장대들이 세워져 있었다. 안내자는 아렌을 그중 제일 작은 오두막으로 데리고 갔다. 거기 새매가 누워서 잠들어 있었다.

아렌은 오두막 안에 들어가 앉았다. 그를 데리고 와 준 사람은 다른 뗏목으로 돌아가 버렸고 아무도 아렌을 건드리지 않았다. 한 시간쯤 지난 후에 여자 하나가 먹을 것을 가져다주었다. 음식은 뭔가 반투명한 초록빛 재료가 들어간 차가운 생선국 같은 것인데 짰지만 맛있었다. 그리고 조그만 잔에 담긴 물이 있었다. 물통 틈을 메우는 역청 맛이 밴 묵은 물이었다. 아렌은 그 여자가 물을 건네주는 태도에서 그녀가 주는 것이 귀중한 보물이며 존중해야 할 것임을 알았다. 그는 공손히 그 물을 받아 마시고, 사실 그 잔 가득 열 번이라도 마실 수 있었지만 더 달라고는 하지 않았다.

새매의 어깨는 야무진 솜씨로 싸매여 있었다. 그는 깊이 편한 잠에 들어 있었고, 잠에서 깨어나자 안정이 맑았다. 새매는 아렌을 쳐다보고는 그 굳센 얼굴을 뒤흔들어 놓곤 하는 기쁨에 찬 환한 웃음을 지었다. 아렌은 갑자기 다시 울 것 같은 느낌이 들었다. 그는 새매의 손에 손을 겹치고 아무 말도 하지 않았다.

뗏목 사람들 중 한 명이 다가와서 가까이 있는 큰 차양 오두막 그늘 아래 쪼그리고 앉았다. 상인방 위의 몹시 정교한 네모꼴 문양이며 울음 우는 회색 고래 모양으로 통나무를 조각해 만든 문설주로 볼 때 그 오두막은 일종의 사당인 듯했다. 이 남자도 다른 이들과 마찬가지로 키 작고 마른 몸에 골격이 소년 같았지만 그의 얼굴은 굴강하고 세월을 거쳐 온 표가 났다. 몸에 걸친 거라곤 가랑이를 가린 천뿐이지만 위엄이 그를 감싸고 있어 헐벗어 보이지 않았다.

"그 사람은 자야 하오."

그 말에 아렌은 새매를 남겨 두고 그에게로 갔다.

"당신이 이 사람들의 족장이시군요."

아렌이 말했다. 그는 지배자를 알아볼 수 있었다.

"맞소."

그 사람이 짧은 끄덕임과 함께 말했다. 아렌은 그 앞에 똑바로 움직이지 않고 서 있었다. 그 사람의 눈이 잠시 아렌과 마주쳤다. 그러곤 그가 소감을 말했다.

"당신도 족장이로군."

"그렇습니다."

아렌이 대답했다. 뗏목 사람이 어떻게 그걸 알았는지 몹시 알고 싶었지만, 그는 어디까지나 수동적인 자세를 취했다.

"하지만 전 저기 계신 제 주인을 섬깁니다."

뗏목 사람들의 족장은 아렌이 알아듣지 못할 무슨 말을 했다. 분간하기 힘들 만큼 변해 버린 단어였든지 아렌이 알지 못하는 이름이었을 터이다. 그러더니 족장이 말했다.

"발라트란으로 들어선 건 무엇 때문이오?"

"우린 탐색 중입니다……."

하지만 아렌은 어디까지 말해야 할지 알 수 없었고, 사실은 뭐라고 말할지도 몰랐다. 아렌의 마음속엔 지금껏 일어난 온갖 일들이며 자신들이 해결책을 찾아 나섰던 그 문제가 아주 오래전 일 같았고 뒤죽박죽 혼란스럽기만 했다. 마침내 아렌은 말했다.

"오베홀에 갔는데, 상륙하려고 할 때 사람들이 공격했습니다. 저분은 상처를 입으셨고요."

"그러면 당신은?"

"나는 다치지 않았습니다."

아렌은 그렇게 말했다. 궁정에서 보낸 어린 시절에 배워 익힌 냉정한 자기 제어가 제대로 작동해 주었다.

"하지만……, 하지만 거기엔 광기 같은 게 감돌았죠. 함께 있

210

던 사람 하나는 스스로 물에 빠져 죽었습니다. 공포가 내려서……."

아렌은 말을 멈추고 우두커니 서 있었다.

족장은 까맣고 불투명한 눈으로 아렌을 응시했다. 그러곤 마침내 말했다.

"그렇다면 당신들은 우연히 이리 오게 된 것이로군."

"그렇습니다. 우리가 있는 곳이 아직 남원해인가요?"

"원해? 섬들이 있는? 아니오."

족장은 홀쭉하고 검은 손을 나침반 4분의 1만큼, 북에서 동으로 움직여 호(弧)를 그렸다.

"섬들은 저기에 있소, 모두 다."

그러곤 북쪽으로부터 서쪽을 거쳐 남쪽까지, 앞길에 펼쳐진 저녁 바다 전체를 보여 주며 말했다.

"바다요."

"여러분은 어느 땅에서 오셨나요, 족장님?"

"땅에서 오다니, 아니오. 우리는 난바다의 아이들이라오."

아렌은 족장의 날카로운 얼굴을 바라보았다. 그러곤 그 옆으로 커다란 뗏목을, 사당과, 각각 한 그루의 나무를 써서 조각한 키 큰 조상(造像)들을 보았다. 장엄한 신들의 모습이 돌고래와 물고기와 사람과 바닷새 형상들 가운데 섞여 있다. 아렌은 저마다 일에 바쁜 사람들을 보았다. 그물을 짜고, 조각을 하고, 고기잡이에, 한 단 높게 지어 놓은 조리대에서 음식을 만들고, 아기를 돌본다. 그는 또 다른 뗏목들을 쳐다보았다. 최소한 일흔 척은 될 뗏목들이 아마 지름이 사오 리는 될 거대한 원을 그리고 수면 위에 흩어져 있다. 그것은 하나의 마을이었다. 먼 집들에서 연기가 가느다랗게 날려 오르고 아이들의 목소리가 바람결에 짜랑짜랑하다. 그리고 그 마을의 바닥 밑으론 깊디깊은 바다가 있었다.

"육지에는 아예 안 가시나요?"

소년이 숨죽인 음성으로 물었다.

"한 해에 한 번씩 가오. '긴 모래톱'으로 가지. 우리는 거기서 나무를 베어 뗏목을 새로 짠다오. 그게 가을 일이지. 그런 다음에는 회색 고래들을 따라 북으로 가오. 겨울에는 서로 헤어져 뗏목이 다 따로 다니지. 봄이 되면 발라트란으로 와서 모이오. 거기서 뗏목과 뗏목 간에 서로 왕래를 하고 '긴 춤'을 여오. 이게 '발라트란 길'이오. 여기서부터 큰 조류가 남으로 흐른다오. 여름에 우리는 대조류를 타고 '위대한 이들' 곧 회색 고래들을 보게 될 때까지 남쪽으로 떠 가다가 북으로 방향을 바꾸오. 그리하여 고래들을 따라서 마침내 긴 모래톱의 에마 해안으로 돌아온다오. 잠시 동안 말이오."

"정말 대단하군요, 족장님. 여러분 같은 사람들이 있다는 이야기는 들어 보지 못했습니다. 제 고향은 여기서 아주 멉니다.

하지만 거기 인라드 섬에서도 하지 전날 밤 긴 춤을 추지요."

"당신들은 발로 땅을 굴러 탄탄하게 다지지. 우리는 깊은 바다 위에서 춤추오."

족장이 대범하게 말했다.

잠시 시간이 지난 후에 그가 물었다.

"저이는 뭐라고 불리오? 당신 주인 말이오."

"새매입니다."

아렌은 말했다. 족장은 그 발음을 따라했지만 그에게는 아무 의미 없는 말인 게 분명했다. 다른 무엇보다도 그로써 아렌은 이 사람들이 해가 가고 또 가도록 바다 위에서 산다는 이야기가 정말인 줄 납득했다. 그들은 그 어떤 땅도 땅의 냄새조차도 멀리하고서 육지 새가 날아 다다를 수 있는 한계를 지나 사람들이 아는 한계 너머인 난바다 위에 사는 것이다.

족장이 말했다.

"그의 속에 죽음이 있었소. 그는 자야 하오. 당신은 '별'의 뗏목으로 돌아가시오. 내가 사람을 시켜 불러 드리지."

족장은 일어섰다. 그에게 자신이 누구인지는 더할 나위 없이 분명했지만, 아렌이 누구인지는 아직 분명히 정할 수 없어 하는 게 뚜렷이 보였다. 동등한 신분으로 대접해야 할지 어린 녀석으로 여겨야 할지 모르는 것이다. 아렌은 이 상황에서는 아이 취급을 받는 쪽이 좋았고 물러가라는 지시를 받아들였지만, 그러자 당장 문제에 맞닥뜨렸다. 뗏목들이 도로 멀리 떨어져 떠 가고 있어서 두 뗏목 사이에는 공단 같은 물이 백 마 폭이나 되게 남실거렸다.

난바다 아이들의 우두머리가 다시 한번 아렌에게 말했다. 짤막한 한마디였다.

"헤엄치시오."

아렌은 조심조심 물속에 몸을 담갔다. 햇볕에 익은 살갗에 바다는 시원하고 기분좋았다. 그는 뗏목 사이를 헤엄쳐 가 반대편 뗏목 위로 몸을 솟구쳐 기어올랐다. 거기에는 아이와 젊은이 대여섯이 웅기중기 모여 흥미로운 빛을 감추지도 않고 그를 구경하고 있었다. 아주 자그만 여자아이가 말했다.

"헤엄치는 게 꼭 낚시에 걸린 물고기 같네."

"그럼 어떻게 헤엄쳐야 하지요?"

약간 약이 올라서, 하지만 정중하게 아렌이 물었다. 그렇게나 작은 사람에게 막 대할 수는 없었던 것이다. 소녀는 윤기 나는 마호가니 조각상 같았다. 연약하고 섬세한 조각상이다.

"이렇게요!"

소녀가 외치면서 물개처럼 눈부시게 반짝이며 용틀임하는 물줄기 속으로 뛰어들었다. 아렌은 한참이 지난 후에야, 그리고 생각지도 못할 만큼 먼 데로부터 다시 그 소녀의 높은 목소리를 들었다. 수면 위에 매끄럽게 달라붙은 까만 머리가 보였다.

"해 봐요."

아마 아렌과 나이가 비슷할 것 같은 소년이 말했다. 하지만 그의 키나 체격은 열두 살 정도로밖에 안 보였다. 완고한 얼굴을 한 친구로, 등판 가득 파란 게 문신을 했다. 그가 물에 뛰어들자 모두가 뛰어들었다. 세 살배기까지도 뛰어들었다. 그러니 아렌도 뛰어들지 않을 수 없었고, 그래서 뛰어들었다. 뛰어들면서 그는 물을 튀기지 않으려고 신경을 썼다.

"뱀장어처럼 해요."

아렌의 어깨 곁에서 솟구쳐 나오며 그 소년이 말했다.

"돌고래처럼요."

예쁜 소녀가 예쁘게 웃으면서 말하곤 깊은 바다 속으로 쑥 꺼져 버렸다.

"나처럼 해 봐요!"

세 살배기가 병처럼 동실동실 떠서 빽 소리쳤다.

그래서 그날 저녁 어둠이 내릴 때까지, 그리고 그 이튿날 기나긴 황금빛 하루 내내와 그로부터 이어진 날들 내내 아렌은 별의 뗏목 젊은이들과 함께 헤엄치고, 이야기하고, 일을 했다. 새매와 함께 로크를 떠났던 춘분 날 아침 이래 항해 중에 일어난 모든 일들 가운데서도 바로 이 일이 어떤 의미에서는 아렌에게 가장 이상하게 여겨졌다. 왜냐하면 이 일은 항해 중에나 아렌이 일평생 지내 온 중 있었던 과거의 어떤 일과도 연관이 없고, 앞

215

으로 닥칠 일과는 더더구나 상관이 없었기 때문이다. 밤이면 아렌은 별들 아래 그 젊은이들 사이에 누워서 잠을 청하며 생각했다.

'꼭 내가 죽은 것 같아. 이건 죽은 뒤의 내세인 거야. 나는 세상의 경계를 넘어 이 햇빛 속에, 바다의 아들딸들 사이에 와 있구나……'

잠들기 전 아렌은 그 노란 별과 '끝의 룬' 형상을 찾아 먼 남쪽을 바라보곤 했고 그때마다 고바르돈과 작은 삼각형, 큰 삼각형을 보았다. 하지만 이제는 별들이 더 늦게 떴기 때문에 별자리 전체가 수평선을 빠져나올 때까지 눈을 뜨고 있을 수가 없었다. 밤이나 낮이나 뗏목들은 남쪽으로 떠 갔지만 바다에는 전혀 변화가 없었다. 늘 변하고 있는 것은 변하지 않기 때문이다. 오월의 폭풍우는 다 지나, 밤이면 별들이 빛나고 하루 종일 태양이 비쳤다.

아렌은 이 사람들이 늘 이렇게 꿈같이 편한 삶을 살 수는 없으리라는 걸 알고 있었다. 아렌은 겨울에는 어떤지 물어보았고, 그들은 오랜 비와 거센 너울과 무리에서 뿔뿔이 떨어져 침침한 잿빛 날씨 속에 몇 주고 몇 주고 홀로 출렁이며 떠도는 외로운 뗏목 이야기를 들려주었다. 지난겨울에는 한 달이나 폭풍이 계속되는 가운데 어찌나 큰지 '천둥구름만 한' 너울을 보았다고들 했다. 그들은 산이나 언덕을 본 적이 없었던 것이다. 한 너울

등성이에 올라가면 십 리나 밖에서 어마어마하게 몰아닥쳐 오는 장대한 다음 너울을 볼 수 있었다. 뗏목이 그런 바다를 탈 수 있느냐고 아렌이 묻자, 그들은 해 낸다고 말했다. 하지만 언제나 잘되는 건 아니다. 봄이 되어 발라트란의 길에 모여들 때면 뗏목 두 척쯤은 없어져 있곤 했다. 아니면 세 척, 아니면 여섯 척이라도…….

그들은 아주 어린 나이에 결혼들을 했다. 자기 이름을 따서 문신을 한 '파란 게'와 예쁜 소녀 '신천옹'은 부부였다. 남자는 열일곱 살이고 여자는 그보다도 두 살 어렸지만, 뗏목들 사이엔 그런 결혼이 많았다. 많은 아기들이 뗏목 위를 기어 다니거나 아장아장 걸어 다니고 있었다. 아기들은 뗏목 한가운데 세워진 차양 오두막의 네 기둥에 긴 줄로 묶어 두어서 뜨거운 낮 시간엔 차양 밑으로 기어 들어가 몸을 뒤치면서 잠을 잤다. 나이 많은 아이들이 어린 애들을 돌보고, 성인 남녀는 모든 일을 함께 했다. 저마다 차례대로 발라트란 길에 있는 '닐구'라는, 아주 크고 잎이 갈색인 해초를 땄다. 닐구는 고사리처럼 가장자리가 깔쭉깔쭉한데 길이가 여든에서 백 척이나 갔다. 모두 함께 일을 하여 닐구를 찧어 천을 만들고, 거친 섬유를 꼬아 밧줄을 삼고 그물을 엮었다. 고기를 잡고, 잡은 고기를 말리고, 고래 이빨을 깎아 연장을 만들고, 다른 온갖 뗏목 일들도 다함께 했다. 그래도 언제나 헤엄치고 이야기를 나눌 시간이 있었으며, 언제까지 꼭 일이 끝나야만 한다는 기한 같은 것은 아예 없었다. 그들은 시간을 한 시간 두 시간으로 헤아리지 않았다. 그저 낮이 통째로, 밤이 통째로 있을 뿐이다. 그런 낮과 밤이 몇 낮 몇 밤 지나고 나자 아렌은 자기가 헤아릴 수 없는 시간 동안 뗏목 위에서 살아 온 것만 같았다. 오베홀 일은 꿈이고, 그 뒤에 있는 일들은 더 아련한 꿈이었다. 자신이 육지에 살았고 인라드의 왕자였던 건 어떤 다른 세상에서의 일이다.

마침내 아렌이 부름을 받아 족장의 뗏목을 찾아가자, 새매는 잠시 그를 바라보고 나서 말했다.

"분수의 뜰에서 보았던 그 아렌처럼 보이는구나. 황금빛 물개처럼 미끈한 게……. 여기서는 썩 잘 어울린다, 애야."

"네, 대헌자님."

"그런데 여기가 어디냐? 우린 여러 고장을 등지고 떠나왔지. 지도 바깥으로 배를 몰아 왔어……. 오래전에 뗏목 사람들에 관한 이야기를 들은 적이 있지만 난 그게 그저 남원해 이야기일 뿐이라고 생각했다. 실체 없는 뜬소문이라고 여겼지. 하지만 뜬소문이 우리를 구조했고 신화가 우리 목숨을 살렸구나."

새매는 마치 여름날 햇빛 속에 시간을 잊고 지낸 태평스러움에 동참했던 것처럼 웃음 띤 낯으로 말을 했다. 하지만 그의 얼굴은 수척했고 어둑한 그늘에 묻힌 눈동자엔 광채가 없었다. 아렌은 그 얼굴을 보았고, 정면으로 마주했다.

"저는 배반했어요…….."

아렌은 말을 했다. 그러곤 멈췄다.

"당신이 제게 두신 신뢰를 배반했어요."

"어떻게 말이냐, 아렌?"

"거기서……, 오베홀에서요. 딱 한 번 당신이 저를 필요로 하셨을 때에요. 대현자님은 다치셨고 제 도움이 필요하셨죠. 전 아무것도 하지 않았어요. 배는 제멋대로 흘러가는데 전 그냥 흘러가게 놔뒀어요. 당신이 고통에 허덕이는데 아무것도 해 드리지 않았어요. 전 육지를 봤어요……. 육지를 봤는데, 그런데도 심지어 배를 돌리려고도 안 했어요."

"가만 있어라, 아렌."

현자는 아렌이 복종할 수밖에 없을 만큼 엄하게 말했다. 그러곤 바로 물었다.

"그때 네가 생각했던 걸 말해 다오."

"아무것도 없어요, 대현자님. 아무 생각 없었어요! 전 무슨 일을 하든 아무 소용 없다고 생각했어요. 전 당신의 마법이 사라졌다고 생각했어요……. 아뇨, 아예 처음부터 없었다고 생각했어요. 당신이 절 속였다고 생각했어요."

아렌은 얼굴에 땀이 솟아났고, 목소리는 쥐어짜야만 했다. 하지만 그는 계속 말해 나갔다.

"전 대현자님이 두려웠어요. 죽음이 두려웠어요. 너무나도 두

려워서 대현자님을 쳐다보지 않으려고 했어요, 왜냐하면 당신
은 죽어 가고 계셨거든요. 전 아무것도 생각할 수가 없었어요,
그저 어쩌면……, 어쩌면 나는 죽지 않을 수도 있다는 생각 말
고는요. 그럴 방법을 찾기만 한다면요. 하지만 생명은 내내 쉼
없이 흘러 나가죠. 크나큰 상처가 나서 거기서 피가 흘러 나가
듯이……, 당신이 그러셨듯이요. 그런데 모든 게 다 그랬어요.
그리고 전 아무것도 안 했어요. 아무것도, 그저 죽음의 공포로
부터 숨으려고만 했을 뿐."

아렌은 이야기를 그쳤다. 진실을 소리 내어 말한다는 것은 견
딜 수 없는 일이었다. 그를 멈추게 한 건 수치가 아니었다, 그것
은 공포였다. 똑같은 공포다. 아렌은 이제 이 평온한 바다 생활
과 뗏목 마을에 내리비치는 햇살이 왜 내세나 꿈처럼 비현실적
으로 느껴졌는지를 알았다. 그건 그의 마음속 현실이 있던 자리
가 비어 버렸기 때문이다. 삶의 따스함도 색채도 소리도 없고
어떤 의미도 없었다. 높이도 없고 깊이도 없다. 바다 위와 사람
들의 눈 속에 있는 이 모든 형상과 빛과 색채의 사랑스러운 움
직임들이 허무의 심연 위에 까불대는 환영들의 장난에 지나지
않았다.

그것들은 지나갔다. 그리고 형체 없음과 차가움이 남았다. 그
것 말고는 없다.

새매는 그를 쳐다보고 있었고, 아렌은 그 시선을 피하기 위하

여 아래를 내려다봐야 했다. 하지만 속에서 느닷없이 작은 음성이 일었다. 용기를 북돋는, 아니면 조롱하는 소리가. 그 소리는 오만하고 가차 없었다.

'겁쟁이! 겁쟁이! 이것조차도 내던질 셈이냐?'

그리하여 아렌은 엄청난 의지를 쏟아 눈길을 들었고, 동료의 눈을 마주 보았다.

새매는 손을 뻗어 아렌의 손을 힘껏 붙잡았다. 그럼으로써 그들은 눈과 살로 서로 접촉했다. 새매는 아렌의 진짜 이름을 말했다. 그가 한번도 말하지 않았던 이름이다.

"레반넨."

새매는 그 이름을 다시 한번 불렀다.

"레반넨, 이것이며, 그대이다. 안전함이란 없으며, 끝이란 없다. 말은 침묵 속에서만이 들리고, 별을 보려면 어둠이 있어야 해. 춤이란 언제나 그 밑에 깊음을 둔 채로, 무시무시한 심연 위에서 이루어지는 것이다."

아렌은 두 손을 꽉 움켜쥐며 머리를 수그려 이마를 새매의 손에 눌렀다.

"전 당신을 실망시켰어요. 또다시 실망시킬 거고, 저 자신을 저버릴 거예요. 전 그렇게 강인하지 못해요!"

"넌 충분히 강인하다."

현자의 음성은 부드러웠지만 그 부드러움 아래엔 아렌 자신의 수치심 저 밑에서 솟아나 그를 조롱했던 것과 똑같은 가차 없음이 있었다.

"네가 사랑하는 것을, 사랑하게 될 거다. 네가 하는 일을, 다 할 것이고. 넌 희망을 채워 줄 사람이다. 남들이 의지할 사람이야. 하지만 17년으로 절망을 막는 갑주는 얻기 힘들지. ……잘 생각해 봐라, 아렌. 죽음을 거부하는 건 삶을 거부하는 거란다."

아렌은 머리를 들어 새매를 뚫어지게 보았다.

"하지만 전 죽음을 자초했어요, 당신과 저의 죽음을요! 물에 뛰어든 소플리처럼……."

"소플리는 죽음을 찾지 않았다. 그는 죽음에서, 그리고 삶에서 벗어날 길을 찾았지. 그는 안전을 추구했어. 공포를 끝내 버리려고 했지. 죽음의 공포를 말이다."

"하지만 길이……, 길이 있는걸요. 죽음 너머로 길이 있어요. 도로 살아날 길이요. 죽은 다음에도 사는 거죠. 죽음 없는 삶을 사는 거예요. 그게……, 그들이 찾던 거예요. 산토끼와 소플리, 마법사였던 사람들이요. 그게 우리가 찾는 거예요. 당신……, 다른 누구보다도 당신이야말로 그 길을 아실 거예요……. 분명히……."

현자의 억센 손은 아직 아렌의 손을 붙든 채였다.

"나는 모른다."

새매는 그렇게 말했다.

"그래, 그들이 자기네가 찾고 있다 생각하는 게 뭔지는 알아. 하지만 나는 그게 거짓임을 안단다. 내 말을 들어라, 아렌. 너는 죽게 된다. 영원히 살 수 없어. 그 어떤 사람이건 어떤 사물이건 마찬가지다. 불멸하는 건 없단다. 하지만 오직 우리에게만 우리가 틀림없이 죽으리라는 것을 아는 지식이 주어졌다. 그건 굉장한 선물이지. 자아(自我)라는 선물이다. 왜냐하면 우리는 반드시 잃게 될 줄 아는 것만을, 우리가 기꺼이 잃어버릴 것만을 가지니까……. 우리를 끊임없이 괴롭게 하는 그 자아는, 우리의 보물이며 인간성인 자아는 항상(恒常)하지 않단다. 변하고, 사라지지. 바다의 물결 하나인 셈이야. 하나의 물결을 보존하려고 온 바다를 잔잔하게 하고 조류를 얼어붙게 만들겠느냐? 너 자신을 보존하자고? 네 손의 기술을 내버리고 심장의 정열을 내버리고 일출과 일몰의 빛을 내버려 너 자신의 안전을 사겠느냐? 영원한 안전을 찾아서? 와소트와 로바네리와 다른 곳들에서 사람들이 하려고 하는 게 그거다. 그게 바로 들을 줄 아는 이들이 들었던 속삭임이지. 삶을 부정함으로써 죽음을 부정하여 영원히 살 수 있을 것이라는! ……그리고 이 속삭임을 나는 듣지 못한다, 아렌. 내가 듣고자 하지 않으니까. 나는 절망의 충고를 받아들이지 않아. 나는 귀먹었고 눈멀었다. 네가 나의 길잡이야. 너의 순수함과 너의 용기, 너의 지혜 없음과 네 충성심으로 넌 나의 인도자인 것이다. 내가 어둠 속으로 앞세워 보내는

어린아이지. 내가 따라가는 건 바로 너의 공포, 너의 고통이란
다. 넌 내가 가혹하다고 생각했지만, 아렌, 얼마나 가혹한지는
몰랐을 거다. 나는 네 사랑을 이용하고 있어. 사람이 초를 태우
듯 네 사랑을 태워 길을 밝히는 거야. 그리고 우리는 계속 그렇
게 가야만 한다. 계속 나아가야만 해. 끝까지 가야 해. 바다가 마
르고 기쁨이 바닥나는 그 장소로, 네 죽음의 공포가 너를 이끌
어 갈 그곳으로 우리는 가야만 한다."

"그게 어디인가요, 주인님?"

"모른다."

"전 당신을 그리로 모셔 갈 수 없어요. 하지만 당신과 함께
가렵니다."

어두워 깊이를 헤아릴 수 없는 현자의 눈길이 아렌에게 쏟아
졌다.

"하지만 제가 또다시 실패해서 당신을 배반하면……."

"난 너를 믿겠다, 모레드의 아들아."

그러고 나자 둘 다 침묵했다.

위쪽으로 높직이 솟은 조각상들이 새파란 남방의 하늘을 배
경으로 미미하게 흔들렸다. 돌고래 몸에 갈매기 날개를 접고,
인간의 얼굴에다 조개껍데기로 된 물끄러미 바라보는 눈을 하
고 있다.

새매는 뻣뻣하게 일어나 섰다. 아직 상처가 다 나으려면 한참

먼 터였다.

"앉아 지내는 데는 진력이 난다. 이렇게 빈둥거리다간 뚱보가 되겠구나."

그는 뗏목을 길이 방향으로 걷기 시작했고 아렌도 그와 함께 걸었다. 걸으면서 그들은 조금 이야기를 나눴다. 아렌은 새매에게 그동안 지낸 얘기와 뗏목 사람들 중에서 사귄 친구 이야기를 했다. 힘이 자란 것보다 초조한 마음이 앞섰던 새매는 곧 기진해 버렸다. 그는 '위대한 이들의 집' 뒤에서 베틀에 닐구를 걸어 직물을 짜고 있던 소녀 옆에 발을 멈추고 족장을 좀 찾아 달라고 부탁한 다음 자기가 머물던 차양 오두막으로 돌아왔다. 뗏목 사람들의 족장이 그리로 와서 예의를 다해 인사를 했고 현자도 그에 답례했다. 그러곤 그들 셋은 다함께 차양 오두막 안 점박이 무늬가 진 물개 가죽 깔개 위에 앉았다.

"생각을 해 보았소."

족장이 예의를 갖춘 진중한 태도로 느릿하게 운을 떼었다.

"당신이 말해 준 것들에 관해서 생각했소. 사람들이 어떻게 죽음으로부터 다시 자기들 몸으로 되돌아올 생각들을 하는지에 대해, 그리고 이 일을 좇다가 신들을 경외하길 잊고 자신들의 육체를 부정하고 미쳐 버린다는 데 대해서 말이오. 이것은 사악한 일이며 엄청난 어리석음이오. 그런데 나는 또한 생각했소, 그 일이 우리와 무슨 상관이 있는가? 우리는 다른 사람들과 아무 상관도 없소. 그네들의 섬들이며 그네들의 방식, 그네들의 창조와 파괴는 우리와 상관없소. 우리는 바다 위에서 살고 우리의 삶은 바다의 삶이오. 우리는 그들을 구하고 싶어하지 않소, 그렇다고 그들이 망하게 만들고 싶지도 않소. 광기는 이곳으로 찾아오지 않아요. 우리는 육지로 가지 않고, 육지 사람들도 우리한테 오지 않으니. 내가 젊었을 때엔 가끔씩 배로 '긴 모래톱'까지 온 사람들과 이야기를 했더랬소. 뗏목 나무를 베고 겨울 오두막을 지으러 거기 갔을 적에 말이오. 가을에 회색 고래를 뒤따를 때면 종종 오홀과 웰와이(족장은 오베홀과 웰로기를 이렇게 불렀다.)에서 오는 배 돛을 보기도 했지요. 그 사람들은 멀찍이서 우리 뗏목들을 뒤따라오기 일쑤였다오, 우리는 바다 속 위대한 이들이 다니는 길이며 서로 만나는 장소를 알고 있으니 말이오. 하지만 여지껏 내가 육지 사람들을 본 것은 그게 다요. 이제는 그들이 오지 않는다오. 아마도 모두 미쳐서 서로 싸우고들 있는 게지. 2년 전 긴 모래톱에서 북쪽의 웰와이를 보니 사흘 내내 큰 불이 타는 연기가 보였소. 그랬다 한들 우리한테야 무슨 상관이오? 우리는 난바다의 아이들이오. 우리는 바다의 길을 가오."

"그렇지만 육지 사람의 배가 표류하는 것을 보고는 그 배로 오지 않으셨습니까?"

현자가 말했다.

족장은 특유의 높고 담담한 음성으로 대답했다.

"우리들 중 몇 사람은 그게 현명치 못한 일이라고 말했소. 그러니 그 배가 바다 끝까지 떠내려가게 놔두자고 말이오."

"당신은 그런 사람이 아니셨지요."

"그렇소. 나는 말했지. 저이들이 육지 사람들이더라도 우린 저 사람들을 도울 거라고 말이오. 그리고 그렇게 되었소. 하지만 당신이 수행하려는 일은 우리와 아무 상관 없소. 육지 사람들 사이에 광기가 돈다면, 육지 사람이 해결을 해야지. 우리는 '위대한 이들'의 길을 따라가오. 당신 탐색을 도울 수 없어요. 당신들이 우리와 함께 머물고 싶어 하는 한 기꺼이 맞아 드리리다. 긴 춤까지 며칠 남지 않았소. 긴 춤이 지나면 우리는 북쪽으로 방향을 돌려 동으로 흐르는 해류를 따라가오. 그러면 그 해류가 여름이 끝날 무렵 우리를 도로 긴 모래톱 부근의 바다로 데려다 주겠지요. 당신이 우리와 머물면서 몸을 치료하겠다면 그건 좋은 일이오. 그렇지 않고 당신이 배를 가지고 당신 갈 길을 가겠다면 그것도 좋소."

현자가 감사를 표했고, 족장은 일어섰다. 왜가리처럼 홀쭉하고 꼿꼿한 그가 자리를 뜨고 나자 둘만 남았다.

"천진함 속에는 악에 맞설 힘이 없지."

새매가 약간 비딱하게 말했다.

"하지만 선을 행할 힘은 있구나……. 한동안 저 사람들과 있어야겠다. 아마도 내가 이 쇠약한 상태에서 회복될 때까지는 말이야."

"현명하신 말씀이에요."

아렌이 말했다. 그는 새매의 육체적인 허약함에 충격을 받아 감정이 흔들렸다. 그래서 이 사람을 그 자신의 실행력과 절박감으로부터 보호하기로 결심하고, 적어도 통증은 가시고 나서 길을 떠나야 한다고 고집할 셈이었다.

현자는 아렌을 쳐다보았다. 그가 흔쾌히 찬성한 데 좀 놀란 눈치였다.

아렌은 그것을 눈치 채지 못한 채 말을 보탰다.

"여기 사람들은 친절해요. 그들은 호트 읍이나 다른 섬 주민들한테 있던 영혼의 병에 걸리지 않은 것 같아요. 이 떠도는 사람들이 해 준 것처럼 우리를 도와주고 환영해 줄 섬은 아마 없을 거예요."

"분명 네 말이 옳을 거다."

"그리고 이 사람들은 여름에 즐거운 생활을 하죠……."

"암 그렇지. 일생토록 차가운 생선을 먹고, 결코 꽃이 만발한 배나무를 보거나 흐르는 샘물을 맛볼 수 없다면 결국에는 진력이 나겠지만 말이다!"

그리하여 아렌은 별의 뗏목으로 돌아와 다른 젊은이들과 함께 일하고 헤엄치고 햇볕을 쬐었고, 시원한 저녁녘에 새매와 이

야기를 나누었으며, 별들 아래에서 잠을 잤다. 그렇게 하지 전
날 밤의 '긴 춤'이 이르기까지 날들은 흘러갔고, 커다란 뗏목들
은 난바다의 해류에 실려 천천히 남쪽으로 떠 갔다.

오름 엠바르

한 해 중 가장 짧은 밤 내내 뗏목 위에는 횃불들이 탔다. 별이
총총한 하늘 아래 뗏목들이 모여 커다란 원을 그리고 떠 있어서
바다 위로 가물가물 타는 불의 원이 생겼다. 뗏목 사람들은 춤
을 추었다. 북도 피리도 쓰지 않고 음악도 없이 맨발을 굴러 박
자를 맞추며 거대한 뗏목을 기우뚱거리게 만들며 춤추는 것이
다. 노래꾼들의 애조 띤 가는 음성이 그들 삶의 터전인 망망대
해로 울려 나갔다. 그 밤에 달은 뜨지 않아 춤추는 이들의 몸이
별빛과 횃불 빛 속에 어렴풋했다. 때때로 그중 하나가 물 위로
튀어 오른 물고기처럼 번뜩인다. 젊은이 한 명이 옆 뗏목으로
건너뛴 것이다. 젊은이들은 서로 경쟁하며 높이 멀리 도약했다.

들르는 뗏목마다에서 춤을 추며 뗏목들이 이룬 고리를 한 바퀴
다 돌아서 동이 트기 전에 원래 자리로 돌아오려는 것이다.

아렌은 그들과 함께 춤추었다. 발놀림이나 노래는 가지가지
일지 몰라도 '긴 춤'은 군도의 모든 섬에서 열린다. 하지만 밤
이 깊어 가고, 춤추던 사람들이 많이들 떨어져 나가 자리 잡고
앉아서 구경을 하거나 졸기 시작하고, 노래꾼들의 목소리가 쉬
어 갈 무렵에 아렌은 높이 뜀뛰는 젊은이들 한 무리와 함께 족
장의 뗏목으로 건너와서 그들만 보내고 자신은 발걸음을 멈추
었다.

새매는 족장과 족장의 세 아내들과 함께 사당 가까이 앉아
있었다. 사당의 문간을 이룬 고래 조각상 사이에 앉은 노래꾼은
밤새도록 처질 줄 모르는 높은 음성을 지녔다. 그는 뗏목 바닥
나무를 손으로 가볍게 두드려 박자를 맞추면서 지칠 줄 모르고
노래 불렀다.

"저 사람이 부르는 건 무슨 노래죠?"

가사를 따라 짚을 수 없었던 아렌이 현자에게 물었다. 한 마
디 한 마디를 길게 끌면서 파르르 떨고 이상하게 음조를 꺾는
바람에 좀처럼 알아듣기가 힘들었다.

"회색 고래와 신천옹과 폭풍우에 관한 노래로구나……. 이
사람들은 영웅들과 왕들에 관한 노래를 알지 못한다. 에레삭베
의 이름을 알지 못해. 아까 저 사람은 세고이에 관한 노래를 했

지. 그가 어떻게 바다 한가운데에 땅들을 세웠는지 말이야. 이 사람들이 인간의 전승 지식을 그 정도는 간직하고 있지만, 나머지는 모두 바다에 대한 것이로구나."

아렌은 경청했다. 그는 노래 부르는 사람이 휘파람 비슷한 돌고래의 외침을 흉내 내며 거기 잇대어 자기 노래를 엮어 나가는 것을 들었다. 그리고 횃불 빛을 역광으로 진 새매의 옆모습을, 바위처럼 검고 굳센 그 얼굴을 지켜보았다. 그리고 또 부드럽게 조잘대는 족장 아내들의 눈에 촉촉이 어리는 불빛을 보고, 고요한 바다 위에서 아주 느리게 기울었다 솟아오르는 뗏목의 움직임을 몸으로 느꼈다. 그러면서 서서히 잠으로 미끄러져 들어갔다.

아렌은 갑자기 잠에서 깨었다. 노래꾼들이 침묵에 잠겨 있다. 그들과 가까이 앉은 한 명만이 아니고 다른 사람들도, 가깝고 먼 뗏목 위의 모든 노래꾼들이 다 조용했다. 가느다란 목소리들이 멀리서 우짖는 바닷새 소리처럼 꺼져 나가고 나자 정적이 감돌았다.

아렌은 새벽이 된 줄 알고 어깨 너머 동쪽을 쳐다보았다. 하지만 묵은 달만이 이제 막 떠올라서 여름 별들 사이에 금빛으로 빛나며 나지막이 걸려 있는 참이었다.

그러고 나서 남쪽을 보자 하늘 저 높이 노란 고바르돈 별이 보이고 그 밑으로 여덟 동료 별들이 있었다. 맨 끝 별까지 잘 보였다. '끝의 룬'이 바다 위에 맑은 빛을 뿜으며 활활 타올랐다. 이어서 새매 쪽을 돌아본 아렌은 그 검은 얼굴도 그 별들 쪽을 향해 있는 것을 보았다.

"왜 노래를 그치는 거지? 아직 해 뜰 녘이 아니야. 새벽도 안 되었네."

족장이 노래 부르던 사람에게 묻고 있었다.

그 남자는 더듬거리며 말했다.

"알 수가 없습니다."

"계속 노래하게! 긴 춤은 끝나지 않았어."

"가사를 모르겠습니다."

노래꾼의 음성은 공포에 질린 것처럼 날카롭게 솟아올랐다.

"노래를 부를 수가 없어요. 잊어버렸어요."

"그럼 다른 노래를 부르게!"

"이제 노래는 없습니다. 끝나 버렸습니다."

노래꾼은 울부짖고는 뗏목 바닥에 엎어져 웅크렸다. 족장은 놀란 눈으로 그를 바라보았다.

타닥타닥 타는 횃불들 아래 뗏목들은 흔들리고, 모든 것이 조용했다. 대양의 적막함이 작은 생명의 소요와 그 위에 비추던 빛을 에워싸고 집어삼켜 버렸다. 춤꾼들은 아무도 움직이지 않았다.

아렌에겐 휘황하던 별빛이 문득 둔해진 것처럼 느껴졌다. 그

233

런데 아직 동녘에는 날빛이 비치지 않는다. 무시무시한 느낌이
들었다. 그는 생각했다.

'해는 뜨지 않을 것이다. 이제 낮은 없어.'

현자가 일어섰다. 그와 함께 희미한 광채가 그의 지팡이를 따
라 흘렀다. 희고 생생한 그 빛은 나무에 은으로 아로새겨진 룬
문자에서 가장 맑게 타올랐다.

"춤은 끝나지 않았소."

새매가 말했다.

"밤도 아직이지요. 아렌, 노래해라."

아렌은 '전 할 수 없어요, 대현자님!' 하고 말할 참이었다. 하
지만 그러는 대신에 그는 남쪽의 아홉 별을 바라보고, 숨을 깊
이 들이마시고, 노래 불렀다. 처음에는 목소리가 약하고 쉰 듯
했으나 노래를 불러 감에 따라 점점 강해졌다. 그리고 그 노래
는 그 가장 오래된 노래, 에아의 창조에 관한 노래, 어둠과 빛을
균형 잡은 것과 첫 말을 했던 그이에 의하여 초록빛 땅들이 만
들어진 사연을 말하는 노래였다. 그이는 바로 가장 오랜 군주인
세고이이다.

그 노래가 끝나기 전에 하늘은 회청색으로 파르스름하게 바
래 왔고 달과 고바르돈만이 아직껏 희미하게 그 하늘에 빛났다.
새벽 바람 속에 횃불들이 치직거렸다. 그렇게 노래가 끝났고,
아렌은 입을 다물었다. 그러자 노래를 들으려고 모여들었던 춤

꾼들은 조용히 뗏목에서 뗏목으로 되돌아갔다. 동쪽에서 빛이 돋아 오고 있었다.

"좋은 노래요."

족장이 말했다. 담담하게 말하려고 애쓰고 있었지만 목소리가 불안정했다.

"긴 춤을 끝까지 다 추지 않고 그치는 건 좋지 않아요. 태만한 노래꾼들을 닐구 채찍으로 때려 줘야겠소."

"그보다는 그들을 위로해 주십시오."

새매는 여전히 일어선 채 엄숙하게 말했다.

"좋아서 침묵하는 가수는 없지요. 이리 오너라, 아렌."

새매는 몸을 돌려 오두막으로 갔고 아렌은 그를 따라갔다. 하지만 그 새벽의 희한한 일은 아직 다하지 않은 터였다. 왜냐하면 바로 그때, 바다의 동쪽 가장자리가 하얗게 되어 올 그 시각에 북쪽으로부터 거대한 새가 날아왔던 것이다. 너무나도 높아 그 날개에 아래 세상에는 아직 비치지 않는 햇살을 받으며 까마득한 공중에서 황금빛 날갯짓을 했다. 아렌은 소리를 지르며 그것을 가리켰다. 현자가 놀라서 올려다보았다. 그러자 그 얼굴이 격동과 환희의 빛을 띠었고, 그는 큰소리로 외쳤다.

"남 히사 아류 게드 아르크바잇사!"

창조의 언어로 '그대가 게드를 찾는다면 여기에 그가 있으리.'라는 말이었다.

그러자 금빛 추를 떨어뜨린 듯이, 날개를 높이 들어 내뻗친 채 어마어마한 덩치로 공중에 굉음을 휘몰며, 황소라도 생쥐처럼 움켜쥘 수 있을 갈고리 발톱과 이글이글 불길이 피어오르는 길쭉한 콧구멍을 가진 용이 흔들리는 뗏목 위로 급강하하는 송골매처럼 곤두박질쳤다.

뗏목 사람들은 냅다 비명을 질렀다. 몇은 바닥에 거꾸러지고, 몇은 바다로 뛰어들었으며, 몇은 그대로 서서 공포를 초월한 경이감 속에 그 광경을 바라보고 있었다.

용은 그들 머리 위를 빙그르르 돌았다. 끝에서 끝까지 아마 90척은 될 그 장대한 피막 날개가 새 햇살을 받아서 연기에다 금박 무늬를 입혀 놓은 것처럼 빛났다. 몸 길이도 날개 폭에 못지않을 터이지만, 그 몸은 강마르고 사냥개처럼 늘씬한 곡선을 그렸으며 발톱은 도마뱀 같고 뱀처럼 비늘에 덮여 있었다. 좁은 등줄기를 따라 톱니 모양으로 줄지어 삐죽삐죽 가시가 돋아 있는데, 생긴 것은 장미 가시 비슷하지만 불룩한 등 부분에서는 그 높이가 석 자나 되다가 점점 작아져서 꼬리 끝에 가면 작은 손칼 칼날만 한 길이가 되었다. 이 침들은 잿빛이고 용의 비늘은 철회색이었지만 그 속에 황금빛 광택이 어려 있었다. 용의 눈은 초록빛이고 죽 째진 칼눈이었다.

동족들의 두려움 앞에 자신의 두려움을 잊은 뗏목 사람들의 족장이 거처에서 고래잡이에 쓰는 작살을 들고 나왔다. 그의 키보다도 길고 깔쭉깔쭉 톱니 진, 고래 이빨 촉을 단 작살이었다. 족장은 작지만 굴강한 팔에 작살을 얹어 자세를 잡고선 그것을 찔러 올릴 추동력을 얻으려고 달음질을 쳤다. 그는 뗏목 위에 떠 있는 용의 몸 중 비늘이 그나마 가볍게 덮인 좁다란 배를 맞히려고 했다. 망연자실해 있다가 정신을 차린 아렌이 그를 보고 앞으로 달려나갔다. 그러곤 족장의 팔을 붙들어 사람과 작살을 한꺼번에 끌고서 엄폐물 아래로 뛰어들었다. 숨막힌 소리로 아렌이 말했다.

"그 어처구니없는 바늘을 가지고 용을 성나게 하실 셈인가요? 먼저 용주가 얘기하게 하세요!"

족장은 얻어맞기라도 한 듯 얼혼이 반쯤 나가서 멍청히 아렌을 쳐다보고, 다시 현자를 보고, 용을 보았다. 하지만 말은 하지 않았다. 그러자 그때 용이 말했다.

거기 있는 이들 중 용의 말상대가 된 게드만 빼고 누구도 그 말을 알아듣지 못했다. 용들은 옛 언어로만 말하기 때문이다. 그것은 그들의 언어였다. 부드럽고 쉭쉭거리는 그 목소리는 꼭 고양이가 성이 나 하악거리는 소리 같은데 다만 몹시 웅장하고, 또 무시무시한 음률이 그 속에 깃들어 있었다. 그 소리를 들은 이는 누구든 동작을 멈추고 귀를 기울였다.

현자가 짧게 대답했고, 다시 용이 말했다. 용은 그의 머리 위에 잔 날갯짓을 하며 떠 있었다. 아렌은 심지어 그 모습이 공중에서 한 자리에 머물러 있는 잠자리 같다고까지 생각했다.

그런 다음 현자가 한마디로 대답했다.

"메메아스."

'가겠소.' 그렇게 말하고 그는 주목으로 만든 지팡이를 치켜들었다. 용이 입을 벌렸고, 그 사이로 연기 한 줄기가 긴 덩굴 무늬를 그리며 피어나왔다. 황금빛 날개가 천둥처럼 펄럭이며 거센 바람을 일으켰다. 불탄 냄새가 났다. 용은 빙그르르 방향을 바꾸어 장대한 모습으로 북쪽을 향하여 날아갔다.

뗏목 위는 고요했다. 어린애들이 가냘픈 소리로 칭얼거리며 울어 댔고 아낙네들이 달랠 뿐. 사내들은 좀 체면이 깎인 낯으로 바다에서 나와 뗏목에 기어올랐다. 끄는 것을 잊은 횃불들이 태양의 첫 햇살 속에 타고 있었다.

현자는 아렌을 돌아보았다. 그의 얼굴은 기쁨일지 순수한 분노일지 모를 광채를 띠고 있었다. 하지만 말소리는 차분했다.

"이제 우리는 가야만 한다, 얘야. 작별 인사를 하고 오너라."

그는 돌아서서 뗏목 사람들의 족장에게 고마움을 표하고 안녕을 빌었다. 그러곤 큰 뗏목에서 세 척을 가로질러 멀리보기 호가 매여 있는 뗏목으로 갔다. 뗏목들은 춤 의식을 위해 가깝게 모여든 채였던 것이다. 멀리보기 호는 뗏목들의 마을이 천천히 남쪽으로 흘러오는 동안 그렇게 그 뒤를 쫓아온 터였다, 빈 배로 뗏목 뒤에 묶여 함께 흔들리면서…… 하지만 난바다의 아이들은 멀리보기 호의 텅 빈 물통을 자기네가 모아 두었던 빗물로 채우고 식량을 쟁여 주었다. 그렇게 함으로써 손님들을 융숭히 공경하고 싶었던 것이다. 그들 중 여럿이 새매를 고래 형상 대신 인간의 모습을 취한 '위대한 이'라고 여기고 있었기 때문이다. 아렌이 따라잡았을 때 새매는 벌써 배의 돛을 올렸다. 아렌은 밧줄을 풀고 배 안으로 뛰어들었다. 그러자마자 배는 바로 뗏목에서 떨어져 방향을 틀었고, 해 뜰 녘의 산들바람밖에 불고 있지 않은데도 돛이 센 바람을 안고 팽팽해졌다. 멀리보기 호는 뱃전을 기울이며 북으로 방향을 돌려 용이 간 길을 좇아 속도를 높였다. 바람결에 실린 가랑잎처럼 가볍게.

아렌이 뒤를 돌아보았을 때 뗏목들의 도시는 아주 작아져서, 흩뿌려져 물 위에 떠도는 자그만 나무 토막이며 지저깨비들처럼 보였다. 오두막들과 횃불 장대가 그렇게 보인 것이다. 그리고 그것들은 머잖아 물에 비쳐 눈부시게 반짝이는 이른 아침 햇빛 속에 묻혔다. 멀리보기 호는 날듯이 전진했다. 뱃머리가 바다 물결을 쪼개며 수정 같은 고운 물보라를 일으켰고, 배가 달리며 인 바람이 아렌의 머리카락을 뒤로 날리며 실눈을 뜨게 만들었다.

지상의 어떤 바람이라도 그 작은 배를 그렇게나 빨리 달리게 하지는 못했을 것이다, 폭풍이 아닌 한은. 하지만 폭풍 속에서였다면 거센 풍랑 탓으로 배에 물이 넘어 들어왔을 터였다. 배를 이토록 날렵하게 나가게 하는 이 바람은 지상의 바람이 아니라 현자의 말과 힘이 빚어낸 것이었다.

새매는 배 안 돛대 곁에 서 있었다. 눈빛이 심각했다. 마침내 그가 키 손잡이 곁 원래 앉던 자리에 앉아 한 손을 키에 얹고는 아렌을 보았다.

"그건 오름 엠바르였다. 셀리더의 용이지. 에레삭베를 죽이고 그에게 죽임 당한 그 위대한 오름의 혈족이란다."

"그가 사냥을 나왔던 건가요, 대현자님?"

현자가 용에게 한 말이 환영인지 위협인지 잘 몰랐던 아렌은 그렇게 물었다.

"나를 잡으러 나왔던 거지. 용이 무엇을 쫓아 나오면 찾아내게 마련이야. 그는 내 도움을 청하러 나왔다."

새매는 짤막하게 웃었다.

"누가 해 준 얘기였더라면 나는 안 믿었을걸. 용이 사람을 상대로 도움을 구하다니. 그들 중에서도 하필이면 바로 그 용이! 그가 가장 오래 묵은 용은 아니지만 그래도 아주 나이가 많단다. 그리고 자기 종족 중에서 가장 큰 능력을 지녔지. 그는 자기 이름을 숨기지 않아, 용들과 인간들은 숨겨야 하는데도 말이다. 그에겐 누군가 자신을 능가하는 힘을 가질 거라는 두려움이 없다. 그는 또 동족들처럼 속임수를 쓰지도 않는다. 오래전에 셀리더에서 그는 나를 살려 주었고 엄청난 사실을 알려 주었지.

240

왕의 룬을 찾아낼 방법을 말해 준 거야. 그에게 나는 에레삭베의 고리를 빚졌단다. 하지만 그런 빚을 갚을 수 있으리라고는 생각조차 못 해 봤다. 더구나 그런 빚쟁이에게!"

"그가 요청한 게 뭔가요?"

"내가 찾는 길을 보여 주겠다는 것이다."

현자의 그 말은 더 굳은 어조였다. 그는 그런 다음 잠시 사이를 두었다가 말을 이었다.

"그가 말하길 '서쪽에 또 다른 용주가 있다. 그는 우리를 파멸시키려 하며, 그의 힘은 우리보다 크다.'라고 하더구나. 내가 물었지. '그대보다도 강하단 말이오, 오름 엠바르?' 그러자 그가 말했다. '나보다도 강하다. 내겐 그대가 필요하다. 서둘러 따라오라.' 그렇게 그가 청했고, 나는 그에 따랐지."

"그것밖에는 모르세요?"

"앞으로 더 알아낼 참이다."

아렌은 배를 묶었던 밧줄을 둘둘 감아서 치워 놓은 뒤 다른 자잘한 뱃일을 돌보았다. 하지만 그러는 동안 내내 고양된 긴장감이 팽팽히 당겨진 활줄처럼 가슴속에 울려 댔고, 마침내 그가 말을 하자 그 울림이 목소리에도 담겨 나왔다.

"이쪽이 더 좋은 길잡이예요. 다른 길잡이들보다 나아요!"

새매는 아렌을 보고 소리 내어 웃었다.

"그래. 이번에는 길을 잃어 헤매진 않을 거다."

그렇게 두 사람은 대양을 가로지르는 대질주를 시작했다. 해도에 나오지 않는 뗏목 사람들의 바다로부터 어스시의 모든 섬들 중 가장 서쪽에 자리한 셀리더 섬까지는 4000리도 더 되었다. 하루하루가 반듯이 그어진 선명한 수평선에서 환히 밝아 올랐다가 붉게 물든 서쪽으로 져 내렸고, 태양이 그리는 황금빛 아치와 별들의 은빛 바퀴 아래 배는 내내 외로이 북으로 북으로 바다 위를 달려갔다.

때때로 멀리 한여름의 천둥 구름이 뭉쳐 수평선에 자줏빛 그늘을 드리우곤 했다. 그러면 아렌은 현자가 일어서서 목소리와 손짓으로 구름들을 그들 쪽으로 떠 오게 하여 품고 온 비를 배 위에 내리게 만드는 것을 볼 수 있었다. 그럴 때면 구름 새로 번개가 튀어나오고 천둥이 우르릉거렸다. 그래도 현자는 손을 높이 든 채, 비가 쏟아져 그와 아렌과 그들이 벌여 놓은 용기들과 배 안과 바다에 마구 퍼부을 때까지 그대로 서 있었다. 비는 맹렬히 쏟아져 바다 물결을 잠재웠고, 새매와 아렌은 기뻐서 빙긋 웃었다. 왜냐하면 가진 식량은 충분했지만(설사 남아돌지는 않는다 해도), 물은 필요했기 때문이다. 그리고 현자의 말에 복종하여 노호하는 폭풍우의 장관이 그들을 기쁘게 했다.

아렌은 동료가 이제 이토록 가볍게 힘을 사용하는 것을 보고 몹시 놀랐고, 한번은 이렇게 물었다.

"우리가 항해에 나섰을 무렵엔 주문은 하나도 쓰지 않으셨잖아요."

"로크 섬의 첫 가르침이자 마지막 가르침은 '해야만 하는 일을 하라.'이다. 오직 그뿐이야!"

"그 중간에 있을 가르침은 그럼 무엇이 해야만 하는 일인가를 배우는 것이겠군요."

"그렇단다. 사람은 균형을 생각해야 해. 하지만 바로 그 균형이 무너졌을 때엔……, 그때엔 다른 걸 생각해야지. 무엇보다도 먼저, 서두르는 걸."

"그렇지만 어떻게 온 남방의 마법사들이……, 그리고 지금쯤은 다른 모든 곳의 마법사들도……, 심지어 뗏목의 노래꾼들마저도 기술을 잃은 마당에 당신은 그대로 마법을 지니고 계시지요?"

"나는 내 기술을 넘어서는 것은 아무것도 바라지 않기 때문이지."

새매는 그렇게 말했고, 잠시 시간이 흐른 뒤에 좀 더 유쾌하게 덧붙였다.

"그리고 내가 곧 재주를 잃게 될 거라면, 그게 지속되는 동안 최대한 활용할 작정이다."

분명 지금의 그에겐 가벼운 기분이 있고 자기 기술을 즐기는 순수한 기쁨이 있었다. 늘 그토록이나 신중한 모습만을 보아 온 아렌은 짐작도 못했던 일이었다. 마술사의 마음은 재주를 부리는 데서 기쁨을 맛본다. 현자란 요술쟁이다. 호트 읍에서 새매가 변장했던 것, 아렌을 그렇게 심란하게 했던 그 일은 그에겐 사실 장난이었다. 더군다나 정말 조그만 장난이다. 그는 자기 얼굴과 목소리를 뜻대로 바꿀 수 있을 뿐 아니라 몸을 바꾸고 자기 존재 그 자체를 바꾸어 자기가 선택한 대로 물고기가 되고 돌고래가 되고 매가 될 수 있는 사람인 것이다. 새매는 한번 이렇게 말했다.

"보렴, 아렌. 곤트를 보여 주마."

그러곤 아렌으로 하여금 식수 저장통 뚜껑을 열고 가장자리까지 찰랑찰랑한 물 표면을 보게 했다. 그냥 요술사들도 더러 물 거울에 영상이 나타나게 할 수 있었는데, 그게 바로 새매가 한 일이었다. 웅장한 산봉우리가 구름에 휘감겨 잿빛 바다로부터 솟아올라 있다. 그러더니 영상이 바뀌어서 아렌은 그 산으로 된 섬의 낭떠러지 하나를 똑똑히 볼 수 있었다. 마치 갈매기나 매 같은 새의 몸으로 가까운 바다 위 공중에 떠서, 불어닥치는 바람 속에 하얗게 부서지는 파도로부터 이천 척이나 솟아 있는 그 벼랑을 바라보는 것 같았다. 높은 벼랑 턱에 작은 집 한 채가 있었다.

"저게 르 알비야."

새매가 말했다.

"저기에 내 스승님 오지언이 사신다. 오래전에 지진을 멈춘

분이지. 염소를 치고 약초를 모으고 침묵을 지키며 지내신단다. 아직까지 산중을 누비시는지 궁금하구나. 이제 나이가 많이 드셨는데. 하지만 난 알 거야. 알고말고. 지금이라도, 오지언 님이 돌아가시면……."

새매의 음성엔 확신이 없었다. 한순간 영상이 물결쳤다. 흡사 낭떠러지 자체가 무너지는 듯했다. 영상이 다시 깨끗해지고 새매의 목소리도 맑아졌다.

"그분은 늦여름에서 가을 사이에 혼자서 숲 속으로 올라가곤 하시지. 애초에 나에게도 그렇게 오셨어. 내가 산마을의 개구쟁이였을 적에. 오셔서 내게 내 이름을 주셨지. 이름과 함께 생명도 주셨고."

물 거울에 비친 영상은 이제 보는 이가 숲 속 나뭇가지 사이의 새가 되어 내다보는 것처럼 펼쳐졌다. 산봉우리의 암석과 눈 아래 햇살에 빛나는 가파른 초지를 내다보다가, 또 황금색 빛점들이 든 초록빛 어둠 속으로 내리깔린 숲 속 비탈길을 보는 것이었다.

"저 숲 속의 고요함 같은 고요는 없지."

새매의 말은 간절하기 그지없었다.

영상이 희미해졌다. 곧 거기에는 아무것도 없고 눈멀 듯 빛나는 정오의 태양이 동그랗게 물통 안에 비쳐 있을 뿐이었다.

"저기야."

낯선 눈빛으로 놀리듯 아렌을 보며 새매는 그렇게 말했다.

"저곳이지. 내가 저리로 돌아갈 때엔, 너도 나를 따라올 수 없을 거다."

＊

전방에 육지가 있었다. 오후 빛 속에 보이는 땅은 안개의 둑인 양 야트막하고 파르스름했다.

"저게 셀리더인가요?"

아렌이 물었고, 그의 심장은 빠르게 뛰었다. 하지만 현자는 대답했다.

"오브다, 내 생각엔. 아니면 제사지든가. 우린 아직 반도 못 왔단다, 애야."

그날 밤 그들은 그 두 섬 사이를 범주해 갔다. 불빛은 볼 수 없었지만 공기중에 매캐한 연기 냄새가 감돌았다. 어찌나 심한지 그 속에서 숨을 쉬고 있으니 폐가 허는 느낌이었다. 날이 밝은 다음 뒤를 돌아보니 동쪽 섬 제사지가 보이는데 불에 탄 듯 새까맸다. 해안에서부터 내륙으로 눈에 보이는 한도까지 모두 그 모양이었고, 상공에는 음산한 푸른 연기가 떠돌고 있었다.

"밭을 불태웠군요."

"그렇구나. 마을들도 태웠어. 난 그런 연기 냄새를 맡은 적이 있단다."

"이 서쪽 지역의 야만족일까요?"

새매는 고개를 저었다.

"농부들이다. 마을 주민들이야."

아렌은 시커멓게 황폐해진 땅과, 하늘을 배경으로 앙상하게 그을린 과일나무들을 물끄러미 쳐다보았다. 그의 얼굴이 굳었다.

"나무들이 사람한테 무슨 해를 끼쳤나요? 자기 잘못 때문에 풀한테 벌을 줘야 하나요? 사람들은 야만족이에요. 다른 인간들과 싸움을 한다는 이유로 땅에 불을 놓다니요."

"그들에겐 인도자가 없다."

새매는 그렇게 말했다.

"왕이 없지. 그리고 왕 노릇 하는 사람들이며 마법을 지닌 사람들은 전부 옆으로 비켜나서 자기들 마음속으로 빠져 들어갔지. 다들 죽음을 통과할 문을 찾고 있는 거다. 남방에서도 그랬다. 그러니 여기서도 그럴 걸로 여겨지는구나."

"그래서 이게 한 사람이 한 짓이라고요? 용이 말한 그 사람이요? ……그럴 수 있을 것 같지 않아요."

"왜 불가능하지? 만약 '섬들의 왕'이 있었더라면 그이는 한 사람일 거다. 그가 다스렸겠지. 한 남자는 통치를 하는 것만큼 쉽사리 파괴도 할 수 있어. 왕이 되거나 아니면 반왕(反王)이 되거나지."

다시 한번 그 음성 속엔 조롱하는 듯한, 아니면 도전하는 듯한 울림이 있어 아렌의 성질을 건드렸다.

"왕한테는 신하들이 있어요. 군사들, 전령들, 보좌역들이 있지요. 왕은 신하들을 통해서 다스려요. 이…… '반왕'의 신하들은 어디 있나요?"

"우리들 마음속에 있다, 얘야. 우리들 마음속에 있어. 배반자인 자아지. '난 살고 싶어, 내가 살 수만 있다면 세상 따윈 불타버리라지!' 하고 외치는 자아란다. 우리 속에는 작은 배반의 영혼이 있다. 사과에 든 벌레처럼 어둠 속에 숨어 있지. 그러면서 우리 모두에게 말을 건다. 하지만 그 말을 알아듣는 사람은 얼마 안 돼. 바로 마법사와 술사들이지. 노래꾼들, 무엇을 만드는 사람들. 그리고 영웅들, 진정한 자신이 되고자 하는 사람들이고. 자기 자신이 된다는 것은 흔치 않은 일이며 대단한 일이 아니냐. 영영토록 자기 자신이 된다는 건 말이야. 그럴싸해 보이지 않느냐?"

아렌은 새매를 직시했다.

"그게 좋은 일이 아니라고 말씀하시려는 거죠. 하지만 왜 그런지 말씀해 주세요. 이 항해를 시작했을 때 전 아이였어요. 죽음을 믿지 않는 어린애였죠. 대현자님은 절 아직 어린애로 생각하시지만, 전 배운 게 있어요. 많이 배웠다고는 못할지 몰라도 분명 배운 게 있긴 있어요. 전 죽음이 정말 있다는 것과 제가 죽게 되리라는 걸 배웠어요. 그러나 그걸 알고 기뻐하는 법은 못 배웠어요. 제 죽음이나 당신의 죽음을 반겨 맞는 법은 못 배웠다고요. 삶을 사랑한다면, 그 삶이 끝나는 건 싫지 않을까요? 어째서 불멸을 욕망해선 안 되나요?"

베릴라에서 아렌에게 검술을 가르쳤던 선생은 나이가 예순 쯤 된, 땅딸하고 대머리 진 냉정한 사내였다. 아렌은 선생이 특출난 검객임을 알고는 있었지만 여러 해 동안 그를 싫어했다. 하지만 어느 날 연습 중에 아렌은 선생의 빈틈을 잡아서 거의 그를 무장해제시킬 뻔했다. 그리고 그는 선생의 차가운 얼굴에 문득 빛났던 그 믿어지지 않는, 도무지 어울리지 않는 행복한 표정을 결코 잊을 수 없었다. 희망과 기쁨. 동등한 상대, 마침내 동등한 상대가 되었다는! 그 시점부터 검술 선생은 아렌을 무자비하게 훈련시켰고, 검을 맞댈 때마다 그 늙은이의 얼굴엔 전과 같이 가차 없는 미소가 어려, 아렌이 그를 더 세차게 밀어붙일수록 더 환히 빛났다. 그리고 그 미소가 지금 새매의 얼굴에 어렸다. 햇빛을 받아 번뜩이는 강철 같은 미소다.

"왜 불멸을 욕망하면 안 되느냐고? 어떻게 그걸 욕망하지 않을 수 있겠느냐? 모든 영혼이 그걸 바란다. 그리고 그 욕망의 힘에 영혼의 건강이 있지. 하지만 조심해야 해, 너는 네 욕망을 달성할지도 모르는 사람이니까."

"달성하면요?"

"그러면 이렇게 되지. 그릇된 왕이 다스리고, 인간의 기예들은 잊혀지고, 노래꾼은 목소리를 잃고, 눈은 먼다. 바로 이거야! 섬들에 드리운 이 그림자, 이 전염병, 우리가 낫게 하려는 이 염증이 되는 거다. 둘이란다, 아렌. 둘이 하나를 이룬다. 세계와 명계(冥界), 빛과 어둠. 바로 '균형'의 두 기둥이지. 삶은 죽음으로부터 솟아오르고, 죽음은 삶에서 솟아난다. 서로 상극이면서 서로 열망하고, 상생(相生)하며 영원히 환생한단다. 그리고 그들과 함께 모든 것이 환생하지, 사과나무에 핀 꽃이며 별들의 빛이⋯⋯. 삶 속에 죽음이 있고 죽음 속에 다시 태어남이 있다. 그러면 죽음이 없는 삶이란 무엇이겠느냐? 변화 없는 삶, 영영 지속되는, 끝없는 삶이란? 그게 죽음이 아니고 뭐겠느냐, 환생 없는 죽음이 아니고 무엇이겠느냐?"

"거기 그렇게 많은 것이 달려 있다면요, 만약 한 사람이 삶으로써 '전체의 균형'을 망가뜨릴 수가 있다면요⋯⋯, 그렇다면, 대현자님, 당연히 그건 불가능할 거예요. 그런 일이 허락될 리 없어요⋯⋯."

아렌은 혼란에 빠져 말을 멈췄다.

"누가 허락하는데? 누가 금지하겠느냐?"

"모르겠습니다."

"나도 모른다. 하지만 나는 사악한 한 인간이, 하나의 삶이 얼마나 큰 일을 저지를 수 있는지 안단다. 너무나도 잘 알지. 내가 저질렀던 일이기 때문에 아는 것이다. 나 역시 똑같은 어리석은 자만심으로 똑같은 악을 행했더랬지. 나는 세계와 세계 사이의 문을 조금 열었더랬다. 아주 조금 열었을 뿐이야, 그저 내가 죽음 그 자체보다 강하다는 것을 보여 주려고 그랬지……. 나는 어렸고 죽음을 만나 본 적이 없었단다. 너와 마찬가지로 말이다. ……그 일은 넴머를 대현자님의 힘을 가져가 버렸다. 그 문을 닫는 데 그분의 높은 기예와 그분 목숨이 들어갔어. 그날 밤 내게 남겨진 흔적이 보이지? 내 얼굴을 보려무나. 하지만 죽임당한 건 그분이셨다. 아아, 빛과 어둠 사이에 있는 문은 열릴 수 있단다, 아렌. 큰 힘이 들지만 가능한 일이야. 하지만 그걸 닫는다는 것, 그건 또 다른 얘기지."

"하지만 대현자님, 말씀하시는 그건 분명히 이것과는 다른 얘기잖아요……."

"어째서냐? 내가 선한 사람이라서?"

강철의 차가움, 매 눈의 차가움이 다시금 새매의 시선에 어렸다.

"선한 사람이란 무엇이지, 아렌? 악을 행하지 않을 사람, 어둠으로 통하는 문을 열지 않을 사람, 속에 아무 어둠도 지니고 있지 않은 사람이 선인이냐? 다시 보려무나, 얘야. 좀 더 넓게 보아라. 네겐 네가 배울 그 지식이 필요하다, 네가 가야만 할 그곳에 가려면 말이다. 너 자신을 들여다보렴! '오라.' 하고 부르는 목소리를 듣지 않았느냐? 그 목소리를 따라가지 않았느냐?"

"그랬지요. 전……, 전 잊지 않았어요. 하지만 전……, 전 그 목소리가…… 그 사람의 목소리라고 생각했어요……."

"맞다. 그건 그의 목소리였어. 그리고 네 목소리였지. 그가 어떻게 온 바다를 건너 네게 말을 걸겠느냐, 네 자신의 목소리를 통해서가 아니라면? 어떻게 그가 들을 줄 아는 자들을, 현자들과 창조자들과 추구하는 사람들, 자신들 내부의 음성에 귀를 기울이는 이들을 부르겠느냐? 또 어떻게 그가 나는 부르지 않는 걸까? 그건 내가 듣지 않기 때문이다. 나는 그 목소리를 다시 듣지 않을 거다. 너는 힘을 타고났단다, 아렌. 나와 마찬가지지. 사람들을 지배하는 힘, 사람의 영혼을 지배하는 힘이야. 삶과 죽음을 지배하는 것이 힘이 아니고 무엇일까? 넌 젊다. 넌 가능성의 경계선상에 서 있어. 그림자의 땅에 서 있지. 꿈의 나라에 서서 목소리를 듣는 거다, '오라.' 하고 부르는 소리를. 하지만 나, 나이가 들었고 해야만 하는 일을 해 왔고 날빛 속에 서서 모든 가능성의 끝인 내 죽음 그 자체와 마주하고 있는 나는 실재하는 힘이자 가질 가치가 있는 힘은 하나뿐임을 안단다. 그것은 차지하는 힘이 아니라 받아들이는 힘이지."

제사지는 이제 뒤쪽으로 멀리 떨어져 바다 위의 푸른 얼룩이 되어 있었다.

"그러면 저는 그의 종이로군요."

아렌이 말했다.

"그렇다. 나는 너의 종이고."

"하지만 그러면 그가 대체 누구죠? 어떤 인물일까요?"

"한 남자다. 나는 그렇게 생각해. ……너나 나와도 같은 한 사람이라고 말이다."

"언젠가 말씀하셨던 그 남자……, 해브너의 마법사요, 죽은 사람을 불러올렸다는……. 그 사람일까요?"

"그럴 수도 있다. 그자는 꿩장한 힘을 가지고 있었지. 그리고 그 힘을 모조리 죽음을 부정하는 데 쏟았고. 게다가 그는 팰른 전승에 나오는 위대한 주문들을 알고 있었어. 내가 그 전승을 썼을 때 난 애송이 바보였지만 나 자신을 완전히 파멸시켜 버렸더랬지. 더 나이가 많고 강한 사람이 아무것도 돌아보지 않고 그 주문을 사용한다면, 그 위력은 우리 모두를 파멸시키고도 남는다."

"그 남자는 죽었다고 하지 않으셨어요?"

"그래, 그랬지."

새매는 그렇게 말했다.

그리고 그들은 더 이상 이야기를 나누지 않았다.

그 밤에 바다는 불로 가득했다. 멀리보기 호의 뱃머리에 갈라지는 날카로운 바다 물결과 물 표면을 스치는 고기들의 움직임 하나하나가 불빛으로 가를 두르고 생생하게 빛났다. 아렌은 뱃

전에 올린 팔에 머리를 괴고 앉아 은빛 광채가 그려 내는 곡선
과 나선들을 바라보았다. 물에 손을 담갔다 꺼내자 부드러운 빛
이 손가락을 타고 흘렀다.

"보세요, 저도 마법사예요."

"그건 네가 갖지 못한 재능이구나."

뱃동무는 그렇게 말했다.

아렌은 끊임없이 빛나는 파도들을 응시했다.

"저한텐 없는 편이 훨씬 나을 거예요. 우리가 우리 적을 만나
게 될 때……."

아렌은 소망하고 있었던 것이다. 그는 애초부터 소망했더랬
다. 대현자가 자신을 선택한 것, 자기 하나만을 이 여행에 데리
고 온 것이 자기가 태어날 때부터 지닌 어떤 힘 때문이었으면
하고. 조상인 모레드로부터 물려받은 힘이 있어서 절대적인 필
요가 닥치고 가장 암울한 때가 오면 드러나기를 그는 바랐다.
그렇게 해서 적으로부터 자신과 자신의 주인을 구하고 온 세상
을 구해 낼 것이다. 하지만 최근에 다시금 그 소망을 돌아보자
그건 정말이지 아득할 뿐이었다. 마치 자신이 아주 작은 어린애
였을 때 아버지의 왕관을 써 보고 싶어서 몸이 달았다가 그걸
못 쓰게 하자 울어 버렸던 일을 기억하는 것과도 같았다. 그런
소망은 유치할 뿐 아니라 시의에도 맞지 않는 것이다. 그는 다
스리는 힘을 지니고 있지 못했다. 있을 턱이 없다.

때가 올 것이다. 그야 물론이다. 아렌이 아버지의 왕관을 쓰
고 인라드의 대공이 되어 통치할 날이, 통치해야만 할 날이 장
차 올 터였다. 하지만 그건 이제 작은 일로 여겨지고 고향은 작
은 땅으로 여겨지며 아득히 멀기만 했다. 그런 생각 속에 고향
이나 통치권을 저버리려는 성실치 못한 마음 같은 건 들어 있지
않았다. 다만 아렌의 충성심이 더 크게 자라나 더 큰 이상과 더
넓은 희망을 지향하는 것일 따름이다. 아렌은 또 자신의 약함을
배웠고, 그로써 자기 힘을 가늠할 줄 알게 되었으며, 결국 자기
가 강하다는 것을 알았다. 하지만 천부적인 재능이 없다면 굳세
다는 게 무슨 소용일까……, 무엇 하나 바칠 것을 갖고 있지 않
다면? 자신이 주군에게 드릴 수 있는 것은 봉사와 꾸준한 경애
뿐이었다. 지금 자신들이 향해 가는 그곳에서 과연 그것으로 충
분할까?

새매는 이렇게만 말했다.

"촛불의 빛을 보려면 어두운 곳으로 가져가야 하지."

아렌은 그 말로 마음을 달래려 했지만, 별로 위안이 되는 말
같지 않았다.

이튿날 아침에 잠에서 깨자, 대기는 잿빛이고 물도 잿빛이 났
다. 하지만 안개는 낮게 깔려 있어서 돛대 위 하늘은 오팔처럼
파르스름하게 밝았다. 인라드의 아렌이나 곤트의 새매 같은 북
방인들에게 안개는 옛친구처럼 반가웠다. 부드럽게 배를 덮어

싼 안개 때문에 멀리는 볼 수 없었는데, 환하고 텅텅 빈 바람 부는 공간에서 몇 주를 지낸 후였기에 낯익은 방에 들어온 기분이었다. 그들은 몸에 익은 기후 속으로 돌아가고 있었다. 아마도 지금쯤 로크 섬의 위도에 이르렀을 터였다.

＊

안개가 엉긴 물 위, 멀리보기 호가 범주해 가는 그곳으로부터 삼천 리쯤 동쪽에서는 내재의 숲 나무들의 잎새에, 로크 동산의 초록빛 정상부에, 대학당의 높직한 함석 지붕에 찬란한 햇살이 내리비쳤다.

남쪽 탑의 한 방, 어느 마법사의 작업실은 어질러져 있었다. 증류기와 정화기, 불룩한 배와 굽은 목을 지닌 병들, 벽이 두꺼운 용광로와 자그마한 가열용 램프들, 부젓가락, 풀무, 받침대, 집게, 관, 하드 어 룬이나 더 은밀한 룬으로 표시가 되어 있는 천 개나 되는 상자들이며 시험관이며 마개로 막힌 단지들이 즐비했다. 그리고 이 모든 연금술과 유리 불기와 금속 제련과 치료술 기구들과 함께, 거추장스럽게 널려 있는 탁자들이며 장의자들 사이에, 로크의 변화사와 소환사가 서 있었다.

백발이 성성한 변화사의 손에는 깎지 않은 금강석 같은 커다란 돌이 들려 있었다. 그 수정 덩어리는 중심 깊숙이 자수정빛과 장밋빛이 희미하게 비치고 있으나 물처럼 말갰다. 하지만 그 투명함을 들여다본다면 그것이 전혀 투명하지 않음을 깨닫게 되고, 거기 어리는 영상이나 그림자가 주위를 비추거나 반사한 게 아님을 알게 된다. 오히려 깊이와 층위가 점점 더, 자꾸만 더 깊어 가서는 급기야 보는 이를 꿈속으로 끌어들여 나갈 길을 모르게 하는 것이다. 이것이 바로 '실라이스의 돌'이었다. 오랫동안 길 섬의 공경들이 보관해 온 것으로, 때로는 장난감처럼 여겨 보물 창고에 두었고 때로는 잠을 부르는 마법 도구로 썼으며 때로는 그보다 파괴적인 용도에 사용하기도 했다. 이 수정의 바닥 모를 깊음을 유념치 못하고 너무 오래 들여다본 사람들은 미쳐 버렸다. 길 섬 출신인 겐셔 대현자가 로크로 오면서 실라이스의 돌을 가지고 왔다. 현자의 손에서라면 돌은 진실을 지키기 때문이었다.

하지만 진실이란 사람에 따라 다양하다.

그렇기에 이제 변화사는 돌을 손에 잡고 울퉁불퉁 고르지 못한 그 표면을 통하여 희미하게 색깔을 띠고 아른아른 빛나는 무한한 심연을 들여다보며 자기가 보는 것을 큰소리로 불렀다.

"땅이 보이오. 세상 한가운데에 있는 온 산에 올라서서 모든 걸 내 발 밑으로 내려다보고 있는 것만 같소. 원해 맨 가장자리의 가장 먼 섬들까지, 그 너머까지도 보이는구려. 그 모든 게 선명하오. 일리엔 해협의 배들이 보이고 토르헤븐의 화덕 불빛들도 보여요. 우리가 지금 서 있는 이 탑의 지붕도 보이오. 하지만 로크 섬을 지나면, 그 너머로는 아무것도 없소. 남쪽에…… 땅이 없소. 서쪽에도…… 없소. 와소트가 있어야 할 자리에 안 보이고, 서원해의 섬들은 하나도 안 보여요. 펜더처럼 가까운 섬도 보이질 않소. 그리고 오스킬과 에보스킬, 그 섬들은 어디 있는지? 인라드엔 안개가 덮였소. 잿빛으로 흐릿해요, 거미줄같이……. 다시 볼 때마다 없어진 섬들이 늘어나는구려. 원래 그 섬들이 있던 바다는 멀쩡하게 텅 비었소. 마치 '창조'…… 이전의 바다처럼."

그렇게 그의 음성은 '창조'라는 단어에 이르러 말이 좀처럼 입술을 빠져나오기 힘든 듯 멈칫거렸다.

변화사는 상아세 받침대에 돌을 내려놓고 뒤로 물러섰다. 자상한 낯이 일그러졌다. 그가 말했다.

"당신한테 보이는 것을 말씀해 주시오."

소환사가 수정을 집어들고 거친 유리질 표면에서 영상으로 들어가는 입구를 찾으려는 것처럼 천천히 손 안에 굴렸다. 소환사는 한참 동안 그것을 다루었고 그의 얼굴엔 긴장된 빛이 떠올랐다. 마침내 그가 돌을 내려놓고 말했다.

"변화사님, 별로 보이는 게 없군요. 토막토막 스쳐 가는 것들뿐이에요. 전체로 엮이질 않습니다."

백발의 마법사가 두 손을 움켜쥐었다.

"그 자체가 이상하지 않소?"

"어떻게 말이지요?"

변화사가 성난 사람처럼 버럭 소리쳤다.

"당신 눈은 종종 멀어 버리오? 모른단 말이오? 당신……"

변화사는 이 부분에서 몇 번이나 더듬거리다 간신히 말했다.

"당신…… 눈을 덮은 손이 있는 걸 모르겠소? 어떤 손이 내 입을 덮고 있는 것조차 당신에겐 안 보인단 말이오?"

"너무 긴장하셨습니다, 변화사님."

"돌의 존재를 소환해요."

변화사가 자신을 다잡으며 말했지만, 숨통이 막힌 듯한 목소리였다.

"왜지요?"

"왜라니, 내가 요구하기 때문이오."

"이보세요, 변화사님. 지금 절 부추기시는 겁니까? 곰굴 앞에 온 사내애들처럼요? 우리가 어린애인가요?"

"그렇소! 실라이스의 돌에서 본 광경 앞에 난 어린애요. 두려움에 질린 아이란 말이오. 그 돌의 존재를 소환하시오. 내가 당신께 빌어야만 하겠소, 소환사?"

"아닙니다."

키 큰 마법사는 그렇게 말했지만 얼굴을 찡그렸고, 나이 든 동료로부터 돌아섰다. 그러곤 자기 마법의 주문을 발동하는 커다란 동작으로서 양팔을 넓게 뻗쳤다. 소환사는 머리를 들고 소환 주문을 한 음절 한 음절 발음했다. 그가 말함에 따라 실라이스의 돌에서 빛이 돋아 올랐다. 돌을 둘러싼 방 안은 어두컴컴해졌다. 그림자들이 엉겨 들었다. 드리워진 그늘이 더 짙어지고 돌이 아주 환히 빛나게 되자 소환사는 두 손을 한데 모았고, 수정을 얼굴 앞에 들어 올려서 그 광휘 속을 들여다보았다.

한동안 침묵하다가, 소환사는 부드럽게 말했다.

"나는 실라이스의 샘들을 봅니다. 물웅덩이와 옹달샘과 폭포들, 은빛 장막을 이루고 물방울이 떨어지는 동굴들, 이끼 낀 언덕에 자란 고사리 수풀, 물결에 노니는 모래알들과 되솟구치는 물, 흐르는 물, 깊은 샘에서 터져 나와 흘러넘치는 샘물을, 그 신비롭고 사랑스러운 원천, 그 샘을……"

소환사는 다시 침묵에 빠졌고, 그대로 잠시 서 있었다. 돌에서 나오는 빛에 비친 그 얼굴이 은처럼 창백했다. 그러더니 그가 말이라고 할 수 없는 비명을 크게 내지르며 수정을 쩡 소리가 나게 떨어뜨리곤, 털썩 무릎 꿇고 주저앉아 두 손에 얼굴을 묻었다.

그림자는 사라졌다. 여름 햇살이 어지러운 방 안을 가득 채웠다. 위대한 돌은 탁자 밑 먼지 속에 놓여 있었다. 깨진 데 하나 없이 말짱한 채였다.

소환사는 눈먼 사람처럼 손을 뻗쳐 아이처럼 덥석 상대방의 손을 붙잡았다. 그러곤 숨을 몰아쉬었다. 마침내 변화사에게 좀 기대면서 일어나 선 그는 미소를 지으려고 애를 쓰면서 부들부들 떨리는 입술로 말했다.

"두 번 다시 당신의 충동질에 응하지 않을 겁니다, 변화사님."

"당신 뭘 본 거요, 소리온?"

"샘들을 보았습니다. 샘들이 가라앉고 개울들이 마르고 수원의 입술들이 오므라드는 것을 보았지요. 그 밑으론 모든 게 시커멓게 메말랐고요. 당신은 창조 이전의 바다를 보셨지요. 하지만 나는……, 나중에 오게 될 것을 보았습니다. 없어짐을요."

소환사는 입술을 적셨다.

"대현자가 여기 계셨으면 좋겠군요."

"나는 우리가 그이 있는 곳에 함께 있었으면 싶구려."

"그게 어딥니까? 지금 그분을 찾을 수 있는 사람은 하나도 없어요."

소환사는 파랗고 평정한 하늘을 보여 주는 창문들을 올려다보았다.

"전언(傳言)은 그분께 가 닿지 못하고, 소환도 그분께 미치지 못해요. 그분은 당신이 빈 바다를 보셨다는 거기에 있습니다. 샘들이 메마른 그 장소로 가려고 해요. 우리의 기예가 듣지 않는 곳에 가 있는 겁니다……. 하지만 지금이라도 그분께 닿을 수 있는 주문이 있기는 하지요. 팰른 전승의 주문 중에요."

"하지만 그것들은 죽은 자를 산 자들 사이로 불러오는 주문이잖소."

"몇 가지는 산 자를 죽은 자들 사이로 데려가는 것입니다."

"그가 죽었다고 생각하는 건 아니겠지요?"

"전 그분이 죽음을 향해 가고 있고 죽음에 이끌려 가고 있다고 생각합니다. 그리고 우리 모두 다 그렇지요. 우리의 힘이 우리에게서 사라지고 있고 기력도, 희망도, 우리의 운도 사라져 갑니다. 샘들이 말라 가고 있어요."

변화사는 고뇌 어린 얼굴로 한동안 소환사를 응시했다. 그러다 마침내 말했다.

"대현자에게 전언을 보낼 방법을 찾으려고 하지 마시오, 소리온. 그이는 자기가 뭘 찾는지 아오. 우리가 알기 한참 전부터 알고 있었지요. 대현자에게 세상은 바로 이 실라이스의 돌 같소. 그이는 지금 무엇이 어떻게 되어 있는 것과 그게 어떻게 되어야 할 것 둘 다를 보지요……. 우리는 그를 도울 수 없어요. 위대한 주문들은 아주 위험한 것들이 되었고, 그중에서도 당신이 말한 전승에야말로 가장 큰 위험이 있소. 우리는 대현자가 이른 대로 굳건히 버티고 서서 로크 섬의 벽을 살피고 이름들을 기억하도록 힘써야 하오."

"그렇지요. 하지만 나는 가서 생각을 좀 해 봐야겠습니다."

소환사는 그렇게 말하고 탑의 방을 떠났다. 검고 고상한 얼굴을 높이 쳐들고 걸어 나가는 그 발걸음은 좀 뻣뻣했다.

아침에 변화사가 소환사를 찾았다. 몇 번의 응답 없는 두드림 끝에 방에 들어서자, 변화사는 그가 사지를 쫙 펼친 채 돌바닥에 누워 있는 것을 발견했다. 흡사 세차게 얻어맞고 뒤로 나가떨어진 것 같았다. 소환의 몸짓을 취한 것처럼 두 팔을 넓게 벌린 채인데, 텅 빈 두 손은 차가웠고 뜨고 있는 두 눈에는 아무것도 비치지 않았다. 변화사가 곁에 무릎을 꿇고 현자의 권위를 담아 그의 이름 '소리온'을 말하며 불렀지만, 세 번 연달아 불러도 그는 꿈쩍 않고 누워 있었다. 죽은 것은 아니었다. 하지만 그의 속에 깃들인 생명은 심장을 아주 느리게 뛰게 하고 폐 속에 약간의 호흡을 유지할 만한 정도밖에 되지 않았다. 변화사는 소환사의 두 손을 모아 쥐고서 속삭였다.

"아, 소리온, 내가 당신한테 억지로 돌을 들여다보게 했지. 이건 내 탓이오!"

그러곤 서둘러 그 방을 떠나 마법사든 학생이든 마주치는 이들 모두에게 큰소리로 말했다.

"적이 우리 가운데 힘을 미쳐 왔다네. 잘 방비된 로크 섬에 들어와서 우리 힘의 심장부를 때렸네!"

그는 인자한 사람이었지만 그 모습이 너무도 실성한 듯하고 차가워 보여 보는 사람들은 겁을 먹었다. 변화사는 말했다.

"소환사에게 가 보게. 하지만 자기 기술의 대마법사인 그가

가 버린 마당에 누가 그의 영혼을 도로 부르겠나?"

변화사가 자기 방으로 향하자, 모두들 물러서서 그에게 길을
내 주었다.

치료사가 불려 왔다. 치료사는 소환사 소리온을 침상에 누이
고 따뜻하게 몸을 덮어 주게 했다. 하지만 치료하는 약초는 달
이지 않았고 송가 하나 부르지 않았다. 병든 몸이나 혼란된 마
음을 고쳐 줄 수단은 아무것도 쓰지 않았다. 그 곁에 제자 하나
가 함께 있었는데, 아직 어려서 마술사도 되지 못한 소년이었지
만 치유 기술에 소질이 있었다. 그 아이가 물었다.

"스승님, 저분을 위해서 할 수 있는 일은 없나요?"

"담장 이편에서는 없구나."

치료사의 말이었다.

그런 다음 자기가 누구에게 말을 했는지를 상기하고서 치료
사가 다시 말했다.

"이분은 병이 든 게 아니다, 얘야. 하지만 이게 신열이나 질병
이었더라도 우리 재주가 크게 효용이 있을는지 난 도무지 모르
겠다. 요즘 내 약초들은 향기가 아예 없는 것 같아. 주문을 말해
도 그 속에는 아무 효력이 담겨 있지 않구나."

"찬미사님이 어제 하신 말씀 같네요. 우리에게 가르치던 노
래를 중간에 그치고서 이렇게 말씀하셨죠. '이 노래가 뭘 의미
하는지 난 정말 모르겠다.' 그러곤 찬미사님은 방을 나가 버리

셨어요. 애들 중에서 몇 명은 웃었지만 전 발밑에서 방바닥이 올라오는 것 같았어요."

치료사는 숨김 없고 또랑또랑한 소년의 얼굴을 바라보고, 그런 다음 소환사의 얼굴을 내려다보았다. 그 얼굴은 차고 뻣뻣했다.

"돌아오실 거다."

치료사가 말했다.

"노래들은 잊히지 않을 거다."

그날 밤 변화사가 로크 섬을 떠나 버렸다. 아무도 그가 어떻게 떠났는지 보지 못했다. 그가 자는 방에는 뜰이 내다보이는 창문이 있었다. 아침에 창문은 열려 있었고 변화사는 가고 없었다. 그들은 변화사가 특유의 변신 기술을 써서 새나 짐승, 아니면 안개나 심지어 바람으로라도 모습을 바꾸어 로크 섬에서 날아갔을 것이라고 여겼다. 아마도 대현자를 찾아갔을 것이다. 그의 솜씨로 변신하지 못할 형상이나 질료는 없었다. 기술이나 의지에 작은 결함이라도 있을 경우 변신자가 자기 주문에 얽혀 버릴 수 있음을 아는 몇몇 사람들은 변화사를 몹시 걱정했지만, 그런 두려움을 입 밖에 내지는 않았다.

그로써 현자 회의에는 대마법사 세 명이 빠졌다. 하루하루 날이 가고, 대현자에 관한 소식은 아예 들을 수 없고, 소환사는 죽은 사람처럼 누워 있고, 변화사는 돌아오지 않고, 대학당에는 춥고 음울한 분위기가 점점 커 갔다. 소년들은 끼리끼리 속닥거렸고 몇은 로크를 떠나겠다고 얘기했다. 배우러 온 것을 배우고 있지 못했던 것이다. 한 아이가 말했다.

"어쩌면 그건 처음부터 말짱 거짓말이었을 거야. 이 비밀스러운 기예니 힘이니 하는 것 말이야. 대마법사님들 중에서 아직 자기 기술을 발휘하고 계신 건 기예사님뿐이잖아. 근데 그 기술은 우리 모두 아다시피 순전히 환각이지. 그리고 이제 다른 분들은 아무것도 안 하겠다고 빼고 감추기만 하잖아. 그건 속임수가 드러났기 때문이라고."

귀 기울여 그 말을 듣던 다른 소년이 말했다.

"봐, 마법이란 게 뭐겠냐? 이 고도의 마법이라는 게 뭐냐고, 그저 그럴싸한 걸 보여 주는 거 아냐? 그게 사람을 죽음에서 구해 낸 적이 있었냐? 아니면 오래 살게라도 해 주었어, 한 번이라도? 현자들이 갖고 있다고 하는 힘을 정말 갖고 있다면 그들은 영생했을걸!"

그러곤 소년들은 위대한 현자들의 죽음에 관한 갑론을박에 빠져들었다. 모레드가 전장에서 살해당한 이야기며 회색 마법사에게 죽은 네레거 이야기를. 에레삭베는 용에게 죽음을 당했고, 전임 대현자인 겐셔는 그저 몸이 안 좋아서 남들과 똑같이 병상에서 죽었다. 소년들 중 몇몇은 시기심을 품은 채 신이 나서 그런 이야기들에 귀 기울였다. 다른 아이들은 듣고서 낙심에

266

빠졌다.

이러는 동안 조형사는 내내 홀로 '숲' 속에 머물며 아무도 들
어오지 못하게 했다.

하지만 수문사는, 비록 거의 눈에 띌 때가 없긴 해도, 변하지
않았다. 그의 눈빛은 그늘지지 않았다. 그는 미소를 띠고 군주
의 귀환에 대비하여 대학당의 문들을 지켰다.

용의 길

서원해 맨 끄트머리의 바나 위에서, 현사의 섬의 군주는 조그
만 배 안에 갇혀 뻣뻣해진 몸으로 잠에서 깨었다. 춥고 환한 아
침이었다. 그는 일어나 앉아 하품을 했다. 그리고 잠시 후 북쪽
을 가리키며, 막 하품을 하던 동행자에게 말했다.

"저기다! 두 개의 섬, 저게 보이느냐? '용의 길' 섬들 중 제일
남쪽 것들이지."

"마법사님은 매의 눈을 가지셨군요."

잠결에 바다를 건너다보았지만 아무것도 볼 수 없었던 아렌
이 말했다.

"그래서 내가 새매지."

현자가 말했다. 그는 줄곧 쾌활했다. 앞일에 대한 심각한 고민이나 예견을 떨쳐 버리고자 짐짓 그러는 것이었다.

"저게 안 보인단 말이냐?"

"갈매기들은 보이네요."

눈을 비비고 전방의 청회색 수평선을 샅샅이 살펴본 다음 아렌이 한 말이었다.

현자는 소리내어 웃었다.

"매라고 한들 80리 밖의 갈매기들을 볼 수 있을까?"

동쪽 안개 위로 태양이 환하게 돋아 오자 아렌이 본, 공중을 선회하던 미세한 티끌들은 흡사 휘저어진 물 속의 사금이나 햇살 속에 떠도는 먼지처럼 반짝였다. 그제야 아렌은 그것들이 용임을 깨달았다.

멀리보기 호가 그 섬들에 가까이 가는 동안 아렌은 아침 바람 속에 하늘 높이 솟구치고 원을 그리며 나는 용들의 모습을 바라보았다. 그의 심장은 기쁨으로 뛰놀았다. 충만감에서 오는 그 기쁨은 마치 아픔 같았다. 죽어 갈 것들의 온갖 영광이 다 그 비행 속에 있었다. 그들의 아름다움은 무시무시한 힘과 지독한 야성과 이성의 아름다움으로 빚어진 것이었다. 이들은 언어를 가졌으며 고대의 지혜를 간직한, 생각하는 생물인 것이다. 그들이 나는 방식에는 철저하고 단호한 조화가 있었다.

아렌은 아무 말 하지 않았지만 속으로 생각했다.

'앞으로 무슨 일이 닥쳐도 상관없어. 아침 바람 속에 나는 용들을 보았으니.'

이따금씩 그들의 비행이 흐트러지고 선회하던 원이 깨졌다. 그리고 때때로 이 용이나 저 용이 날면서 콧구멍에서 긴 불줄기를 뿜어내어, 휘어져 뿜어 나온 불 숨이 용의 길고 굽은 몸 곡선과 반짝임을 흉내 내며 잠시 공중에 걸려 있곤 했다. 그것을 보고 현자가 말했다.

"화가 난 거다. 바람 속에 분노의 춤을 추고 있구나."

그러더니 조금 뒤엔 이렇게 말했다.

"이제 우린 말벌 집에 들어왔다."

용들이 바다 물결 위 조그만 돛을 보고서 처음엔 한 마리가, 이어서 다른 녀석도, 소용돌이치며 추던 춤을 벗어나 길고 납작하게 쭉 편 몸을 바람에 싣고서 거대한 날개를 저어 똑바로 배를 향해 날아오기 시작했던 것이다.

현자는 아렌을 쳐다봤다. 물결이 거칠게 뱃머리로 밀어닥쳐 왔기 때문에 소년은 키를 잡고 앉아 있었다. 비록 눈은 용들의 날갯짓에 두고 있었지만, 그는 침착한 손으로 키를 굳게 잡아 요동하지 않게 했다. 새매는 만족한 듯이 도로 몸을 돌려 돛대 곁에 일어서며 돛에 불어넣었던 마법풍을 그치게 했다. 그러곤 지팡이를 쳐들며 큰소리로 말했다.

그의 목소리가 울리고 옛 언어의 단어들이 말해지자 용들 중

270

몇은 비행 도중에 방향을 꺾어 흩어지더니 섬들 쪽으로 돌아갔다. 다른 놈들은 날기를 멈추고 공중을 맴돌았다. 그들은 칼날 같은 앞발 발톱을 쫙 펴고선 주춤거렸다. 용 하나가 뚝 떨어지듯 고도를 낮추더니 물 위로 낮게 날아 천천히 이쪽으로 다가왔다. 날갯짓 두 번 만에 용은 배 위에 와 있었다. 철갑을 두른 배가 돛대 끝에 닿을 듯이 스쳤다. 아렌은 어깨 관절 내측과 가슴 사이에 비늘이 덮이지 않은 주름진 살을 보았다. 막강한 마법을 담은 창으로 일격을 가하지 않는 이상, 용의 약점은 그 부위와 눈뿐이다. 이빨이 돋친 길쭉한 주둥이에서 뭉클뭉클 뿜어 나온 연기에 아렌은 숨이 막혔다. 연기와 함께 풍겨 온 썩은 고기의 악취 때문에 쥐어짜는 듯한 구토증이 났다.

그림자가 지나갔다. 그리고 용은 다시 돌아왔다. 앞서와 마찬가지로 낮게 날아왔고, 이번에 아렌은 연기보다 먼저 풀무 바람 같은 숨결을 느꼈다. 새매의 목소리가 귓전에 들렸다. 뚜렷하고 단호한 음성이었다. 용은 머리 위를 스쳐 갔다. 그러곤 모든 것이 끝났다. 용들은 거센 바람에 날리는 불티처럼 흐르듯이 날아 섬들 쪽으로 돌아가 버렸다.

아렌은 호흡을 되찾고 이마를 훔쳤다. 식은땀으로 범벅이었다. 동행자를 바라보자 머리카락이 허옜다. 용의 숨결이 머리털 끝을 바삭바삭하게 태워 버린 것이다. 묵직한 돛 천은 한 끝이 타서 갈색이 되어 있었다.

"네 머리가 좀 탔구나, 얘야."

"대현자님 머리도 그런데요."

새매가 손으로 머리를 쓸어 보고는 놀랐다.

"그렇구나! 이건 무례한 짓이야. 하지만 나는 이 피조물들과 싸울 생각은 없다. 미쳤든가 아니면 혼란에 빠진 것 같았어. 말을 하질 않았지. 공격하기 전에 말을 안 거는 용은 만나 본 적이 없는데……. 그게 단지 먹잇감을 괴롭히기 위해서일지라도 말이야. 이제 우리는 전진해야 한다. 용의 눈을 들여다보지 말도록 해라, 아렌. 필요하다면 외면해 버리렴. 앞으로는 세계풍으로 갈 거다. 남쪽에서 순풍이 불고 있으니까. 그리고 난 내 기술을 써서 다른 일들을 봐야 할 거야. 배의 진로를 잡아 다오."

멀리보기 호는 전진했고, 머지않아 좌현 멀리 섬 하나가 나타났다. 우현에는 그들이 애초에 본 쌍둥이 섬이 있었다. 이 섬들은 좀 커져서 야트막한 벼랑이 보였는데, 그 헐벗은 바위 벽들은 용들과, 겁도 없이 그들 사이에 둥지를 틀고 사는 자그마한 검은머리 제비갈매기들의 똥으로 희었다.

용들은 높이 날아올라 독수리가 원을 그리듯 고공을 선회했다. 다시는 한 마리도 배를 향해 곤두박질쳐 오지 않았다. 용들은 가끔씩 서로 울부짖음을 주고받았는데, 광막한 대기를 건너 들려온 그 높고 거친 절규 속에 혹 무슨 단어가 들어 있었다 할지라도 아렌으로서는 분간해 낼 수 없었다.

배가 짧은 곶을 끼고 돌자, 거기 바닷가에 있는 물체를 보고
서 아렌은 한순간 성채의 폐허인가 생각했다. 그것은 용이었다.
검은 날개 한쪽이 몸 아래 꺾여 있고, 다른 한쪽은 모래사장을
건너질러 물에 닿도록 넓게 펼쳐져 있어서 밀려왔다 빠지는 파
도가 흡사 나는 시늉을 시키듯 그 날개를 조금씩 앞뒤로 움직였
다. 뱀을 닮은 긴 몸뚱이는 길이대로 쭉 뻗쳐 바위와 모래 위에
늘어져 있다. 앞다리 하나가 없이 거대하게 굽은 늑골에서 철갑
과 살점이 뜯겨 나갔으며, 배는 죽 째져 헤벌어져 있었다. 그로
인해 근처 모래는 용의 독피에 몇 걸음 폭이나 시커멓게 젖었
다. 그런데도 그 생물은 아직 살아 있었다. 용의 생명은 그토록
거대하기에 그와 동등한 마법의 힘만이 그들을 단숨에 죽일 수
있다. 녹색 어린 금빛 눈은 뜨여 있었고, 배가 지나감에 따라 크
고 기름한 머리가 조금 움직였으며, 끓는 듯한 씨근거림과 함께
용이 콧김을 뿜자 그 코에서는 피보라가 졌다.

죽어 가는 용과 해안선 사이의 모래밭엔 온통 그 동족들의
발자국과 무거운 몸뚱이를 끈 자국들이 어지러웠다. 그 용이 기
어간 자국도 모래에 새겨져 남아 있었다.

그 섬을 완전히 벗어나 변덕스럽고 위태로운 용의 길 해협을
앞둘 때까지, 아렌도 새매도 아무 말을 하지 않았다. 암초들과
이빨 같은 바위섬들과 온갖 형상의 돌들로 가득 찬 해협은 북쪽
섬들을 향해 두 겹의 사슬처럼 이어져 있었다. 그제야 새매가

말했다.

"악한 광경이었다."

그의 음성은 허탈하고 침울했다.

"그들이……, 동족을 먹나요?"

"아니다. 우리가 먹으면 먹었지. 그들은 미쳐 버린 거야. 언어를 빼앗겨 버렸어. 인간이 말하기 전에 말을 했던 그들이, 살아 있는 그 무엇보다도 더 오래된 그들이, 세고이의 아이들이……, 그들이 말 못하는 짐승의 공포 속에 빠졌구나. 아아, 칼레신! 당신의 날개는 당신을 어디로 데려갔소? 당신은 동족이 수치를 배우는 것을 보려고 지금껏 살았던가?"

새매의 목소리는 쇠를 치듯 쩌렁쩌렁 울렸고, 그는 눈을 들어 하늘을 죽 훑어보았다. 하지만 용들은 뒤편 바위투성이 섬들과 피에 얼룩진 해변 위를 낮게 날고 있었으며, 머리 위엔 푸른 하늘과 한낮의 태양뿐이었다.

그 즈음 산 사람 중에 용의 길을 항해했거나 그걸 한 번 보기라도 한 사람은 대현자를 제외하면 아무도 없었다. 그는 스무 해도 더 전에 동에서 서까지 그 길을 완주하고 도로 되짚어 돌아왔다. 그곳은 뱃사람에겐 악몽이자 경이였다. 물빛 파란 좁은 물길들과 초록빛을 띠는 얕은 데가 뒤얽혀 미로를 이루고 있다. 이런 물길과 여울목 가운데에서, 그와 아렌은 재주와 주문과 최고도의 주의를 다하여 암초와 모래톱 사이로 배가 빠져나갈 길을 골랐다. 장애물 중 어떤 것들은 나지막해서 철썩대는 파도 밑에 잠겨 있든가 잠기다시피 해 있었다. 그런 암초들은 말미잘 과 따개비와 너불너불한 바다 고사리에 뒤덮여, 딱딱한 껍질을 뒤집어썼거나 복잡한 무늬를 지닌 바다 괴물처럼 보였다. 또 다른 암초들은 해면으로부터 가파르게 삐죽삐죽 솟아올라 아치나 반쪽 아치, 조각된 탑을 이루고 있다. 때로 그것들은 기이한 동물의 형상을 띠기도 했다. 멧돼지의 등이며 독사 대가리를 한 돌들은 하나같이 엄청나게 크고 괴상하게 일그러진 모습으로 흩어져 있어서 마치 생명이 그 돌들 속에서 반쯤 깨어 꿈틀거리는 것 같았다. 바다 물결이 암초에 부딪히면 숨소리 같은 소리가 났고, 돌들은 그 눈부시고 짜디짠 물보라에 축축이 젖어 있었다.

그런 바윗덩어리들 중 하나는 남쪽에서 바라보면 굽은 어깨와 무겁게 수그린 고매한 남자의 머리가 뚜렷이 분간되는데, 골똘히 생각에 잠겨 바다 위로 고개 숙인 모습이었다. 하지만 배가 그 곁을 지나쳐 북쪽으로부터 돌아보자 사람 모습은 사라지고 육중한 바위에 뚫린 동굴이 드러났다. 바닷물이 솟구쳤다 무너지면서 철썩이는 소리가 그 굴 안에 천둥처럼 쩡쩡 울렸다. 그 소리 속에는 마치 무슨 말이, 무슨 음운이 들어 있는 것 같았다. 배를 몰아 감에 따라 잡된 반사음이 가시고 이 음운은 좀 더 분명해졌다. 그리하여 아렌이 말했다.

"동굴 속에 말소리가 들리지 않나요?"

"바다의 목소리란다."

"하지만 무슨 말을 하는데요."

새매는 귀를 기울였다. 그는 아렌을 흘긋 보고 다시 동굴을 돌아보았다.

"네게는 어떻게 들리느냐?"

"'아흠'이라고 하는 것 같아요."

"옛 언어에서 그건 '시작'이나 '오래전'을 의미하지. 하지만 나한테는 '오흐브'처럼 들리는구나. 끝을 가리키는 말 중 하나야……. 저기 앞을 봐라!"

새매가 돌연 말을 끊었고 아렌은 거의 동시에 위험을 알렸다.

"암초예요!"

그러고 난 뒤에는, 아무리 멀리보기 호가 위험한 데를 지나는 고양이처럼 길을 골라 갔어도, 그들 둘 다 한참 동안 키를 다루느라 바빴다. 그리하여 영세토록 불가해한 말을 노호하는 동굴은 서서히 뒤로 멀어졌다.

이제 수심이 깊어졌고, 배는 주마등처럼 변하는 바위들 사이를 빠져나왔다. 앞쪽으로 섬 하나가 탑처럼 솟아올랐다. 그 섬의 벼랑은 시커먼데 수많은 거대한 원통형 돌기둥들이 겹겹이 뭉쳐 있는 듯했다. 반듯하게 잘린 끄트머리와 맨들맨들한 표면을 가진 기둥들이 수면으로부터 300자나 되게 깎아지른 듯 치솟아 있다.

"저게 칼레신의 아성이란다. 용들이 내게 그렇게 알려 주었지, 오래전 내가 여기 왔을 적에 말이야."

"칼레신이 누구인가요?"

"가장 나이 든 이……."

"그가 이곳을 세웠나요?"

"나는 모른다. 저게 건축된 것인지 어떤지도 알지 못하고, 그가 얼마나 나이 들었는지도 모른단다. 내가 '그'라고 부르고 있지만, 그것도 모를 일이지……. 칼레신에게 오름 엠바르는 한 살짜리 애나 같아. 그리고 너나 나는 하루살이 정도일 거고."

새매는 장관을 이룬 단애를 눈으로 훑었고 아렌은 불편한 기분으로 그 벼랑을 올려다보며 저 까마득한 검은 절벽 끝에서 용이 나타나 그림자가 떨어지는 것과 거의 동시에 급강하해 덮쳐 올지 모른다고 생각했다. 하지만 용은 나오지 않았다. 그들은 바위 벽이 바람을 막은 덕에 잔잔해진 물 위를 천천히 지나갔다. 그늘에 덮인 바다 물결이 시커먼 바위 기둥들에 소곤대듯 찰싹이는 소리 말고는 아무 소리도 들리지 않았다. 여기는 물이 깊어서 암초나 얕은 턱에 걸릴 일이 없다. 아렌이 배를 몰고, 새매는 뱃머리에 선 채 낭떠러지와 저 앞에 펼쳐진 환한 하늘을 살펴보았다.

배가 마침내 칼레신의 아성 그늘을 벗어나 늦은 오후 볕 속으로 나갔다. 용의 길을 지나온 것이다. 현자는 고개를 들었다. 마치 일찍부터 보기로 돼 있던 것을 바라보듯이, 그는 고개를 들어서 앞에 펼쳐진 황금빛 대기 저편으로부터 황금빛 날개를 타고 다가오는 용 오름 엠바르를 보았다.

아렌은 새매가 용에게 외치는 소리를 들었다.

"아로 칼레신?"

그 말의 의미는 짐작했지만, 용이 대답한 말은 무슨 얘긴지 전혀 감을 잡을 수 없었다. 그러나 옛 언어를 들을 때면 아렌은 언제나 이해할 수 있는 고비에 선 듯한 느낌을 받았다. 거의 이해할 것만 같다. 마치 그것이 아예 모르는 말이 아니라 예전에 잊고 만 언어이기라도 한 것처럼……. 옛 언어로 말하는 현자의 음성은 하드 어를 할 때보다 훨씬 맑았고, 커다란 종을 아주 부드럽게 건드렸을 때처럼 그 말들 주위에 어떤 고요함을 자아내는 느낌이었다. 하지만 용의 목소리는 큰 징을 치는 듯 깊고도 날카로웠으며, 어쩌면 찌르르 우는 심벌즈 소리 같기도 했다.

아렌은 동료가 좁은 뱃머리에 서서, 하늘을 반이나 가린 채 머리 위에 떠 있는 어마어마한 생물과 이야기를 나누는 것을 지켜보고 있었다. 그러자 소년의 마음엔 뿌듯한 자부심이 움텄다. 사람이 얼마나 작은 존재인지, 얼마나 연약하고 얼마나 대단한 존재인지를 그는 깨달았다. 체구만 가지고 본다면 용은 갈고리 발톱이 돋친 앞발로 한 번 후려갈겨 사람의 머리를 어깨에서 뜯

어낼 수 있고, 돌멩이가 물에 뜬 나뭇잎을 가라앉히듯 배를 짓부숴 가라앉힐 수 있다. 하지만 새매는 오름 엠바르와 마찬가지로 위험한 존재였으며 용도 그 점을 알고 있었다.

현자가 고개를 돌렸다.

"레반넨."

그가 불렀고, 소년은 일어서서 앞으로 나섰다. 열댓 자나 되는 주둥이와 공중에서 이글이글 타오르며 자신을 바라보는, 동공이 갸름한 긴 금록색 눈 쪽으로 한 발짝이라도 다가가고 싶은 마음은 전혀 들지 않았지만.

새매는 그에게 아무 말 건네지 않고 그저 어깨에 한 손을 얹었다. 그런 다음 용을 향해 짧게 뭐라고 말했다.

그러자 아무 감정이 담기지 않은 웅대한 음성이 말했다.

"레반넨. 아그니 레반넨!"

아렌은 올려다보았다. 현자의 손이 어깨를 꾹 눌러 주의를 환기시켰기에, 그는 응시해 오는 금록색 눈동자를 외면했다.

아렌은 옛 언어는 할 줄 몰랐지만 벙어리는 아니었다.

"인사를 드리오, 오름 엠바르, 용의 공경(公卿)이시여."

왕자가 다른 왕자에게 인사하듯이 아렌은 또렷하게 그렇게 말했다.

그러자 침묵이 내렸고, 아렌의 심장은 거세고 부담스럽게 쿵쾅거렸다. 하지만 새매는 곁에 선 채 빙그레 웃고 있었다.

그런 다음 용이 다시 말했고, 새매가 대답했다. 이것은 아렌에게 퍽 길게 느껴졌다. 마침내 이야기가 끝이 났다. 끝은 갑작스러웠다. 용은 배를 뒤집어 버릴 것 같은 날갯짓 한 번으로 공중에 솟아올랐고, 가 버렸다. 아렌은 해를 보고 아까보다 별로 기울지 않았음을 깨달았다. 그 시간은 실제로 길지 않았던 것이다. 하지만 현자의 얼굴은 젖은 재 같은 색이었으며 아렌을 돌아보는 눈은 번들거렸다. 그는 노 자리에 주저앉았다.

"잘했다, 애야."

쉰 듯한 음성으로 그가 말했다.

"쉬운 일이 아니지……, 용들과 얘기하는 건."

아렌은 먹을 것을 내왔다. 하루 종일 아무것도 먹지 않았던 터였다. 둘이 음식을 먹고 마실 때까지 현자는 그 이상 아무 말도 하지 않았다. 그때쯤 되자 해가 수평선 위로 나지막이 걸렸다. 위도상 이렇게나 북쪽에 와 있어도 하지가 얼마 지나지 않은 때라 밤은 늦게 천천히 내렸다.

마침내 현자가 입을 열었다.

"흐음. 오름 엠바르는 자기 나름으론 내게 많은 이야기를 해주었다. 그는 우리가 찾는 장본인이 셀리더에 있기도 하고 있지 않기도 하다고 말했다……. 평이하게 말하는 게 용에게는 힘든 일이란다. 그들은 평이한 마음을 가지지 않았거든. 그리고 아주 드문 일이지만 설사 그들 중 하나가 인간에게 진실을 말할지라도 용은 진실이 인간에게 어떻게 보일 것인지 몰라. 그래서 난 물어보았다. '바로 그대의 아버지 오름이 셀리더에 있는 것처럼 말이오?' 너도 아다시피 오름과 에레삭베가 거기서 서로 싸우다 죽지 않았느냐. 그러자 그가 대답하더구나. '아니기도 하고 그렇기도 하다. 당신은 셀리더에서 그를 찾아내겠지만, 그건 셀리더에서가 아닐 것이다.'"

새매는 말을 멈추고 곰곰이 생각에 잠겨 딱딱한 빵 껍질을 씹었다.

"아마 오름은 그자가 셀리더에 있진 않지만 내가 그를 잡으려면 그리로 가야 한다는 얘길 한 것 같다. 아마도 말이다…….

그런 다음에 나는 그에게 다른 용들에 관해 물었다. 오름은 이 사내가 줄곧 그들과 어울렸다고 말하더라. 죽임을 당해도 죽음에서 자기 몸으로 도로 살아 돌아오기 때문에 용들을 전혀 두려워하지 않았다는 거다. 그래서 용들이 그자를 두려워했지, 자연을 벗어난 존재로 여겨서. 그 두려움으로 인해 용들은 그의 마법에 장악을 당했고, 그는 용들로부터 창조의 언어를 빼앗아 그들이 자기네 거친 본성의 먹이가 되도록 버려두었지. 그리하여 그들은 서로 잡아먹는가 하면 바다로 곤두박질쳐 스스로 목숨을 끊었다. 바람과 불의 짐승인 불 뱀들에게 그건 몹시도 불쾌한 죽음이야. 그래서 나는 말했다. '그대들의 군주인 칼레신은 어디에 있소?' 그러자 그가 한 대답은 결국 '서쪽에.'라는 것뿐이었다. 그건 어쩌면 칼레신이 용들이 말하는, 그 어떤 배도 항해해 보지 못한 먼 곳에 있다는 다른 땅들로 날아가 버렸다는 말일지 몰라. 어쩌면 그 얘기가 아닐지도 모르고.

그래서 그쯤에서 난 묻기를 그쳤고, 그가 나에게 질문을 했지. 그는 이렇게 물었다. '나는 북으로 돌아오면서 캘튜엘 위를 날고 토링앗 제도 위를 날았다. 캘튜엘 상공에서 나는 주민들이 돌 제단 위에서 아기를 죽이는 광경을 보았고, 잉앗에서는 마술사가 자기 마을 사람들에게 돌을 맞고 죽임 당하는 걸 보았다. 그들이 아기를 먹겠지? 그렇게 생각하지, 게드? 그 마술사가 죽음에서 돌아와 마을 사람들에게 돌을 던지겠지?' 나는 그가 날 조롱하는 줄 알고 성이 나서 대꾸할 뻔했지만, 그는 조롱하는 게 아니었다. 그가 말했어. '만물이 분별을 잃었다. 세상에 구멍이 나서 바다가 그리로 새어 나가고 있다. 빛이 새어 나가고 있다. 우리는 메마른 땅에 남게 될 것이다. 거기엔 더 이상 말이 없을 것이고 죽음도 없을 것이다.' 그래서 마침내 나는 그가 무슨 말을 하려 한 것인지 알았지."

아렌은 그게 뭔지 알 수 없었을 뿐 아니라 몹시 당혹스러웠다. 왜냐하면 새매가 용의 말을 반복하면서 자신의 진짜 이름을 아주 뚜렷이 말했기 때문이다. 그 로바네리 여자가 괴로워하며 '내 이름은 아카렌!'이라고 외쳐 댔던 달갑지 못한 기억이 아렌의 마음속에 되살아났다. 진정 마법의 힘이, 음악의 힘이, 말의 힘과 신뢰의 힘이 사람들 사이에서 쇠하여 시들어 간다고 하면, 공포의 광기가 덮어 와 사람들이 이성을 잃은 용들처럼 서로 파괴하려 든다고 하면, 이 모든 게 정말 사실이라면, 아렌의 주인이 거기서 빠져나갈 수 있을까? 그가 그렇게 강한가?

그는 강해 보이지 않았다. 저녁밥인 빵과 훈제 생선을 놓고 등을 굽힌 그의 머리는 허옇게 세고 불에 그슬렸으며, 손은 가늘고, 피곤한 얼굴을 하고 있다.

하지만 용은 그를 두려워했다.

"뭣 때문에 안절부절못하느냐, 애야?"

이 사람을 상대로는 참말밖에는 통하지 않는다.

"대현자님, 당신 이름을 말씀하셨어요."

"아, 그랬지. 전에 말한 적이 없다는 걸 잊었구나. 우리가 가야 할 곳에 가게 된다면 네겐 내 진짜 이름이 필요할 거다."

그는 음식을 씹으면서 아렌을 올려다보았다.

"내가 점점 노쇠해서, 분별도 수치도 모르게 된 정신 흐린 노인네처럼 내 이름을 주절대기 시작한 줄 알았느냐? 아직은 아니다, 애야!"

"예."

아렌은 혼란에 빠져 뭐라고 다른 말을 덧붙일 수가 없었다. 몹시도 피곤했다. 무척 길고 용으로 가득한 하루였다. 이제 그들이 가는 방향으로부터 어둠이 내리고 있었다.

현자가 말했다.

"아렌. ……아니지, 레반넨. 우리가 가는 그곳에는 숨김이 없다. 거기서는 모두가 자기 진짜 이름을 띤단다."

"죽은 이들은 다칠 수도 없지요."

아렌이 우울하게 대꾸했다.

"하지만 자신의 이름을 띠는 이들이 거기에만, 죽음 속에만 있는 건 아니다. 그들은 가장 크게 상처 입을 수 있는 이들, 가장 연약한 이들이며 사랑을 줄 뿐 돌이키지 않는 이들인 거지. 그들은 서로 이름을 부른다. 마음으로부터 충실한 사람들, 생명을 주는 사람들……. 넌 완전히 지쳤구나, 얘야. 누워서 자려무나. 지금은 밤새 항로를 유지하는 것 말고는 할 일이 없다. 아침이 되면 우리는 세상의 맨 끝 섬을 보게 될 거나."

그의 목소리엔 이길 수 없는 부드러움이 있었다. 아렌은 뱃머리에 웅크려 누웠고, 그러자 바로 잠이 닥쳐왔다. 현자가 나지막이 거의 속삭임에 가까운 노래를 읊기 시작하는 게 들렸다. 하드 어가 아니라 창조의 말들로 읊는 노래였다. 그리고 이제 마침내 그 말들이 무슨 뜻인지 기억해 내어 알아듣기 시작할 참에, 막 이해하기 직전에, 아렌은 깊은 잠에 빠졌다.

현자는 소리없이 빵과 고기를 간수하고 밧줄들을 살피고 구석구석 배를 돌보았다. 그런 다음 돛 조정 줄을 잡고 노 자리 뒤에 걸터앉아서 마법풍을 강하게 돛에 안겼다. 지칠 줄 모르는

284

멀리보기 호는 북쪽으로 속도를 더하여 쏜살같이 바다를 질러 갔다.

　새매는 아렌을 내려다보았다. 소년의 잠든 얼굴은 길게 늘어진 석양빛을 받아 금적색으로 환히 빛났고, 거친 머리카락은 바람에 나풀거렸다. 몇 달 전 대학당의 분수 가에 앉았던 소년의 상냥하고 여유롭고 귀공자다운 인상은 사라지고 없었다. 이 얼굴은 더 여위고 굳건해졌고, 훨씬 강해져 있었다. 하지만 아름다움이 덜하지는 않았다.

　"내 길을 따라올 자를 난 지금껏 찾지 못했지."

　잠든 소년이 아니면 무상한 바람을 향하여, 대현자 게드는 큰 소리로 말했다.

　"그대 외엔 아무도. 그리고 그대는 그대의 길을 가야만 하오, 내 길이 아니라……. 하지만 그대가 왕으로서 다스릴 때, 그건 어느 정도는 내가 하는 일일 거요. 왜냐하면 내가 처음에 그대를 알아보았으니까. 처음에 알아보았지! 훗날 사람들은 내가 마법으로 이룩한 그 어떤 일보다도 그 때문에 더욱 나를 칭송할 거요. ……훗날이라는 게 있게 된다면 말이지만. 왜냐하면 우리 둘은 먼저 지렛대의 균형점에, 세계를 좌우하는 바로 그 지점에 가 서야 하기 때문이오. 그리고 만약 내가 쓰러진다면 당신도 쓰러질 것이고, 나머지도 모두……. 한동안, 한동안 그러할 거요. 영영 지속되는 어둠은 없으니. 그리고 어둠 속일지라도 별들이 있겠지요……. 아아, 하지만 나는 그대가 해브너에서 왕관을 쓰는 걸 보고 싶소. 그리고 햇빛이 '검의 탑'과 고리 위에 비치는 걸 보고 싶소. 그건 우리가, 테나와 내가 그대가 태어나기도 전에 그대를 위하여 아투안의 캄캄한 무덤 속에서 가지고 온 것이라오!"

말한 다음 그는 소리 내어 웃었다. 그러곤 얼굴을 북쪽으로 돌리며 공용어로 혼잣말을 했다.

"모레드의 후손을 모레드의 왕좌에 앉히려는 염소치기라! 나는 배울 줄을 모르는 걸까?"

잠시 후 돛줄을 손에 쥐고 앉은 채 마지막 서녘 빛을 받아 불그레하게 부풀어 오른 돛폭을 바라보면서 그는 다시금 부드럽게 말했다.

"내가 있을 곳은 해브너가 아니고 로크도 아니지. 힘과는 작별을 할 때가 되었어. 낡은 장난감을 놓아 버리고 가는 거야. 이제 고향으로 돌아갈 때다. 테나를 만나야지. 오지언을 만나서 그분이 돌아가시기 전에 이야기를 나누는 거다, 르 알비의 벼랑 위에 있는 그 집에서……. 산을 걷고 싶구나, 정말로. 곤트의 산을. 숲 속을, 나뭇잎들이 환히 단풍진 가을 숲 속을. 숲에 비길 왕국은 없지. 그리로 갈 때야. 조용히, 혼자서 가자. 그러면 아마도 거기에서 마침내 난 행위나 기예나 힘이 가르쳐 줄 수 없는 것을 배우게 될 테지. 내가 결코 배우지 못했던 것을 배우게 될 테지."

서쪽은 온통 장대하고 휘황한 붉은색으로 타올라, 바다는 주
홍색이고 그 위의 돛은 피처럼 새빨갰다. 그러고는 조용히 밤이
덮여 왔다. 그 밤 내내 소년은 잠을 잤고 남자는 깨어 있으면서
꿋꿋이 눈앞의 어둠을 응시했다. 별은 없었다.

셀리더

아침에 잠에서 깬 아렌은 배 앞으로 푸르른 서쪽 수평선을
따라 낮고 흐릿하게 깔린 셀리더 해안을 보았다.

베릴라의 저택에는 왕들의 시절에 만들어진 오래된 지도들
이 있었다. 그때는 탐험가와 무역상들이 내해도로부터 항해를
나섰던 때이며, 원해들에 관해 지금보다 더 잘 알려져 있던 때
였다. 대공의 옥좌실에는 두 벽에 걸쳐 모자이크로 꾸며 놓은
북방과 서방의 대지도가 있어서 금색과 회색으로 아로새긴 인
라드 섬이 바로 옥좌 위쪽에 위치했다. 어렸을 때부터 수없이
그 지도를 보아 온 아렌은 지금 다시 마음의 눈으로 그 지도를
보았다. 인라드 북쪽으로 오스킬이 있고, 그 서쪽으로는 에보스

킬이다. 그리고 그 섬 남쪽에 세멜과 팰른이 있다. 거기서 내해
도는 끝이 나고 빈 바다를 나타내는 연한 청록색 모자이크에 드
문드문 돌고래나 고래가 새겨져 있을 뿐 아무것도 없다. 그러다
가 북쪽 벽이 서쪽 벽과 만나는 모퉁이를 지나고 나면 마침내
나르베듀엔이 나오고, 그 뒤로 작은 섬 세 개가 있었다. 그런 다
음 다시 빈 바다가 이어졌다. 계속계속, 벽의 끝 지점에 이르러
지도가 끝나는 곳까지…… 거기에 셸리더가 있었다. 그리고 그
너머로는 아무것도 없었다.

아렌은 그 섬의 굴곡진 모양을 생생히 떠올릴 수 있었다. 셸
리더는 한가운데에 큼지막한 만을 품고 있는데, 그 만은 동쪽으
로 협소하게 열려 있다. 그들은 그만큼 북쪽으로 오지는 못했기
에 섬의 남쪽 끝 곶을 돌아서 깊게 후미진 곳을 향해 배를 몰아
갔다. 그리하여 해가 아직 아침 안개 속에 낮게 떠 있을 때에 후
미에 배를 대었다.

발라트란의 길로부터 서쪽 섬들에 이르는 대장정은 그로써
끝이 났다. 멀리보기 호를 바닷가에 끌어올린 다음, 그렇게 오
랜만에 굳은 땅 위를 걸으려고 하니 움직이지 않는 대지가 몸에
설었다.

게드는 꼭대기에 풀숲을 인 낮은 모래언덕에 올랐다. 언덕 윗
부분은 억센 풀뿌리로 꽉 붙잡혀 가파른 경사 위로 처마처럼 툭
튀어나와 있었다. 언덕 정상에 오르자 그는 서북쪽을 바라보며

꼼짝 않고 서 있었다. 아렌은 여러 날 동안 신지 않았던 신발을 신느라고 배에서 지체했다. 그는 또 선구함에서 자기 검을 꺼내어 칼띠로 찼다. 이번에는 차야 할지 말아야 할지에 관한 의구심이 전혀 없었다. 그런 다음 아렌은 게드 옆에 올라가서 그 땅을 둘러보았다.

풀에 덮인 낮은 모래언덕들이 내륙으로 두 마장쯤 이어지고, 사초와 바다억새가 수북이 자란, 늪에 가까운 석호(潟湖)들이 있었으며, 눈이 미치는 범위 저 끝에는 황갈색을 띤 헐벗은 산언덕들이 있었다. 아름답고 황량한 셀리더였다. 그 섬의 어디에도 인적은 없었다. 사람이 손대 놓은 흔적도, 살고 있던 자취도 볼 수 없었다. 짐승들은 전혀 보이지 않았고, 갈대로 뒤덮인 호수들에는 갈매기나 기러기나 다른 어떤 새 떼도 없었다.

그들은 내륙 쪽으로 언덕을 내려갔다. 그러자 모래 비탈이 파도 소리와 바람 소리를 막아 버려 주위가 아주 고요해졌다.

제일 바깥쪽 언덕과 다음 언덕 사이 골진 데에 깨끗한 모래가 깔려 있었다. 아늑한 모래 고랑의 서쪽 비탈에는 햇살이 따사롭게 비쳤다.

"레반넨."

현자가 불렀다. 그는 이제 아렌의 진짜 이름을 쓰고 있었다.

"나는 지난밤에 잠을 자지 않았다. 그래서 이제는 자야겠구나. 나와 함께 있으면서 망을 봐 다오."

그늘은 추웠으므로 그는 햇빛 속에 누워 팔로 눈을 가렸다. 그러곤 숨을 푹 내쉬더니 잠이 들었다. 아렌은 그 옆에 앉았다. 모래 골짜기의 하얀 경사면, 파르스름하게 안개 덮인 하늘을 배경으로 언덕 꼭대기에 고개 숙인 풀, 그리고 노란 태양밖에는 아무것도 보이지 않았다. 소리라고는 가로막혀 아스라이 들리는 파도 소리와, 때때로 몰아쳐 온 바람이 모래알들을 조금 움직여 놓으며 만들어 내는 희미한 속살거림뿐이었다.

아렌은 까마득한 높이에 날고 있는, 독수리인가 싶은 것을 보았다. 하지만 그건 독수리가 아니었다. 그것은 원을 그리며 날다가 급강하해 왔고, 내려올 때 쫙 펼친 금빛 날개에서 그 천둥 같은 날개 소리와 공기를 찢는 휘파람 소리가 터져나왔다. 그것은 거대한 갈고리 발톱으로 모래언덕 꼭대기에 내렸다. 태양을 뒤에 인 거대한 머리가 가장자리에 불타는 광휘를 두른 채 시커멨다.

용은 비탈을 조금 내려와 말을 걸었다.

"아그니 레반넨."

"오름 엠바르."

그것과 게드 사이에 서서 아렌이 응답했다. 그러곤 칼을 뽑아 들었다.

이제는 칼이 무겁게 느껴지지 않았다. 닳아서 매끈매끈한 칼자루가 손에 꼭 맞게 잡혔다. 칼날은 얼른 뽑히고 싶은 듯이 가볍게 칼집에서 빠져나왔다. 그 검의 힘, 그 검이 지닌 세월이 모두 그의 편이었다. 왜냐하면 그는 그것을 어떻게 쓸 것인지 이제 알고 있었기 때문이다. 그것은 그의 검이었다.

용이 다시 말했지만, 아렌은 알아들을 수 없었다. 그는 그 요란한 바람과 천둥 소리에도 깨지 않고 잠들어 있는 동료를 흘긋 보고 나서 용을 향해 말했다.

"나의 주인은 피곤하시다. 지금 주무신다."

그 말에 오름 엠바르는 슬슬 기어와 골짜기 밑바닥에 똬리를 틀었다. 땅 위에서는 날 때처럼 유연하고 자유롭지 못하고 둔중해 보였다. 하지만 갈고리 발톱이 난 거대한 발로 느리게 땅을 딛고 침이 돋친 꼬리를 스르륵 말아 붙이는 용의 동작에는 으스스한 우아함이 깃들어 있었다. 자리를 잡자 오름 엠바르는 네 다리를 몸 밑에 묻고 거대한 머리를 쳐든 자세로 전사의 투구에 조각된 용 장식처럼 꼼짝하지 않았다.

아렌은 열 자도 떨어져 있지 않은 노란 눈을 의식했다. 용의 주변에는 희미한 탄내가 감돌았다. 이것은 썩은 고기의 악취가 아니라 메마르고 금속 같은 냄새였으며, 바다와 소금기 있는 모래에서 풍기는 희미한 향기와 조화를 이루는 깨끗한 야생의 냄새였다.

해가 더 높이 떠올라 오름 엠바르의 옆구리에 내리쬐었다. 그러자 그는 강철과 황금으로 만들어진 용처럼 눈부시게 빛났다.

여전히 게드는 자고 있었다. 아주 편안히, 잠든 농부가 개를 신경 쓰지 않듯이 용을 전혀 알아차리지도 못한 채 잠들어 있었다.

그렇게 한 시간이 갔다. 그리고 아렌은 퍼뜩 깨어서 현자가 자기 옆에 일어나 앉아 있는 걸 보았다.

"그렇게나 용에 익숙해졌느냐? 용의 앞발 사이에서 잠이 들다니."

게드가 말하고 껄껄 웃더니 하품을 했다. 그러곤 일어서서 오름 엠바르를 향해 용의 언어로 말했다.

오름 엠바르는 대답하기에 앞서 자기도 하품을 했다. 어쩌면 졸려서일지도 모르고 어쩌면 경쟁심에서일 터였다. 그리고 그건 그걸 보고서 살아남아 추억할 사람은 거의 없을 광경이었다. 줄지어 나 있는, 장검만큼이나 길고 날카로운 노르스름한 이들과 사람 몸의 두 배 길이나 되는 불 같은 혀, 그리고 연기를 담은 동굴 같은 목구멍.

오름 엠바르가 말을 하고 게드가 그에 대답하려 할 찰나, 그들은 둘 다 아렌을 돌아보았다. 정적 속에 또렷이 울린 소리를 들었던 것이다. 강철 칼날이 칼집에 스쳐 난 크지 않은 소리였다. 아렌은 현자의 머리 뒤쪽 모래언덕 가장자리를 올려다보고 있고, 그의 검은 준비 태세로 손에 들려 있었다.

거기에, 햇살을 받아 환히 빛나며, 미미한 바람에 입은 옷자락을 가볍게 나부끼며, 한 남자가 서 있었다. 가벼운 바람막이의 옷단과 두건이 펄럭이는 것을 제외하면 그는 깎아 세운 조각상처럼 움직이지 않았다. 그의 머리카락은 길고 검어서 반질반질한 고수머리가 다발을 지어 드리워졌다. 어깨 폭이 넓고 키가 크고 굳건해 보이는 미남이었다. 그의 눈은 그들을 지나쳐서 바다를 바라보고 있는 것 같았다. 그가 웃음을 지었다.

"오름 엠바르, 난 널 알지."

그가 말했다.

"그리고 너도 내가 알지, 새매. 내가 마지막으로 보았을 때보다 늙긴 했지만. 듣자니 넌 이제 대현자라더군. 늙기만 한 게 아니고 아주 대단해졌어. 게다가 젊은 하인을 데리고 있지 않나. 견습 현자겠지, 필경. 현자들의 섬에서 지혜를 배우는 자들 중하나겠지? 너희 둘은 여기서 뭘 하는 건가? 대마법사들을 다치지 않게 지켜 주는 그 막강한 벽들과 로크 섬으로부터 이렇게나 멀리 떨어져서 말이야?"

"그 벽보다 더 큰 벽에 틈새가 났거든."

양손으로 지팡이를 불끈 움켜쥐고 그 사내를 올려다보면서 게드가 그렇게 말했다.

"그런데 진짜 몸으로 오는 게 어떤가? 그러면 우리가 오랫동안 찾던 이를 반길 터인데."

"진짜 몸으로 오라고?"

294

그 남자가 말하고 다시 빙그레 웃었다.

"두 현자 사이에 그래, 육체가, 몸뚱이가, 푸주한의 고깃덩어리가 그렇게 중요한가? 어림없지. 정신과 정신으로 만나세나, 대현자여."

"내 생각에 그건 될 성싶지 않군. 애야, 칼을 거둬라. 저건 그저 전언일 뿐이야. 나타나 보이는 것일 뿐 진짜 사람이 아니다. 바람을 향해 칼을 빼는 거나 마찬가지란다. 해브너에서, 당신 머리카락이 허옜을 적에, 당신은 거미라고 불렸다. 하지만 그건 그냥 평소에 쓰는 이름이었지. 당신을 만날 때 우리가 뭐라고 불러야 할까?"

"너는 나를 군주라고 부르게 될 거야."

모래언덕 가장자리에 선 키 큰 형상이 그렇게 말했다.

"그런가. 그리고 또?"

"왕이라고, 주인님이라고 부르겠지."

이 말에 오름 엠바르가 날카로운 쉬익 소리를 냈다. 크고 소름 끼치는 소리였고, 그의 커다란 눈이 번뜩였다. 하지만 그는 그 사내로부터 머리를 돌리고 앉았던 자리에 도로 웅크리고 주저앉았다. 몸을 움직일 수 없는 것 같았다.

"그러면 우리가 어디로 가서 언제 당신을 만날까?"

"내 왕국에서, 내가 마음이 내킬 때에."

"그래, 좋다."

게드가 말하고 지팡이를 들어 올려 키 큰 남자 쪽으로 조금 내밀었다. 그러자 그 사내는 촛불이 바람에 꺼지는 것처럼 없어져 버렸다.

아렌은 멍하니 바라보고 있었다. 그리고 용은 네 개의 굽은 다리를 딛고 육중하게 몸을 일으켰다. 철갑이 철그렁거리고 입술은 말려 올라가 이를 드러냈다. 하지만 현자는 다시 자기 지팡이에 몸을 기댔다.

"그저 전언이었을 뿐이다. 사람의 존재나 모습을 흉내 내 보이는 것뿐이지. 말을 하고 들을 수는 있지만 힘은 깃들어 있지 않아. 우리의 공포가 그것에 힘을 부여하지 않는다면 말이다. 보이는 모습조차도 참되지 않단다, 보낸 이가 진실을 보여 주려고 하지 않은 한은……. 내 짐작에 우리는 그자가 지금 어떤 모습을 하고 있는지 보지 못했을 거다."

"가까이 있다고 생각하세요, 그자가?"

"전언은 물을 건널 수 없다. 그자는 셸리더에 있어. 하지만 셸리더는 큰 섬이지. 폭은 로크나 곤트보다도 넓고 길이론 인라드만 할 거야. 오랫동안 찾아야 하겠구나."

그러자 용이 말했다. 게드는 듣고 나서 아렌을 돌아보았다.

"셸리더의 주인이 이렇게 말하는구나. '나는 내 영토로 돌아왔고 여기를 떠나지 않을 것이다. '파괴자'를 찾아내어 당신을 그에게 데려가겠다. 그러면 우리가 함께 그를 말살시키리라.'

용이 잡으러 나서면 찾아내고야 만다고 내가 말했지?"

그리하여 게드는 봉신이 왕 앞에 무릎 꿇듯 그 위대한 생물 앞에 한쪽 무릎을 꿇고서 상대방의 언어로 감사를 표했다. 너무나 가까워서 용의 숨결이 그의 숙인 머리 위에 뜨거웠다.

오름 엠바르는 비늘에 덮인 육중한 몸을 끌며 다시 모래언덕 위로 올라갔고, 날개를 치더니, 공중으로 날아올랐다.

게드는 옷에서 모래를 떨어내고 아렌에게 말했다.

"지금 내가 무릎 꿇은 것을 보았지. 모든 게 끝나기 전에 아마도 넌 내가 무릎을 꿇는 걸 한 번 더 보게 될 거다."

아렌은 그게 무슨 말이냐고 묻지 않았다. 오랫동안 같이 지내며 아렌은 현자가 무엇을 가슴속에 담아 둘 때에는 그럴 만한 이유가 있다는 걸 알게 되었다. 하지만 이 말에선 뭔가 안 좋은 예감이 들었다.

그들은 모래언덕을 질러 넘어서 다시 한번 모래사장으로 나왔다. 조수나 폭풍이 미치지 못할 안전한 높이까지 배를 끌어올려 두고, 밤을 지내기 위한 덮을 것과 아직 남은 식량을 챙기기 위해서였다. 게드는 낯선 바다 건너 이토록 오래 이토록 멀리까지 자신을 실어다 준 배의 갸름한 뱃머리 옆에 잠시 멈춰 서 있었다. 그는 뱃머리에 손을 얹었지만 주문은 걸지 않았고 무슨 말을 하지도 않았다. 그런 다음 두 사람은 다시금 내륙으로, 북쪽으로, 산들을 향하여 걸어 들어갔다.

그들은 온종일 걸었다. 저녁이 되자 갈대로 꽉 찬 호수와 습지로 꼬불꼬불 흘러내리는 개울물 옆에 묵을 자리를 잡았다. 때는 한여름이었지만 바람은 싸늘하게 불었다. 육지 한 점 없이 망망한 서쪽 난바다로부터 불어오는 바람이다. 안개가 하늘을 한 겹 감쌌다. 화로의 불빛도 창문에 얼비치는 불빛도 없는 산언덕들 위로 별빛은 보이지 않았다.

어둠 속에 아렌은 잠에서 깼다. 그들이 피운 작은 모닥불은 벌써 죽었지만 서쪽으로 기운 달이 침침하고 흐린 빛으로 땅을 비추었다. 개울이 흐르는 골짜기와 산자락에 사람들이 아주 많이 서 있었다. 모두들 꼼짝도 하지 않고 하나같이 침묵한 채 게드와 아렌 쪽으로 얼굴을 향하고 서 있었다. 그들의 눈은 달빛을 조금도 반사하지 않았다.

아렌은 말이 나오지 않아서 게드의 팔에 손을 올렸다. 현자가 꿈틀거리더니 몸을 일으켰다.

"왜 그러느냐?"

그는 아렌이 응시하는 곳을 쳐다보아 침묵에 잠긴 사람들을 보았다.

그 사람들은 남자나 여자 모두 어두운 색 옷을 걸치고 있었다. 빛이 흐려서 얼굴을 뚜렷이는 볼 수 없었지만, 아렌은 골짜기 안 개울 건너 가장 가까이에 서 있는 사람들 사이에는 비록 이름은 댈 수 없어도 자기가 예전에 알았던 이들이 있다는 생각

298

이 들었다.

게드가 일어섰다. 덮었던 것이 흘러내렸다. 그의 얼굴과 머리카락과 윗옷이 창백한 은빛 광채를 머금고 빛났다. 마치 달빛 자체가 그에게 모여드는 것 같았다. 게드는 큰 동작으로 한 팔을 내뻗으며 큰소리로 말했다.

"오, 너희 살았던 이들이여, 풀려나라! 내가 너희를 묶은 속박을 푸노라. 안바사 메이네 하류 펜노데이스!"

그 수많은 침묵하는 사람들은 잠시 움직이지 않고 서 있었다. 그러곤 천천히 물러갔다. 마치 분명치 못한 어둠 속으로 걸어 들어가는 듯이, 그들은 가 버렸다.

게드는 자리에 앉았다. 그러곤 깊은 숨을 쉬었다. 그는 아렌을 쳐다보곤 소년의 어깨에 한 손을 올려놓았다. 그의 손길은 따뜻하고 든든했다.

"두려워할 것 없다, 레반넨. 그저 죽은 자들일 뿐이야."

부드럽게 놀리듯이 그가 말했다.

아렌은 고개를 끄덕였다. 그래도 이가 딱딱 맞부딪치고 뼛속까지 한기가 들었다.

"어떻게."

그렇게 말머리를 꺼냈지만 아직 턱과 입술이 제대로 놀지 않았다.

게드는 그가 하려던 말을 알아들었다.

"그들은 그자가 소환해서 왔던 거다. 이게 그자가 약속하는 '영생'이야. 그자가 명령하면 아마 돌아가겠지. 그자가 그렇게 시키면 그들은 이승의 언덕 위를 걸어야만 해, 비록 풀잎 하나 건드리지 못할지라도."

"그럼……, 그럼 그자도 죽은 건가요?"

게드는 곰곰이 생각하며 머리를 저었다.

"죽은 자가 죽은 자를 이 세상에 불러올릴 수는 없지. 아니, 그자는 산 사람의 힘을 가졌다. 그보다 더 가졌지……. 하지만 그는 자신을 따르려고 한 자들을 속였어. 힘은 자기 것으로 두어 두고 있거든. 그자는 죽은 자들의 왕을 자처하고 있으며, 죽은 자들로 그치지 않고 또……. 하지만 그들은 그저 그림자들이란다."

"왜 그들이 두려운지 저도 모르겠어요."

아렌이 수치스러워하며 말했다.

"죽음을 두려워하기 때문에 그들이 두려운 거고, 그건 의당 그럴 일이야. 죽음은 삼엄한 것이며 두려움의 대상이 되어 마땅하니까."

현자가 말하고 불에 새 나무를 올린 다음 재에 덮인 뜬숯 조각들에 숨을 불었다. 자그맣게 빛을 내는 불꽃 오라기가 저절로 떨어져 마른 잔가지에 꽃피었다. 아렌에겐 고맙기 그지없는 빛이었다.

"그리고 삶도 역시 삼엄한 것이지. 그러므로 두려워하고 찬양해 마땅하다."

그들은 각자 몸을 바람막이로 꼭꼭 감싸고 조금 뒤로 물러나 앉았다. 그러곤 한동안 조용히 있었다. 그런 뒤 게드가 아주 진지하게 말했다.

"레반넨아, 그자가 얼마 동안이나 여기에서 전언을 보내고 그림자를 보내어 우릴 집적거릴지 나는 모르겠다. 하지만 그자가 최종적으로 갈 곳은 알겠지?"

"어두운 땅으로 들어가겠죠."

"그래. 그들 사이로 갈 거다."

"전 이제 그들을 봤어요. 대현자님과 함께 가겠어요."

"나를 믿어서 그렇게 생각하느냐? 내 애정은 믿어도 좋지만 내 힘은 믿지 마라. 난 맞수를 만났다고 생각하고 있으니까."

"함께 갈 겁니다."

"그렇지만 내가 패배한다면, 내 힘이나 내 생명이 소진되면, 나는 너를 인도해 돌아올 수가 없단다. 너 혼자서는 결코 돌아올 수 없고."

"대현자님과 함께 돌아오겠어요."

여기에 게드는 말했다.

"넌 죽음의 문간에서 어른이 되는구나."

그러고는 용이 아렌을 부를 때 썼던 단어인지 호칭을 써서 그를 불렀다. 아주 낮은 소리였다.

"아그니……, 아그니 레반넨."

그 뒤에는 둘 다 더 이상 이야기하지 않았고, 다시 서서히 졸음이 왔다. 그래서 그들은 작게 타고 있는 불 곁에 누웠다.

다음 날 아침에 그들은 북서쪽으로 계속 걸어 나갔다. 이 방향은 게드가 아니라 아렌이 정한 것이었다. 게드는 말했다.

"우리가 갈 길을 정해 다오, 얘야. 어떤 길이든 나에겐 다 마찬가지란다."

그들은 길을 서두르지 않았다. 목적지가 없기 때문이다. 그들은 오름 엠바르가 뭔가 신호를 보내기를 기다리고 있었다. 그들은 평지에 가까운 언덕 기슭을 따라 걸었고, 거의 항상 바다가 보였다. 짧고 메마른 풀이 언제까지나 바람에 나부끼고 있다. 쓸쓸한 황금빛 산언덕들이 그들의 오른쪽에 솟아오르고, 왼쪽으로는 소금기 있는 늪지와 서쪽 바다가 깔렸다. 그날 하루 종일 자신들 외에는 숨 쉬는 생물을 볼 수가 없었다. 공포에 시달리고 최악의 상황을 기다리는 데 지쳐 버린 느낌이 온종일 아렌의 심중에서 자라났다. 초조감과 둔한 분노가 가슴속에 일었다. 몇 시간이나 침묵하던 끝에 아렌은 말했다.

"이 땅은 죽음의 땅 그대로예요!"

"그런 말 마라."

현자가 날카롭게 말했다. 그는 한동안 성큼성큼 걸어가다가,

얼마큼 간 후에 목소리를 바꿔 말했다.

"이 땅을 보렴. 주위를 둘러봐라. 이건 너의 왕국이란다, 생명의 왕국이야. 이게 네 불멸성이다. 저 산언덕들을 봐라. 언젠가 스러질 언덕들이지. 저것들은 영원히 버티지 못한다. 살아 있는 풀을 위에 인 언덕들이고 물이 흐르는 개울이다……. 온 세상을 두고, 모든 세계들을 통틀어, 광대한 시간 속 그 어디에라도 저 개울들 하나하나와 꼭 같은 개울은 없다. 누구의 눈도 보지 못하는 땅 속에서 차갑게 솟아올라 햇빛과 어둠 속을 흘러 바다로 들어가는 저 물들이 아니냐. 존재의 샘들은 깊단다. 생명보다도, 죽음보다도……."

그는 멈추었다. 하지만 아렌을 쳐다보고 햇살 비치는 언덕을 보는 그의 눈 속엔 형언할 수 없이 크나큰 가슴 저린 애정이 담겨 있었다. 아렌은 그것을 보았고, 그것을 봄으로써 그를 보았다. 처음으로 완전하게, 있는 그대로의 그를 본 것이다.

"제대로 표현할 수가 없구나."

게드가 언짢은 듯 말했다.

하지만 아렌은 분수의 뜰에서 처음 만났던 그 시간을, 분수에서 흐르는 물줄기 곁에 무릎 꿇고 앉았던 그 남자를 생각했다. 그러자 추억 속의 그 물처럼 맑디맑은 기쁨이 가슴속에 차올랐다. 아렌은 동행자를 바라보고 말했다.

"저는 사랑할 만한 것에 제 사랑을 바쳤습니다. 그것이 왕국이자 그치지 않을 샘이 아닌가요?"

"그렇구나. 그래."

온화하게, 그리고 괴로움을 띠고 게드가 말했다.

그들은 말없이 다시 함께 길을 갔다. 하지만 아렌은 이제 동행자의 눈을 통해 세상을 바라보았고, 그러자 침묵에 잠긴 황막한 땅에서 살며시 존재를 드러내고 있는 산 것들의 광휘를 볼수가 있었다. 마치 다른 모든 것을 능가하는 마법의 힘이 보게해 주기라도 한 양, 바람에 고개 숙이는 풀잎 한 가닥 한 가닥마다 그림자마다 돌멩이마다 그 광휘가 깃들어 있었다. 돌아오지못할 항해를 떠나기 전 마지막으로 소중한 장소에 선 사람이 그렇게 그 모든 것을 바라보리라. 진실로, 사랑스럽게 바라보는것이다. 전에 본 적이 없는 것처럼, 다시는 보지 못할 것처럼…….

저녁이 되어 가자 서쪽에서 빽빽이 고랑 진 구름 떼가 일어났다. 바다로부터 거센 바람에 실려 온 구름 무리는 태양을 가린 채 불길처럼 타올랐다. 지던 해가 구름에 빨갛게 얼비쳤다. 그 붉은 빛 속에 산개울 흐르는 골짜기에서 불 피울 잔가지를모으던 아렌은 문득 눈길을 들고 열 걸음도 채 떨어지지 않은곳에 한 남자가 서 있는 것을 보았다. 남자의 얼굴은 흐리멍덩하니 낯선 느낌이었지만 아렌은 그가 누구인지 알았다. 로바네리의 염색업자, 죽은 소플리였다.

소플리 뒤로 다른 자들이 서 있었다. 모두 서글픈 낯으로 물끄러미 바라보고 있었다. 뭐라고 말하고 있는 것 같았지만 아렌은 그들의 말을 들을 수가 없었다. 그저 서풍에 날려 사라진 속삭임 비슷한 것뿐……. 그들 중 몇이 천천히 가까이 다가왔다.

아렌은 서서 그들을 쳐다보다가 다시 소플리를 보았다. 그러곤 그들에게 등을 돌리고, 몸을 굽혀서, 떨리는 손으로나마 땔나무용 잔가지를 한 개 더 집었다. 그것을 모은 나무에 합친 다음 한 개를 더 집고, 다시 하나를 더 집었다. 그러고 나서 그는 등을 펴고 돌아보았다. 골짜기 안에는 아무도 없고 붉은 빛만이 풀 위에 타올랐다. 아렌은 게드에게 돌아와 모은 땔감을 내려놓았다. 자신이 본 것에 관해서는 아무 말 하지 않았다.

그날 밤 내내 산 목숨 하나 없이 텅 빈 그 땅의 안개 낀 어둠 속에서 아렌은 문득문득 선잠을 깨어 주위에서 속삭이는 죽은 자들 영혼의 소리들을 들었다. 그러면 그는 마음을 가다듬고 거기 귀 기울이지 않은 채 다시 잠을 잤다.

그도 게드도 늦게 일어났다. 태양은 벌써 산언덕들 위로 손바닥 폭만큼 솟아올라 마침내 짙은 안개를 떨치고 나와서 추운 땅을 밝혔다. 그들이 보잘것없는 아침을 들고 있을 때 용이 왔다. 용은 머리 위 공중을 맴돌았다. 입에서 불길이 뿜어 나오고 붉은 코로부터 연기와 불똥이 흩날렸으며, 그의 이는 그 무시무시한 빛 속에 상아제 칼날들처럼 번득였다. 하지만 게드가 그의 언어로 소리 높여 인사했는데도 그는 아무 말을 하지 않았다.

"그를 찾아내셨소, 오름 엠바르?"

용은 머리를 뒤로 빼고 몸을 이상하게 휘며 날카로운 갈고리 발톱으로 바람을 할퀴었다. 그러더니 그들을 돌아보며 빠르게 서쪽으로 날아가 버렸다.

게드는 지팡이를 움켜쥐고 땅을 쳤다.

"말을 못하는구나. 그가 말을 못해! 창조의 언어를 빼앗겨 버린 채 뱀처럼, 혀 없는 벌레처럼 되어 버렸어. 그의 지혜는 무디어졌고! 그래도 그는 인도할 수 있지. 그리고 우리는 따라갈 수 있다!"

가벼운 꾸러미를 휙 채어올려 걸머지고, 그들은 언덕을 가로질러 서쪽으로, 오름 엠바르가 날아간 방향으로 걸어 나갔다.

그들은 30리가 넘도록 신속하고 견실한 처음 걸음걸이를 늦추지 않고 나아갔다. 이제 바다가 양쪽으로 깔리고, 그들은 길게 내리막을 그린 등성이 길을 걸어갔다. 길은 마른 갈대밭과 굽이굽은 개울가를 지나서 마침내 상아 같은 빛깔을 띠고 쑥 뻗쳐 나간 굽은 모래사장에 이르렀다. 이곳이 모든 땅 가운데 가장 서쪽인 곳이며 육지의 말단이었다.

오름 엠바르가 그 상앗빛 모래 위에 웅크리고 있었다. 성난 고양이처럼 머리를 낮게 드리운 채 불 숨을 몰아쉬고 있다. 그 앞으로 얼마큼 거리를 두고, 길고 잔잔한 바다의 파도와 용 사이에 움막인지 은신처 같은 것이 서 있었다. 오래도록 바다 위를 떠돌며 색이 바랜 유목으로 지은 것처럼 허여스름했다. 하지만 다른 어떤 땅도 바라보고 있지 않은 이 해안에 유목이란 없다. 가까이 다가감에 따라 아렌은 곧 무너질 듯한 그 벽들이 커다란 뼈로 지어졌음을 알았다. 처음엔 고래 뼈라고 생각했지만, 곧 희고 칼날처럼 날카로운 세모꼴들을 보고는 그것이 용의 뼈인 줄을 알았다.

그들은 거기에 도달했다. 뼈 틈으로 바다에 비친 햇살이 반짝였다. 사람 키보다 더 긴 대퇴골이 문의 상인방 구실을 하고 있는데, 그 위에 인간의 두개골 하나가 놓여 움푹 팬 눈구멍으로 셸리더의 언덕들을 응시했다.

그들은 멈춰 섰다. 머리뼈를 올려다보고 있을 때 그 아래 문으로 한 남자가 나왔다. 금을 입힌 고대풍의 청동 갑옷을 입었는데, 그 갑옷은 도끼로 강타당한 것처럼 쫙 갈라져 있고 그가 찬 보석 박힌 칼집은 비어 있었다. 곡선을 그리고 솟은 검은 눈썹과 좁은 콧날을 가진 그 얼굴은 엄숙했다. 눈빛은 어둡고, 예리하고, 비탄에 잠긴 듯했다. 팔과 목과 옆구리에 여러 군데 상처가 나 있었다. 더 이상 피가 흐르고 있지는 않지만 그것들은 치명적인 상처였다. 그 사람은 꼿꼿이 몸을 펴고 가만히 서서 그들을 바라보았다.

게드가 그 사람 쪽으로 한 걸음 나갔다. 그렇게 얼굴을 맞대니 그들은 어딘가 닮아 보였다.

"당신은 에레삭베시군요."

게드가 말했다. 상대방은 가만히 그를 쳐다보면서 한 번 고개를 끄덕했지만 말은 하지 않았다.

"당신조차, 당신조차도 그자가 시키는 대로 해야 하다니."

게드의 목소리에 분노가 일었다.

"오, 군주시여, 우리들 중 가장 빼어나고 용맹하신 분이시여, 당신의 영예와 죽음 속에 안식하소서!"

말하면서 양손을 쳐들었던 게드는 큰 동작으로 손을 내리며 수많은 사자(死者)들을 향하여 읊었던 그 말을 되풀이했다. 그의 손이 지나가는 대로 널찍한 빛 흔적이 생겨 잠시 허공에 남았다. 그 흔적이 사라지자 갑옷 입은 남자도 사라지고, 그가 서 있던 모래 위에는 햇빛만이 반짝거렸다.

게드는 뼈로 된 집을 지팡이로 쳤다. 그러자 그것은 무너져 내리며 사라져 버렸다. 모래 위로 비어져 나온 커다란 갈비뼈 한 대 말고는 아무것도 남지 않았다.

게드는 오름 엠바르에게 돌아섰다.

"여기요, 오름 엠바르? 여기가 그 장소요?"

용은 입을 열어 크게 숨막힌 쉬익 소리를 내었다.

"이곳, 세상의 맨 끄트머리 바닷가에서! 그것 좋군요."

그러면서 검은 주목 지팡이를 왼손에 든 채로 게드는 팔을 벌려 소환하는 몸짓을 하고, 말을 했다. 그는 창조의 언어로 말했으나 아렌은 마침내 그 말을 이해했다. 그 소환하는 말은 들은 이들 모두 다를 이해시키고야 말 듯했다. 거기엔 모든 것을 정복할 힘이 있었다.

"이제 내가 너를 이리로 소환하노라, 나의 적이여, 내 눈 앞에 육체를 입고서 나타나도록, 시간의 끝이 이를 때까지 말해지지 않을 말로써 너를 묶노니, 오라!"

하지만 소환당하는 자의 이름이 들어가야 할 곳에서 게드는 그저 '나의 적'이라고만 말했다.

침묵이 뒤따랐다. 바다의 소리가 희미해진 것 같았다. 태양은 맑은 하늘에 높이 떠 있었는데도, 아렌은 그 빛이 흐려지고 어두워진 것처럼 느꼈다. 어둠이 바닷가를 덮어 왔다. 흡사 그을린 유리를 통해 보는 것 같았다. 게드의 정면 앞쪽이 몹시도 어두워졌다. 거기 무엇이 있는지 보기란 힘들었다. 마치 거기에는 정말로 그 무엇도 없는 것처럼, 빛이 비추어 낼 수 있는 것이 아무것도 없는 것처럼 불명확했다.

거기에서 느닷없이 한 남자가 나왔다. 모래언덕 위에서 보았던 그 남자였다. 머리가 검고 팔이 길며 훤칠하게 키가 큰 남자다. 그자는 이제 길고 가는 지팡이인지 강철 칼 같은 것을 들고 있었다. 거기엔 길이대로 온통 룬이 새겨져 있는데, 게드와 마주서자 그자는 이것을 게드 쪽으로 기울였다. 하지만 그자의 눈에는 뭔가 이상한 점이 있었다. 꼭 햇빛에 눈이 부셔 제대로 볼 수 없기라도 한 것 같았다.

"내가 왔다."

그자가 말했다.

"내가 결정해서, 나의 방식으로 왔노라. 넌 나를 소환할 수 없다, 대현자. 나는 그림자가 아니야. 나는 살아 있다. 나만이 살아 있다! 너는 네가 살아 있다고 생각하겠지만, 넌 죽어 가는 중이야. 죽어 가고 있다고. 내가 손에 쥔 이게 뭔지 아나? 이건 회색 현자의 지팡이다. 네레거를 침묵시킨 이이며 내 기술의 스승이었지. 하지만 이제는 내가 스승이다. 그리고 너와는 놀 만큼 놀았다."

그렇게 말하며 그자는 돌연 그 강철 칼날을 내뻗어 게드를 건드리려 했다. 게드는 움직일 수도 말할 수도 없는 듯이 서 있었다. 아렌은 한 발짝 뒤에 서 있었으나, 온 의지를 다하여 움직이려 해도 꿈틀도 할 수 없었다. 손을 칼자루에 올릴 수조차 없었고, 목소리는 목구멍 속에 탁 막혀 버렸다.

그러나 게드와 아렌의 머리 위로 크고도 격렬한 움직임이 그들을 훌쩍 뛰어넘었다. 용의 거대한 몸뚱이가 몸부림치며 뛰어올라 온 힘을 다해 상대방을 덮쳤다. 그리하여 마법이 깃든 강철 칼날이 철갑 두른 용의 가슴을 그 길이가 다하도록 깊숙이 파고들었다. 하지만 그 남자는 용의 무게에 눌려 찌부러지며 불길에 탔다.

모래에서 다시 몸을 일으키면서, 오름 엠바르는 등을 활처럼 구부리고 박쥐 같은 날개를 쳤다. 그는 엉긴 불덩어리를 토하며 울부짖었다. 그는 날려고 했지만 날지 못했다. 차디차고 사악한 금속이 그의 심장에 박혀 있었다. 오름 엠바르는 몸을 웅크렸고, 시커먼 독피가 그의 입에서 주르르 흘러나오며, 콧구멍 속에 담긴 불길이 사그라 들어 재 구덩이처럼 되었다. 그는 거대한 머리를 모래 위에 떨어뜨렸다.

그렇게 오름 엠바르는 그의 조상 오름이 죽은 곳, 모래에 묻힌 오름의 뼈 위에서 숨을 거뒀다.

하지만 오름이 적을 땅에 내팽개친 그 자리에는 추하게 쭈그러든 물체가 놓여 있었다. 마치 제 거미줄 위에서 말라 비틀어진 큰 거미의 시체 같은 것이었다. 용의 숨결에 그슬리고 발톱이 난 발에 짓이겨졌지만, 아렌이 지금 보듯이 그것은 움직였다. 움직여 기어서 용으로부터 조금 떨어졌다.

그 얼굴이 그들을 향해 쳐들렸다. 거기엔 호감 가는 구석이라곤 남지 않았고 오직 황폐함만이, 노쇠만이 있었다. 늙은 것 이상으로 살아 버린 얼굴이다. 입은 메말라 쪼그라들고 눈구멍은 텅 비었는데, 벌써 오래전에 텅 비었던 터였다. 게드와 아렌은 결국 그렇게 적의 실제 얼굴을 보았다.

그 얼굴이 방향을 돌렸다. 불에 타 시커메진 팔을 내뻗자 그 속으로 어둠이 엉겨 들었다. 부풀어 올라 태양 빛을 흐려 놓았던 바로 그 어둠이다. '파괴자'의 팔 사이는 비록 가두리가 없고 흐릿하기는 했지만 마치 무슨 문이나 입구 같았다. 그 문 너머엔 희끄무레한 모래도 바다도 없이, 길고 어둑어둑한 비탈길이 암흑 속으로 떨어지고 있을 뿐이었다.

그리로, 우그러진 형체가 기어갔다. 어둠 속으로 들어서는 순간 그것은 갑자기 일어서서 재빠르게 움직이는 것 같았다. 그러곤 그 모습은 없어져 버렸다.

"가자, 레반넨."

게드가 말하며 오른손을 소년의 팔에 얹었다. 그들은 메마른 땅으로 들어갔다.

메마른 땅

현자의 손에 들린 주목 지팡이가 어스름 속에서 빛을 발하며
은빛 광채로 어둠을 밀어 내렸다. 또 다른 가냘픈 빛이 움직인
것이 아렌의 눈에 잡혔다. 자기가 손에 빼 들고 있던 검의 날을
타고 흐른 반사광이다. 용의 행동과 그 죽음이 얽매고 있던 주
문을 깨뜨림에 따라 아렌은 그곳 셀리더의 바닷가에서 검을 뽑
았더랬다. 그리고 이곳, 그가 그저 그림자로만 존재하는 여기에
서도 그는 살아 있는 그림자로서 자기 검의 그림자를 지니고 있
었다.

어디에도 다른 빛은 없었다. 구름장 아래에서 맞는 11월 말
의 늦은 황혼 녘 같았다. 어둠침침하고, 춥고, 대기는 둔하게 가

라앉아 있어서 보면 볼 수는 있어도 뚜렷하게나 멀리까지는 보이지 않았다. 아렌은 이 장소를 알았다. 희망 없는 꿈 속에서 보았던 불모의 황야다. 그러나 아렌은 꿈에서 와 본 것보다 더 깊이, 몹시 깊이 들어와 있다고 느꼈다. 뭐가 다른지 짚어 낼 수는 없었다. 오직 아렌 자신과 그의 동료가 언덕 비탈에 서 있고 앞에 나지막한 돌담이 있을 뿐이다. 돌담의 높이는 사람 무릎에도 차지 않았다.

게드는 여전히 아렌의 팔에 오른손을 짚어 두고 있었다. 그가 이제 앞으로 움직였고 아렌은 그와 함께 갔다. 그들은 돌담을 넘었다.

형체 없이 막막한 긴 비탈이 발 앞에 흘러내려 암흑 속으로 가라앉아 갔다.

하지만 머리 위, 아렌이 무겁게 에워 덮인 구름장을 보게 될 줄만 알았던 하늘은 새까맸고 거기 별들이 있었다. 아렌은 별을 쳐다보았다. 그러자 심장이 차갑고 조그맣게 오그라드는 느낌이었다. 그것들은 한번도 본 적이 없는 별들이었다. 전혀 움직이지 않고, 빛을 발하며 아물거리지도 않았다. 그것들은 뜨거나 지지 않는 별들이며, 어떤 구름도 가리지 못하고 어떤 일출도 지우지 못하는 별들이었다. 메마른 땅 위에 붙박인 채 조그맣게 빛나고 있다.

게드는 존재의 언덕 건너편 비탈을 걸어 내려가기 시작했다.

한 걸음 한 걸음 아렌도 그와 함께 갔다. 가슴속에는 두려움이 있었지만 아렌의 마음이 너무도 확고했고 그의 의지가 그토록 올곧았기에 공포는 아렌을 지배하지 못했다. 심지어 스스로는 공포를 뚜렷이 느끼지도 못할 정도였다. 공포는 사슬에 묶여 방에 갇힌 짐승처럼 가슴속 깊은 곳에서 낑낑거릴 따름이었다.

언덕 비탈을 한참이나 걸어 내려온 것처럼 느껴지지만 어쩌면 그리 길지 않았을지도 모른다. 왜냐하면 거기에는 시간의 흐름이 없었기 때문이다. 바람이 불지 않으며 별들이 움직이지 않는 곳이었다. 그들은 거기 있는 도시들 중 한 곳의 거리로 들어섰다. 아렌은 불이 켜진 적 없는 창들을 보았고, 그중 어떤 집들에서는 고요한 얼굴과 텅 빈 손으로 서 있는 이들을 보았다. 죽은 자들이다.

장터는 속속들이 텅 빈 채였다. 거기에서는 사는 일도 파는 일도 없으며, 벌지도 않고 쓰지도 않았다. 아무것도 사용되지 않고, 아무것도 만들어지지 않는다. 게드와 아렌만이 좁다란 거리를 지나갔다. 다른 길과 엇갈리는 모퉁이에서 몇 번인가 어떤 형체를 보긴 했지만 먼 데다가 어스름 속이라 좀처럼 제대로 볼 수가 없었다. 이들을 처음 보고서 아렌은 흠칫하여 칼 끝을 쳐들었지만, 게드는 고개를 젓고 가던 길을 갔다. 그런 뒤에야 아렌은 그 모습이 자신들로부터 도망치는 게 아니라 그냥 천천히 움직이고 있는 어떤 여자임을 알았다.

315

그들이 본 이들은 모두가 가만히 서 있든가 아무 목적 없이 느릿느릿 움직이고 있었다.(많지는 않았다, 죽은 자들은 많았지만 땅이 넓었으므로.) 자기가 죽은 장소의 날빛 속으로 소환되어 나왔던 에레삭베의 환영처럼 상처를 지니고 있는 이는 아무도 없었다. 병든 것 같은 사람도 눈에 띄지 않았다. 그들은 온전했고 모든 병이 나았다. 고통이 치유되었으며, 삶이 치유된 것이다. 그들은 아렌이 예측하고 겁냈던 것처럼 혐오스럽지 않았고 생각했던 것처럼 소름 끼치지도 않았다. 분노와 욕망으로부터 해방된 그들의 얼굴은 고요하였다. 그리고 그들의 그늘진 눈에는 어떤 희망도 없었다.

이윽고 공포 대신에 크나큰 연민이 아렌의 가슴속에 치받쳤다. 그리고 만약 그 밑에 두려움이 깔려 있었다면, 그것은 자기 자신 때문만이 아니라 모든 사람들로 인한 것이었다. 왜냐하면 그는 함께 죽은 어머니와 아이를 보고 그들이 어두운 땅에 함께 있는 것을 보았기 때문이다. 하지만 아이는 뛰고 달리지 않고 울지도 않았고, 어머니는 아이를 안지도 않고 쳐다보지도 않았다. 사랑 때문에 죽은 애인들이 거리에서 서로 스쳐 지나갔다.

옹기장이의 녹로는 돌지 않고, 베틀에는 실이 걸려 있지 않고, 화덕은 차디찼다. 어떤 목소리도 노래 부르지 않았다.

어두운 집들 사이로 컴컴한 거리가 계속계속 이어지고 게드와 아렌은 그 길들을 지나갔다. 소리라고는 그들의 발소리가 유일했다. 싸늘했다. 아렌은 처음에는 추운 줄 몰랐지만 점차 냉기가 그의 영혼을 파고들었다. 여기에서는 영혼도 육체였다. 몹시 지친 느낌이 들었다. 정말이지 멀리 온 것 같다. 왜 계속 가야 하지? 아렌은 생각했다. 그러자 발걸음이 조금 처졌다.

게드가 갑자기 걸음을 멈췄다. 그는 몸을 돌려 길이 엇갈리는 데에 서 있던 남자를 마주했다. 홀쭉하고 키가 큰 사람인데, 아렌은 그 얼굴을 본 적이 있는 것 같았다. 어디서였는지는 기억할 수 없지만…….

게드가 그에게 말을 했다. 돌담을 넘어온 후로 다른 어떤 목소리도 침묵을 깬 일이 없었다.

"아, 소리온, 나의 벗이여! 어떻게 당신이 여기 있소!"

그러면서 게드는 로크의 소환사에게 두 손을 뻗었다.

소리온은 대답하는 몸짓을 하지 않았다. 그는 가만히 서 있었고 얼굴에도 변화가 없었다. 하지만 게드의 지팡이에 어린 은빛 광채는 소리온의 그늘 드리운 눈을 깊이 찌르며 거기 작은 빛을 일깨웠다.(아니면 거기 있던 빛과 만났거나.) 게드는 소리온이 마주 내밀지 않은 손을 덥석 잡고 다시 말했다.

"여기서 뭘 하시오, 소리온? 당신은 이 왕국의 일원이 아니오, 아직은. 돌아가시오!"

"나는 죽어 가지 않는 자를 뒤쫓아 왔어요. 그리고 길을 잃었습니다."

소환사의 음성은 약하고 둔해서 잠결에 중얼거리는 사람 같
았다.

"위로 가요. 담을 향해 가시오."

게드가 말하며 그와 아렌이 걸어온 길, 길고 어두운 비탈길을
가리켰다. 그러자 소리온의 얼굴에 경련이 일었다. 마치 얼마간
의 희망이 칼처럼 견딜 수 없이 그를 찔러 든 것 같았다.

"나는 길을 찾을 수가 없습니다. 대현자여, 길을 찾을 수가 없
어요."

"찾게 될 거요."

게드가 말하고 소리온을 껴안았다. 그러곤 계속 전진했다. 소
리온은 등 뒤의 갈림길에 움직이지 않고 서 있었다.

계속 걸어감에 따라 아렌은 시간을 잃어버린 이 어스름 속에
는 사실 앞도 뒤도 동쪽도 서쪽도 없고 갈 수 있는 길이 아예 없
다는 생각이 들었다. 나갈 길이 있을까? 아렌은 언덕을 내려왔
던 것을 생각했다. 지금까지 계속 내리막을 걸어왔다, 어떻게
길을 꺾든 간에 계속. 그리고 지금 이 암흑의 도시에서도 거리
는 밑으로만 기울어 있었다. 그러니 돌담으로 돌아가려면 그저
오르막길을 가기만 하면 될 것이다. 그러면 등성이에 올라 담장
을 찾을 수 있을 터였다. 하지만 그들은 돌아서지 않았다. 어깨
를 나란히하고 계속 전진할 뿐이었다. 아렌이 게드를 따라가는
가? 아니면 오히려 그를 이끌고 가는 것일까?

그들은 도시를 벗어났다. 무수한 사자들의 나라 교외 지역은 휑하니 비어 있었다. 나무도 가시 덤불도 없고 풀잎 한 장 나지 않은 돌투성이 땅이 지지 않는 별들 아래 놓여 있을 뿐이었다.

지평선도 없었다. 어둠침침해서 그렇게 멀리까지 볼 수가 없었기 때문이다. 하지만 앞쪽 하늘에는 땅으로부터 상당한 폭에 걸쳐 그 작은 부동의 별들이 보이지 않았다. 이 별 없는 공간은 끝이 들쭉날쭉하고 비스듬히 경사 진 것이 꼭 산맥 같았다. 그리고 앞으로 나아감에 따라 그 윤곽이 좀 더 분명해졌다. 높은 산봉우리들, 바람에도 비에도 씻겨 본 적 없는 봉우리들이다. 별빛에 희게 빛날 눈조차 얹혀 있지 않아, 봉우리들은 검었다. 그 광경을 보자 아렌은 심장에 황폐감이 사무쳤다. 그는 거기서 눈길을 돌렸다. 하지만 아렌은 그 산들을 알고 있었다. 알아볼 수가 있었다. 눈이 그쪽으로 끌리듯 돌아가곤 했다.

그 봉우리들을 쳐다볼 때마다 매번 가슴에 써늘한 중압감이 왔고 금방이라도 정신의 평정을 잃을 것만 같았다. 그래도 아렌은 계속 걸었다. 계속 아래로. 지면이 산맥 기슭을 향하여 암암히 기울어져 내려가고 있었던 것이다. 마침내 아렌이 말했다.

"대현자님, 저건 무슨……."

말을 이을 수가 없었기에 그는 산맥을 가리켰다. 목구멍이 말랐다.

"빛의 세상을 가른 경계선이다."

게드가 대답했다.

"돌담과 똑같은 거란다. 저 산들은 '고통' 이외엔 다른 이름을 갖지 않는다. 저기를 건너지르는 길이 있지. 죽은 자들은 갈 수 없는 길이다. 멀지는 않아. 하지만 험난한 길이다."

"목이 말라요."

아렌이 말하자 동행자가 대답했다.

"여기서는 먼지를 마신단다."

그들은 계속 나아갔다.

아렌은 게드가 걷는 품이 조금 느려진 것 같다고 생각했다. 그는 어쩐지 머뭇거리는 것 같았다. 아렌 자신은 더 이상 머뭇거릴 것이 없었다. 비록 내면의 피로는 그칠 줄 모르고 커져 갔지만……. 내리막길을 가야 했다, 계속 가야만 했다. 그들은 계속 갔다.

몇 번인가 또 다른 죽은 자들의 마을을 지나쳤다. 시커멓게 각진 지붕이 영영토록 저 위 같은 위치에 붙박여 있는 별들을 가리곤 했다. 마을들을 지나치자 다시 빈 땅이 나왔다. 아무것도 자라지 않는 땅이다. 마을은 일단 그곳을 벗어나 밖으로 나오면 바로 어둠 속에 묻혀 보이지 않게 되었다. 아무것도 볼 수가 없었다. 앞으로든 뒤로든, 점점 가까워지며 그들 머리 위로 탑처럼 솟아오르는 산들 말고는 아무것도……. 오른쪽으로는 윤곽을 분별할 수 없는 비탈이 지금껏 줄곧 그래 온 대로 아득

히 경사져 내려간다. 얼마 동안이나 그랬던가? 돌담을 넘어온
때부터인데…….

"저쪽으로는 뭐가 있나요?"

아렌이 웅얼거리듯 게드에게 말을 붙였다. 몹시도 말소리가
듣고 싶었던 것이다. 하지만 현자는 머리를 저었다.

"모르겠구나. 아마도 끝이 없는 길이겠지."

그들이 가는 방향으로는 경사가 점점 덜해 가는 것 같았다.
발밑의 땅은 화산 지대처럼 울퉁불퉁 몹시 거칠었다. 그래도 그
들은 전진했고, 이제 아렌은 다시 돌아간다든가 어떻게 돌아갈
것인가에 관해서는 아예 생각도 하지 않았다. 몹시 맥이 빠져
있었지만 멈춰 설 생각도 전혀 하지 않았다. 한 번, 가슴속에 도
사린 피로와 공포와 답답한 어둠을 좀 덜어 보려고 집 생각을
했다. 하지만 햇빛이 어떠했는지, 어머니 얼굴이 어떻게 생겼던
지도 기억할 수가 없었다. 계속 가는 것밖에 할 수 있는 일이 없
었다. 그래서 그는 전진했다.

아렌은 발아래 땅이 평평해진 것을 감지했다. 옆에서 게드가
머뭇거렸다. 그래서 그도 멈춰 섰다. 기나긴 내리막길은 끝이
났다. 여기가 끝이었다. 더 갈 길은 없었고 갈 필요도 없었다.

고통의 산맥 바로 아래의 골짜기였다. 발밑은 암석이고 주위
엔 광산 찌꺼기처럼 거친 커다란 돌덩이들이 널려 있었다. 마치
예전엔 물이 흘렀던 마른 강바닥이거나 아니면 검고 무정한 봉

우리들을 삐죽삐죽 솟구고 있는 화산들로부터 흘러내려 지금은
식은 지 오래인 불 강의 흔적인 듯싶었다.

아렌은 어둠 속 그 좁은 골짜기에 가만히 서 있었다. 게드도
옆에 서서 움직이지 않았다. 그들은 목적을 갖지 못한 죽은 자
들처럼 아무것도 특별히 처다보지 않으면서 말없이 서 있었다.
조금쯤은 두려웠지만 심하지는 않았다. 아렌은 생각했다.

'우린 너무 멀리 왔어.'

하지만 별 상관 없는 일 같았다.

그의 생각을 게드가 말로 옮겼다.

"돌아가기엔 너무 멀리 와 버렸구나."

그의 목소리는 약했지만, 주위를 에워싼 광막하고 음울한 공
허도 그 속에 깃든 울림을 완전히 딮어 누르지는 못했다. 그 소
리에 아렌은 조금 정신을 차렸다. 여기 온 건 누군가를 찾으러
온 게 아니었던가?

어둠 속에서 한 목소리가 들렸다.

"너희는 너무 멀리 왔다."

아렌은 그에 대답하여 이렇게 말했다.

"멀리 와야만 했기 때문이지."

"너희는 '메마른 강'에 다다랐다. 돌담으로는 돌아갈 수 없
어. 삶으로 돌아갈 수 없다고."

"그쪽으로 안 간다."

게드가 어둠 속을 보고 말했다. 바로 옆에 서 있었는데도 아렌에겐 게드의 모습이 거의 보이지 않았다. 산맥에 아주 바짝 붙어 서 있어서 별빛이 절반이나 가린 탓이다. 메마른 강줄기는 아예 어둠 그 자체였다.

"우리는 당신의 길을 알아낼 거야."

아무 대답이 없었다.

"여기서 우린 대등하게 만난다, 거미. 당신 눈이 멀었다 하더라도 우리 또한 어둠 속에 있으니까."

대답이 없었다.

"우리는 여기서 당신을 해칠 수 없어. 우린 당신을 죽일 수 없지. 뭘 두려워하나?"

"나에게 두려움은 없다."

어둠 속의 목소리가 말했다. 그러더니 서서히, 가끔씩 게드의 지팡이에 어렸던 빛처럼 희미한 빛을 내며 그자의 모습이 드러났다. 게드와 아렌으로부터 상류 쪽으로 조금 거리를 두고 흐릿하게 붉어진 큰 바윗덩이들 사이에 서 있었다. 키가 크고 어깨가 넓고 팔이 긴 것은 모래언덕에서나 셀리더의 해안에서 나타났을 때와 같았지만 지금은 더 나이 든 모습이었다. 높은 이마선 위에 허연 머리카락이 빽빽이 엉겨 있었다. 그자는 그렇게 죽은 자들의 왕국에서 영혼으로 모습을 드러냈다. 용의 불길에 타 버렸거나 불구가 된 모습은 아니었지만, 완전하지는 못했다.

두 눈구멍이 텅 빈 채였다.

"나에게 두려움은 없어. 죽은 자가 두려워할 게 무엇이겠나?"

그가 말하고 웃었다. 산 아래 그 좁은 돌투성이 골짜기에 울리는 웃음소리가 어찌나 가짜 같고 섬뜩한지 아렌은 한순간 호흡이 흐트러졌다. 하지만 그는 검을 단단히 붙잡고 그의 말을 들었다.

게드가 대답했다.

"죽은 자가 두려워할 일이 무엇인지 나는 모른다. 물론 죽음은 아니겠지? 그런데 당신은 그걸 겁내고 있는 것처럼 보이는군. 그로부터 도망칠 길을 찾아 놓았으면서도."

"찾았고말고. 난 살아 있다. 내 몸은 살아 있어."

"그렇게 잘 살아 있진 못한걸."

현자가 메마른 어조로 말했다.

"환영으로 나이는 감출 수가 있겠지. 하지만 오름 엠바르는 그 육체에 관대하지 않았군."

"내가 고칠 수 있어. 난 치유와 젊음의 비밀을 안다. 그저 환영이 아니라고. 날 뭘로 아는 거냐? 네가 대현자라고 불린다 해서 나를 동네 마술사 정도로 알았나? 모든 현자들 중 나 혼자만이 불멸의 길을 찾아냈다. 다른 그 누구도 찾아내지 못한 길을!"

"아마 우린 그걸 찾으려 들지 않았던 듯한데."

"너흰 찾으려 했어. 너희 모두 다. 찾으려 했지만 못 찾았지.

그래서 받아들임이니 균형이니 삶과 죽음의 평형이니 하는 현명한 말들을 지어냈지. 하지만 그것들은 말에 지나지 않아. 너희들의 실패를 무마하려는, 죽음에 대한 두려움을 감추려는 거짓말들이라고! 어떤 인간이 영영 살고자 하지 않겠나, 할 수만 있다면? 그리고 난 할 수 있다. 난 불멸이야. 난 너희가 할 수 없었던 일을 했고, 그렇기에 내가 너희 스승이다. 너도 그걸 알지. 내가 어떻게 그 일을 해냈는지 들어 보겠나, 대현자?"

"그래 볼까."

거미가 한 걸음 더 가까이 왔다. 아렌은 한 가지 사실을 알아챘다. 그 사내에게 눈은 없었지만, 행동을 보면 완전히 눈먼 것 같지는 않았다. 그는 게드와 아렌이 어디에 서 있는지 정확하게 알고 있고, 비록 아렌 쪽으로는 한번도 머리를 돌리지 않았지만 둘을 다 의식하고 있는 것 같았다. 아마 마법적인 제2의 시각을 가지고 있는 모양이었다. 그가 보낸 전언인지 허상인지가 듣고 볼 수 있었던 것처럼 말이다. 진정한 시각은 아닐지라도 뭔가가 그에게 감각을 전달하고 있었다.

그자가 게드를 보고 말했다.

"나는 팰른에 갔지. 네가 잘난 척을 하면서 날 꺾어 누르고 본때를 보여 줬다고 생각했던 그 후에 말이야. 암, 넌 뭔가를 보여 줬지. 보여 줬고말고. 하지만 네가 가르쳐 주려고 했던 것과는 다른 것이었어! 거기서 난 혼자 다짐했지. '난 이제 죽음을 보았다. 난 죽음을 받아들이지 않을 거야. 온 어리석은 자연이 어리석은 길을 따라가라지! 하지만 나는 인간이다. 자연보다 우월하다. 자연보다 위에 있다. 나는 그 길을 가지 않을 것이다. 내 존재를 포기하지 않을 것이다!' 그렇게 결심하고서 나는 다시 펠른 전승을 붙잡았지만, 거기엔 내게 필요했던 것은 없고 그저 실마리와 지엽적인 지식들뿐이었어. 그래서 내가 그걸 새롭게 짜고 새로 만들어 냈지. 내가 주문을 만들었어, 지금까지 만들어진 중 가장 위대한 주문을 만들었다고! 가장 위대한, 최후의 주문이지!"

"그 주문을 실행시키던 중 당신은 죽었군."

"그래! 난 죽었어. 나는 죽을 용기가 있었지. 너희 겁쟁이들이 결코 찾지 못할 길을 찾기 위해서 말이야. 바로 죽음으로부터 돌아올 길이다! 나는 시간이 시작된 이래 닫혀 있던 문을 열었다. 그래서 이제 나는 마음대로 이곳에 왔다가 산 것들의 세상으로 돌아갈 수 있어. 나만이, 온 인류 중에서 오직 나 혼자만이 두 나라의 왕이다. 그리고 내가 연 문은 여기에 열려 있을 뿐만 아니라 살아 있는 자들의 마음속에, 그들의 존재 속 깊은 곳 알려지지 않은 장소에, 우리 모두가 어둠 속에 홀로인 그곳에 열려 있는 것이다. 그들은 알고 있지. 그들은 나에게 온다. 그리고 죽은 자들도 나에게 와야만 해, 모조리 다. 왜냐하면 나는 산 자의 마법을 잃어버리지 않았으니까. 내가 시키면 그들은 돌담을 기어 넘어야만 해. 어떤 영혼이든, 군주든 현자든 콧대 높은 여자든 다 마찬가지야. 내 명령에 삶과 죽음을 왔다 갔다 하는 거야. 모두가 내게 와야만 한다, 산 자든 죽은 자든! 나는 죽었으며 산 자다."

"그들이 어디서 당신을 찾나, 거미? 당신이 있는 곳은 어디인가?"

"세계와 세계 사이지."

"하지만 그건 삶도 죽음도 아니야. 삶이란 뭔가, 거미?"

"힘이다."

"사랑이 뭐지?"

"힘이야."

눈먼 사내는 어깨를 움츠려 올리며 무겁게 같은 대답을 되풀이했다.

"빛이 무엇인가?"

"어둠이다!"

"당신 이름은 뭐지?"

"내겐 이름이 없다."

"이 땅에 있는 것은 모두 진정한 이름을 띠고 있다."

"그럼 네 이름을 말해 보시지!"

"나는 게드라고 이름 지어졌다. 당신 이름은?"

눈먼 사내가 머뭇거리다 말했다.

"거미."

"그건 그냥 쓰는 이름이었지 당신 이름이 아니야. 당신 이름은 어디 있나? 당신의 진실은 뭔가? 당신이 죽었을 때 팰른에 남겨 둔 게 아닌가? 당신은 잊어버린 것이 많군, 두 세계의 군주여! 당신은 빛을 잊었고, 사랑을 잊었고, 당신 이름마저도 잊었어."

"난 이제 네 이름을 알았고 널 지배할 힘을 가졌어, 대현자 게드! ……생전에 대현자였던 게드 나리!"

"내 이름은 당신에게 아무 소용이 없어. 당신은 나를 지배할 힘을 전혀 갖지 못해. 나는 살아 있는 사람이다. 내 몸은 셀리더의 바닷가에 누워 있지. 태양 아래, 순환하는 땅 위에. 그리고 그 몸이 죽을 때에 나는 여기 있게 될 거야. 그러나 이름으로만, 그저 이름으로만, 그림자로만 있는 거지. 이해하겠나? 죽은 이들 가운데서 그토록 많은 그림자들을 불리올린 당신이, 그 모든 스러진 자들의 무리를 소환하고 경애하는 에레삭베마저 소환해 낸 당신이, 우리들 중 가장 현명하다는 당신이 정말 모른단 말인가? 당신은 그분이, 그분조차도, 그저 그림자이며 이름에 지나지 않는다는 걸 깨닫지 못했나? 그분의 죽음은 삶을 낮추지 않았으며 그분 자신을 손상시키지도 않았어. 그분은 거기 계시지……, 여기가 아니라 거기에! 여기는 아무것도 아냐. 먼지와 그림자뿐이지. 거기에서 그분은 대지이며 태양이고, 나무의 잎사귀들이며, 독수리의 비행이시다. 그분은 살아 계셔. 그리고 죽음을 맞은 이들은 모두가 살아 있다. 그들은 다시 태어나며 종말을 모르지. 거기엔 끝이 없을 것이다. 당신만 빼고 모든 것에……. 왜냐하면 당신은 죽음을 맞지 않을 테니까. 당신은 당신 자신을 보존하려다 죽음을 잃었고, 삶을 잃었어. 당신 자신! 영원한 자아! 그게 뭐지? 당신은 누구지?"

"나는 나다. 내 몸은 상하지도 죽지도 않아……."

"산 몸은 고통에 시달린다, 거미. 산 몸은 늙어 가고 죽음을 맞지. 죽음은 우리가 우리 삶의 대가로, 모든 생명의 대가로 치러야 하는 값이야."

"나는 값을 치르지 않아! 나는 죽은 그 순간에 다시 살 수 있어! 나는 죽임 당할 수가 없어. 난 불멸이야. 오직 나만이 영영토록 나 자신이라고!"

"그럼 당신이 누구인데?"

"불멸하는 자."

"당신 이름을 말해."

"왕이다."

"내 이름을 말해 봐. 방금 전에 가르쳐 줬다. 내 이름을 말해!"

"넌 실체가 아니야. 넌 이름이 없다. 나만이 존재한다."

"당신은 존재하지, 이름 없이, 형체 없이. 당신은 낮의 빛을 볼 수 없어. 당신은 어둠을 볼 수도 없지. 당신은 당신 자신을 보존하려고 초록빛 땅과 태양과 별들을 팔아 버렸다. 하지만 당신에겐 자아가 없어. 당신이 팔아 버린 그 모든 것들, 그게 바로 당신 자신이었다. 당신은 무(無)를 위해 모든 걸 내버린 거야. 그래서 이제 허무를 채우려고 세상을, 잃어버린 빛과 생명을 당신 쪽으로 끌어 올 방법을 찾고 있지. 하지만 그건 채워질 수 없어. 지상의 모든 노래도 천상의 모든 별들도 당신의 공허를 채우지는 못한다.”

산 아래 써늘한 계곡 안에서 게드의 목소리는 쇠처럼 울렸고, 눈먼 사내는 움츠리며 물러났다. 그가 얼굴을 들자 희박한 별빛이 그 위를 비췄다. 마치 우는 것 같았지만, 눈이 없는 그에게 눈물은 없었다. 암흑으로 꽉 찬 입이 벌어졌다 다물어졌으나 말은 나오지 않고 신음만 흘러나왔다. 마침내 그가 일그러진 입술로 간신히 한 단어를 빚어내었다. 그 말은 ‘삶’이었다.

“할 수만 있다면 당신에게 삶을 주겠다, 거미. 하지만 그럴 수가 없어. 당신은 죽었으니까. 그러나 당신에게 죽음을 줄 수는 있다.”

“안 돼!”

눈먼 남자가 큰소리로 울부짖었다. 그러고는 다시 말했다.

“안 돼, 안 돼.”

그는 웅크리고 엎어져서 소리 내어 흐느꼈다. 그래도 그의 뺨은 물기 없이 밤만이 흐르는 돌투성이 강바닥과 같이 메말라 있었다.

"넌 못 해. 그 누구도 날 풀어 줄 순 없어. 난 세계와 세계 사이의 문을 열었는데 닫을 수가 없어. 아무도 못 닫아. 결코 다시 닫히지 않을 거야. 그게 끌어당겨, 나를 끌어당긴다고. 나는 그리로 돌아가야만 해. 그 문을 통과해서 이리로 돌아와야 하지. 이 먼지와 추위와 침묵 속으로⋯⋯. 문이 나를 빨아들이고 또 빨아들여. 떠날 수가 없어. 닫을 수가 없어. 그건 결국에는 세상의 모든 빛을 빨아들이고 말 거야. 모든 강이 '메마른 강' 같이 되고 말 거야. 내가 연 문을 닫을 수 있는 힘은 아무 데도 없어!"

그의 말과 목소리에 절망과 승리감, 공포와 허영심이 뒤섞여 담겨 있는 모습은 정말로 괴상했다.

게드는 이렇게만 물었다.

"그게 어디지?"

"저쪽이야. 멀지 않아. 너도 거기 갈 수 있지. 하지만 거기서 할 수 있는 일은 없어. 넌 못 닫아. 네가 가진 모든 힘을 그 한 가지 일에 다 쓴대도 충분하지 않을걸. 뭘로도 그 구멍은 메울 수 없어."

"그럴지도 모르지."

게드는 그렇게 대답했다.

"하지만 당신이 절망을 택했을지라도 우리는 아직 그러지 않았다는 걸 기억해. 우리를 그리로 데려다 다오."

331

눈먼 사내는 얼굴을 들었다. 그 얼굴에 뚜렷이 드러난 공포와 증오가 서로 싸웠다. 증오가 이겼다.

"안 해."

이 말에 아렌이 앞으로 걸음을 내딛었다.

"하게 될걸."

눈먼 자는 동작을 멈췄다. 싸늘한 침묵과 죽은 자들 왕국의 어둠이 그들을 감싸고 그들의 말을 둘러 덮었다.

"넌 누구냐?"

"내 이름은 레반넨이다."

그러자 게드가 말했다.

"당신은 왕을 자칭했지. 이 사람이 누구인지 모르겠나?"

다시 한번 거미는 미동도 없이 굳어 버렸다. 그러더니 그가 조금 숨을 헐떡이며 말했다.

"하지만 이잔 죽었는걸……, 너희들은 죽어 버렸다고. 돌아갈 수 없어. 나가는 길은 없어. 너희들은 여기 붙잡힌 거다!"

말하는 동안 그에게 희미하게 어렸던 빛이 꺼져 내렸다. 그들은 어둠 속에서 몸을 돌려 잽싸게 그 자리를 떠나 암흑으로 들어가 버리는 거미의 기척을 들었다.

"빛을 주세요, 대현자님!"

아렌이 외쳤고, 게드는 지팡이를 머리 위로 쳐들며 새하얀 빛을 뿜어내어 해묵은 어둠을 깨뜨려 열어젖혔다. 시야를 가득 메운 바위들과 그림자들 가운데 큰 키를 굽히고 서둘러 몸을 피하는 눈먼 남자의 모습이 있었다. 기묘하게 맹목적이면서도 머뭇거림 없는 걸음걸이로 그자는 상류 쪽으로 달아났다. 아렌은 손에 칼을 들고 그를 쫓았고 게드도 뒤에 따라왔다.

아렌은 금세 동행자를 멀리 떨어뜨려 놓아서 빛은 아주 희미해졌다. 강줄기가 굽어 돌아간 데다 큰 돌덩이들 때문에 빛이 많이 가렸다. 하지만 거미가 가는 기척과 앞쪽에서 느껴지는 존재감만으로도 충분히 쫓아갈 만했다. 길이 더 가팔라지면서 아렌은 조금씩 가깝게 따라붙었다. 그들은 돌로 꽉 찬 가파른 협곡을 오르는 중이었다. 메마른 강은 발원지를 향해 점점 좁아지며 깎아지른 듯 가파른 강둑 사이로 굽이쳤다. 바윗돌이 발밑에서, 그리고 손 밑에서도 절그럭거렸다. 손을 짚고 기어올라야 했던 것이다. 아렌은 두 기슭이 최종적으로 모여드는 지점을 직감으로 알고는 확 달려들어 거미를 따라잡으며 그의 팔을 움켜쥐어 거기 멈춰 세웠다. 너비가 대여섯 자쯤 되는 바위 대야 같은 그곳은 혹시 언젠가 물이 흘렀다고 한다면 물웅덩이였을 것 같은데, 그 위로는 거친 돌과 바위로 이루어진 벼랑이 수직으로 떨어져 내렸다. 그 벼랑에 시커먼 구멍이 나 있다. 메마른 강의 원천이었다.

거미는 아렌으로부터 떨쳐 나려고 하지 않았다. 그는 그냥 가만히 서 있었다. 게드의 빛이 가까워지면서 눈 없는 얼굴을 비쳤다. 그 얼굴이 아렌을 보고 있었다.

"여기가 거기다."

마침내 말하는 그의 입술에 웃음기가 돌았다.

"여기가 네가 찾던 장소야. 보이나? 저기서 넌 다시 태어날 수 있지. 나만 따라오면 돼. 넌 불멸이 되어 살 거야. 우리는 함께 왕이 될 것이고."

아렌은 그 메마르고 어두운 수원(水原)을, 먼지로 가득 찬 입구멍을 바라보았다. 죽은 영혼이 땅속으로, 어둠 속으로 기어들어서 다시 죽어 태어나는 곳이다. 아렌에게 그 광경은 혐오스럽기 그지없었고, 그는 지독한 메스꺼움을 누르며 매섭게 말했다.

"저걸 닫아!"

"닫힐 것이다."

게드가 말하며 그들 곁에 와 섰다. 그러자 빛이 그의 양손과 얼굴에서 확 타올랐다. 마치 게드 자신이 저 끝없는 밤으로부터 지상에 떨어져 온 별인 것 같았다. 게드 앞에서 그 메마른 샘이, 문이, 뻐끔히 벌어졌다. 구멍은 넓고 우묵하게 패어 있었지만 깊은지 얕은지는 말할 수 없었다. 그 속에는 빛이 떨어져 비출 만한 것이나 눈이 볼 만한 것이 전혀 없었다. 그곳은 공허였다. 그곳을 통해서는 빛도 어둠도 없고, 삶도 죽음도 없었다. 무(無)다. 어디로도 통하지 않는 길이다.

게드가 두 손을 쳐들고 말을 했다.

아렌은 아직 거미의 팔을 붙든 채였다. 그 눈먼 남자는 잡히지 않은 팔을 깎아지른 벼랑의 바위 면에 짚고 있었다. 그들 둘 다 주문의 힘에 붙잡혀 꼼짝 않고 서 있었다.

평생토록 연마해 온 기술과 굳세고 혹독한 마음의 힘을 다 쏟아서, 게드는 그 문을 닫아 세상을 다시금 온전하게 하고자 분투했다. 그리고 그의 음성 아래, 형상을 그려 내는 두 손 아래, 바위들은 서로 이끌리듯, 고통스럽게, 서로 만나 합쳐져 하나가 되려고 움직였다. 하지만 그와 함께 빛은 점점 약해지고 또 약해지며 게드의 양손과 얼굴로부터 꺼져 갔다. 빛은 그의 주목 지팡이에서도 사그라져 마침내 거기엔 희미한 광채만 어렸다. 그 흐린 빛으로 아렌은 문이 거의 닫힌 것을 보았다.

아렌의 손에 잡힌 눈먼 사내는 바위가 움직이는 것을 느끼고 그것들이 한데 모이려 하는 것을 직감했다. 그리고 기예와 힘이 희생되고 있는 것을, 자발적으로 소진되는 것을, 그리고 마침내 다해 버린 것을 느꼈다. 그러자 그는 느닷없이 부르짖었다.

"안 돼!"

그러곤 아렌에게 잡혔던 팔을 떨치고 앞으로 뛰쳐나가 막무가내로 세차게 게드를 덮쳤다. 그자는 몸으로 게드를 찍어누르면서 그를 죽이려고 목을 졸랐다.

아렌은 세리아드의 검을 치켜들었다가 그 칼날로 떡진 머리카락 아래 기울인 목을 정통으로 내리쳤다.

살아 있는 영혼은 죽음의 세계에서 무게를 가졌고, 그의 검의 그림자엔 날이 있었다. 그 칼날이 거미의 목뼈를 쪼개며 커다란 상처를 만들었다. 시커먼 피가 솟아나는 것이 칼이 내는 빛에 비쳐 보였다.

하지만 죽은 자를 죽여 봐야 소용이 없었고, 거미는 죽었으며 죽은 지 오래된 사람이었다. 상처는 뿜어냈던 피를 되삼키며 아물었다. 눈먼 사내는 그 큰 키로 일어서서 긴 팔을 내뻗어 아렌을 더듬어 잡으려 했다. 그 낯은 분노와 증오로 뒤틀려 있었다. 마치 이제야 진정한 원수이자 적수가 누구인지를 알아차린 듯했다.

치명석인 일격이 회복되는 이 광경과 죽을 수가 없다는 이 사실이야말로 어떤 죽음보다 더 끔찍했다. 혐오로 인한 분노가 아렌의 가슴속에 차올랐다. 아렌은 분노에 들려 검을 휘둘러 올려서는 다시금 온 힘을 다해 무시무시한 기세로 내리쳤다. 거미는 두개골이 쪼개지고 얼굴에 피 칠갑을 한 채 나둥그라졌지만 아렌은 바로 다시 그에게 육박했다. 다시 치려고, 상처가 봉해지기 전에 치려고, 그자가 죽을 때까지 치려고…….

아렌 옆에서 게드가 버둥거리며 무릎으로 일어나 한마디를 말했다.

그의 음성이 울린 순간 아렌은 멈췄다. 마치 어떤 손이 칼을 쥔 팔을 붙잡은 것만 같았다. 막 일어나기 시작했던 눈먼 사내 또한 완전히 정지했다. 게드는 조금 휘청이며 자기 발로 일어섰다. 몸을 똑바로 가눌 수 있게 되자 그는 벼랑과 마주섰다.

"그대 온전해질지어다!"

게드가 분명한 음성으로 그렇게 말했다. 그런 다음 지팡이로 바위 문에 불로 된 선을 그어 무슨 형상을 그렸다. 룬 문자 아그 넨, 막다른 길과 관 뚜껑에 써 넣는 '끝의 룬'이다. 그러자 바윗 덩이 사이에는 갈라진 틈새도 텅 빈 공허도 없었다. 문이 닫힌 것이다.

'메마른 땅'의 대지가 발밑에서 진동하고, 황막한 불변의 하늘을 가로질러 긴 천둥이 울고 지나갔다. 그 소리가 멀리 꺼져 들었다.

"시간의 끝까지 말해지지 않을 말로써 나는 그대를 소환했노라. 사물이 창조될 때 말해졌던 말로써 이제 내가 그대를 풀어 주리라. 풀려나 가거라!"

게드는 무릎께에 웅크린 눈먼 사내에게 몸을 굽혀서, 헝클어 진 흰 머리카락 아래 귀에 대고 무슨 말인가를 속삭였다.

거미가 일어섰다. 그는 주변을 돌아보았다. 이제는 눈이 있어 보고 있었다. 그는 아렌을 쳐다보고 이어서 게드를 보았다. 아무 말 없이 그저 어두운 눈으로 응시할 뿐이었다. 그 얼굴엔 분노가 없었고 증오도 슬픔도 없었다. 그는 천천히 몸을 돌려 메마른 강의 흐름을 따라 내려가 버리고, 곧 보이지 않게 되었다.

주목 지팡이에도 게드의 얼굴에도 빛은 더 이상 남아 있지 않았다. 게드는 거기 어둠 속에 서 있었다. 아렌이 다가가자 그는 똑바로 서 있기 위해 젊은이의 팔을 붙잡았다. 한순간 메마른 흐느낌이 그의 몸을 뒤흔들었다.

"다 됐구나."

게드가 말했다.

"모두 끝나 버렸다."

"다 이루어졌어요, 경애하는 대현자님. 우리는 가야 해요."

"그래, 우리는 집에 가야 한다."

게드는 넋이 나갔거나 기진맥진한 사람 같았다. 아렌을 따라 강줄기를 내려오는 동안 그는 발을 헛디뎌 가며 어렵사리 바위와 돌덩이들 사이를 지났다. 아렌은 그와 함께했다. 메마른 강둑이 밋밋해지고 땅이 덜 가팔라지자 아렌은 원래 왔던 길 쪽으로 향했다. 형체 모를 비탈이 어둠으로 이어져 있다. 아렌은 돌아섰다.

게드는 말이 없었다. 걸음을 멈추자 그는 스르르 무너져 내려 기진한 모습으로 굳은 용암 돌덩이에 걸터앉았다. 그의 머리가 푹 숙었다.

아렌은 왔던 길로는 되돌아갈 수 없음을 깨달았다. 오로지 계속 나아갈 수 있을 뿐이다. 그 길을 끝까지 다 가야만 했다.

'너무 멀리 왔는데도 아직 더 가야 하는구나.'

아렌은 생각했다. 그러곤 검은 봉우리들을 올려다보았다. 움직이지 않는 별들을 등지고 차갑고 고요하게 솟아 있는 그 봉우리들은 실로 무시무시했다. 그러자 다시금 속에서 그 비꼬며 조롱하는 그의 의지의 소리가 가차없이 속삭였다.

'중간에서 그만둘 셈이냐, 레반넨?'

그는 게드에게 가서 아주 부드럽게 일렀다.

"우린 계속 가야 해요, 대현자님."

게드는 아무 말도 하지 않았지만 자리에서 일어섰다.

"제 생각엔 산으로 가야 할 것 같아요."

"네가 가는 대로 가마."

게드가 속삭이는 듯한 목쉰 소리로 말했다.

"날 도와다오."

그렇게 해서 그들은 먼지와 거친 돌로 뒤덮인 비탈에 발을 올리고 산맥에 들어섰다. 아렌은 힘이 미치는 대로 동행자를 도우며 함께 걸어갔다. 산자락에 팬 골짜기들은 깜깜한 암흑이었다. 그래서 아렌은 느낌으로 앞길을 짚어 가면서 동시에 게드도 부축해야 했다. 발 디딜 데가 탄탄치 못해 걷는 것도 힘들었는데, 경사가 더 심해져서 손을 짚고 기어 올라갈 판이 되자 점점 더 힘겨워졌다. 바윗돌은 거칠어서 녹은 쇠처럼 손에 화상을 입혔다. 하지만 추위는 올라갈수록 더욱더 심해졌다. 이 땅은 건

드리는 것만으로도 고통스러웠다. 땅은 만지면 핀 숯처럼 살을 지졌다. 산들 속에 불이 타고 있는 것이다. 하지만 공기는 줄곧 차디찼고 가도 가도 캄캄했다. 소리는 없었다. 바람은 불지 않았다. 날카로운 바윗돌이 손 아래 부서지고 발밑으로 길을 내주었다. 깎아지른 듯 가파른 검은 산, 그 돌출부와 틈새진 곳들이 그들 앞으로 떠올라 왔다가 옆을 스쳐 암흑 속으로 사라져 갔다. 등 뒤 저 밑 죽은 자들의 왕국은 까마득히 사라져 보이지 않았다. 앞쪽 위로는 산봉우리와 암괴들이 별빛을 가리고 우뚝 솟아 있다. 그리고 그 검은 산맥의 끝에서 끝을 통틀어 이편에서 저편까지 어디에도 움직이는 것이라곤 없었다, 두 필멸의 영혼을 빼고는.

게드는 지친 나머지 길핏하면 비틀거리거나 발을 헛딛곤 했다. 그는 숨결이 점점 더 가빠지며 두 손으로 바위를 꽉 붙잡을 때면 고통스러워 헐떡거리곤 했다. 그가 내뱉는 괴로운 소리가 듣는 아렌의 가슴을 쥐어짰다. 아렌은 게드가 떨어지지 않게 지키고자 온 힘을 다했다. 하지만 길은 자꾸만 둘이 나란히는 가지 못할 만큼 좁아지곤 했으며, 또 발 디딜 자리를 찾기 위해 그가 먼저 가야만 하는 경우도 많았다. 그러다 결국, 별들을 향해 치솟아 오른 높은 비탈을 오르던 중에 게드는 미끄러져 앞으로 고꾸라지더니 일어설 줄 몰랐다.

"대현자님."

아렌은 곁에 무릎 꿇으며 그를 부르고, 이어서 그의 이름을 불렀다.

"게드."

그는 움직이지 않았고 대답도 없었다.

아렌은 그를 안아 올려 그 가파른 비탈 위까지 옮겨 갔다. 비탈이 다하자 거기서부터 얼마간 평평한 지대가 나왔다. 아렌은 떠안았던 짐을 내려놓고는 희망을 짓부수는 탈진과 고통 속에 게드 곁에 엎어졌다. 여기 시커먼 두 봉우리 사이로 지금껏 힘겹게 싸우며 나아온 길이 고개져 있었다. 그것이 바로 길이고, 길의 끝이었다. 더 이상은 길이 없었다. 평평한 지대의 끝은 절벽이었다. 그 너머로는 무한한 어둠이 펼쳐져 나가며, 그 새카만 만(灣) 같은 하늘 위에 움직이지 않는 조그만 별들이 걸려 있었다.

인내는 희망보다 오래 가는 것이리라. 아렌은 앞으로 기어갔다. 그럴 힘이 남은 한 집요하게 기었다. 그리고 어둠의 끄트머리를 넘겨다보았다. 그러자 그 아래에, 정말 조금밖에 층지지 않은 곳에 상앗빛 모래사장이 보였다. 흰색과 호박색을 띤 파도가 구르며 밀려와 그 모래 위에 물거품으로 부서지고, 바다 저편에서는 해가 황금빛으로 아른아른 져 가고 있었다.

아렌은 다시 어둠으로 방향을 돌렸다. 그는 돌아왔다. 그러고는 할 수 있는 대로 게드를 안아 올려서 죽을 힘을 다해 앞으로 나아갔다. 더 이상 갈 수 없을 때까지⋯⋯. 거기서 모든 것이 존재를 그쳤다. 목마름, 고통, 어둠, 그리고 햇빛과, 부서지는 파도 소리가.

고통의 돌

아렌이 깨어난 것은 잿빛 안개가 셀리더의 산들과 모래언덕과 바다를 덮어 감춘 때였다. 파도는 안개를 뚫고 웅얼대는 듯 낮은 천둥 소리를 내며 밀려왔다가 다시금 웅얼대며 안개 속으로 물러갔다. 조수가 차올라 해변은 처음 왔을 때보다 훨씬 좁아져 있었다. 파도의 끝자락인 미약한 거품의 선이 밀려와서 얼굴을 모래에 박고 엎어진 게드의 내뻗친 왼손을 핥았다. 게드의 옷과 머리카락은 축축이 젖었고 아렌의 옷은 얼음처럼 차갑게 몸에 감겼다. 적어도 한 번은 바다가 그들을 덮쳤던 것 같았다. 거미의 죽은 몸은 흔적도 없었다. 아마도 파도가 바다로 휩쓸어 갔을 것이다. 하지만 아렌이 돌아보자 거기엔 오름 엠바르의 거대한 시신이 파괴된 탑처럼 안개 속에 희미하게 불거져 있었다.

한기 때문에 부들부들 떨면서 아렌은 일어섰다. 추위와 뻣뻣함과, 오랫동안 움직이지 않고 누워 있었을 때 오는 현기증과 쇠약 현상 탓에 정말 간신히 일어설 수 있었다. 걸음이 술 취한 사람처럼 비틀비틀 엇나갔다. 사지를 가눌 수 있게 되자마자 아렌은 게드에게 가서 파도가 미치는 범위보다 조금 높은 데로 그를 끌어올려 놓는 데 성공했지만, 할 수 있었던 일은 그게 다였다. 아렌에게 게드는 몹시도 차갑고 지독히 무겁게 느껴졌다. 죽음의 경계선 너머 삶으로 그를 지고 왔건만 그것은 아마도 허사였던 듯했다. 아렌은 게드의 가슴에 귀를 대 보았지만 벌벌 떨리는 자기 손발을 걷잡을 수 없었고, 이가 딱딱 부딪는 바람에 심장 고동을 들을 수가 없었다. 그는 도로 일어나서 다리에 체온이 돌아오게 하려고 애를 써 가며 발을 굴렀다. 그런 끝에 마침내 늙은이처럼 후들후들 떨리는 다리를 질질 끌면서 버려 둔 짐을 찾으러 나섰다. 그 짐들은 언덕 비탈에서 흘러내리는 작은 개울가에 떨어뜨리고 왔던 터이다. 오래전에, 뼈로 지은 집을 보고 내려오다가……. 아렌이 찾는 건 그 개울이었다. 물, 마실 물 생각밖에는 아무 생각도 나지 않았다.

미처 그럴 줄 몰랐는데 아렌은 벌써 개울에 다다랐다. 개울이 모래사장으로 흘러내려선 꼬불꼬불 굽이치고 가지를 치며 바다의 경계선으로 흘러들고 있었던 것이다. 그 모양이 마치 은으로 된 나무 같았다. 그곳에 이르러 아렌은 풀썩 주저앉아 물을 마셨다. 물속에 얼굴을 박고 두 손을 다 담그고서 입으로, 영혼으로 그 물을 들이켰다.

이윽고 아렌은 일어섰다. 그러다가 그는 개울 건너편에서 거대한 것을 보았다. 용이었다.

그 용의 머리는 무쇳빛을 띠었고, 콧구멍과 눈구멍과 늘어진 턱 밑 부분에는 녹슨 것처럼 붉은빛이 돌았다. 아렌을 향하여 낮게 드리운 머리가 그를 거의 덮어 버릴 듯했다. 갈고리 발톱은 개울 가장자리의 보드라운 젖은 모래 속으로 깊이 묻혔다. 배의 돛 같은 접힌 날개는 일부분만 드러나 보였고, 길고 시커먼 몸뚱이는 안개에 묻혀 있었다.

용은 움직이지 않았다. 어쩌면 거기 몇 시간 동안이나 웅크리고 있었을지 몰랐다. 어쩌면 몇 년이라도, 어쩌면 몇 백 년이라도. 흡사 무쇠로 깎아 새긴 상이며 바위로 빚은 형체였다. 하지만 그 눈, 그가 감히 들여다볼 수 없는 눈, 물 위에 아롱진 기름 같으며 유리 너머 감도는 노란 연기 같은, 속을 볼 수 없이 심오한 그 노란 눈이 아렌을 보고 있었다.

할 수 있는 일이라곤 없었다. 그래서 아렌은 일어섰다. 용이 그를 죽일 심산이라면 죽일 것이다. 그리고 그런 게 아니라면, 용은 게드를 도와줄지 모른다. 그를 도울 방법이 있다면 말이다. 아렌은 일어서서 짐을 찾아 냇가를 거슬러 올라갔다.

용은 아무 짓도 하지 않았다. 꼼짝 않고 웅크린 채 가만히 쳐다볼 뿐이었다. 아렌은 짐꾸러미들을 찾아냈고, 개울에서 물주머니 둘을 다 채워 가지고 모래밭을 가로질러 게드에게 돌아갔다. 개울에서 고작 몇 걸음을 떨어지자 용의 모습은 짙은 안개 속에 묻혀 버렸다.

아렌은 게드에게 물을 먹였다. 하지만 그를 깨울 수는 없었다. 게드는 차갑게 축 늘어진 채였고 그의 머리는 아렌의 팔에 무겁게 얹혔다. 그의 검은 얼굴은 허옇게 떴으며 코와 광대뼈와 해묵은 흉터가 몹시도 두드러져 보였다. 심지어 몸마저도 반쯤 소진되어 버린 것처럼 여위고 그슬렸다.

아렌은 거기 축축한 모래 위에 앉아 동료의 머리를 무릎에 괴었다. 안개는 그들 주위에 부드럽고 불투명한 구체를 만들고 있었는데 머리 위로는 그나마 좀 덜했다. 그 안개 속 어딘가에 죽은 용 오름 엠바르가 있고 또 살아 있는 용이 개울가에 버티고 있을 것이다. 그리고 셸리더 섬을 가로질러 저편 어디쯤, 여기 아닌 또 다른 바닷가에는 멀리보기 호가 아무 비품도 없이 모래톱에 끌어올려져 있을 것이다. 그리고 동쪽으로 바다가 있으리라. 서원해의 어느 다른 섬에 이르기까지 천이백 리, 내해까지는 사천 리는 될 터였다. 먼 길이다. "셸리더만큼 먼 곳에"라고 인라드에서는 말하곤 했다. 아이들에게 해 주는 옛이야기나 전설은 이렇게 시작되었다. "영원처럼 먼 옛날, 셸리더만큼

먼 곳에 어떤 왕자님이 살았단다……."

그가 왕자였다. 그러나 옛이야기에서 저 말은 시작이었지만, 지금 이것은 끝인 듯했다.

그는 낙담하지는 않았다. 몹시 지쳤고 벗을 애도하고 있기는 했지만 비통이나 후회의 감정은 조금도 없었다. 그저 그가 할 수 있는 일이 조금도 없을 뿐이다. 할 수 있는 일은 다 했다.

몸에 힘이 돌아옴에 따라 아렌은 짐에서 낚싯줄을 꺼내어 해변 낚시를 해 볼 수 있겠다고 생각했다. 갈증을 끄고 나자 배고픔이 쿡쿡 쑤셔 오기 시작했던 것이다. 식량은 다 떨어지고 없었다. 딱딱한 빵 한 꾸러미가 있을 뿐인데 그건 남겨 둘 생각이었다. 물에 적셔 부드럽게 만들어서 게드에게 좀 먹일 수 있을지 모르기 때문이다.

남은 할 일이란 그것뿐이었다. 그 뒤에 어떻게 할지는 모를 일이다. 안개가 온통 그를 휩싸고 있었다.

게드를 끌어안고 거기 안개 속에 앉은 채로, 아렌은 뭔가 쓸만한 게 있는지 주머니 속을 더듬어 보았다. 통옷 주머니 안에 뭔가 딱딱하고 가장자리가 날카로운 물체가 들어 있었다. 아렌은 그것을 꺼내어 궁금해하며 들여다보았다. 자잘한 구멍이 난 검고 딱딱한 돌 조각이다. 하마터면 휙 던져 버릴 뻔했지만, 아렌은 살을 베는 듯 날카롭고 거친 그 돌의 모서리를 손 안에 느끼고 그 무게를 느끼고서 그게 무엇인지를 알았다. 그건 고통의 산맥에서 떨어져 나온 돌 조각이었다. 산을 기어오르던 중에, 아니면 게드를 끌고 그 길의 마지막 고갯마루를 넘으려 기던 중에 주머니에 들어온 것이다. 아렌은 그것을 손에 들고 있었다. 불변하는 것, 고통의 돌을. 그는 손가락을 오므려 돌을 감싸 쥐었다. 그러고는 웃음을 띠었다. 일평생 처음으로, 어떤 칭송도 없이, 홀로, 세상 끄트머리에서 마침내 승리했음을 깨달은 어둡고도 기쁜 웃음이었다.

＊

안개가 열어지며 움직여 갔다. 안개 사이로 저 멀리 난바다의 햇살이 비쳤다. 모래언덕과 산들이 안개의 장막에 가려서 더 크고 색채를 잃은 모습으로 다가왔다 사라졌다. 햇살이 오름 엠바르의 시신에 떨어져 그 장엄한 죽음을 환히 밝혔다.

무쇠 같은 검은빛을 띤 용은 미동도 없이 개울 건너편에 웅크리고 있었다.

정오가 지나며 태양은 더욱 맑고 따뜻해져 대기중에 마지막 남은 흐릿한 안개를 살라 없앴다. 아렌은 젖은 옷을 벗어던져 햇볕에 말리느라 칼띠와 칼만 찬 벌거숭이가 되었다. 그는 게드의 옷도 그렇게 널어 말렸다. 하지만 치유와 위안을 주는 크나큰 빛과 열의 홍수가 쏟아져 내리는데도 게드는 꼼짝 않고 누워

348

만 있었다.

금속끼리 맞비비는 듯한, 엇걸린 칼과 칼이 끌리는 듯한 소음이 일었다. 무쇠 빛깔 용이 굽은 다리를 딛고 몸을 일으켰다. 용은 움직여서 부드러운 쉬익 소리와 함께 긴 몸을 모래에 끌며 개울을 건너왔다. 아렌은 어깨 관절 부위의 주름들과, 에레삭베의 갑옷처럼 긁히고 상처 난 옆구리의 비늘과, 누렇게 변색된 길고 무딘 이빨들을 보았다. 이 모든 것으로부터, 그리고 그 확고하고 묵직한 거동으로부터, 또 그 용이 지닌 깊고도 두려운 고요함으로부터 아렌은 연륜의 증거를 보았다. 그것들은 기억이 미치지 못할 정도로 까마득한 세월을 보여 주고 있었다. 그래서 용이 게드가 누워 있는 곳으로부터 몇 발짝을 남기고 멈춰섰을 때 아렌은 용과 게드 사이에 서서 말을 걸었다. 그는 옛 언어를 몰랐기 때문에 하드 어로 말했다.

"당신이 칼레신이오?"

용은 아무 말도 하지 않은 채 그저 미소 짓는 것 같았다. 그러더니 커다란 머리를 낮추고 목을 쭉 내뻗어 게드를 내려다보며 그의 이름을 말했다.

용의 음성은 크고도 부드러웠으며 숨결에선 대장간의 풀무 냄새가 났다.

다시 한번 용이 말하고, 한 번 더 말했다. 그러자 세 번째 불렸을 때 게드가 눈을 떴다. 잠시 후 그는 일어나 앉으려고 했지만 몸을 가누지 못했다. 아렌이 옆에 무릎을 꿇고 그를 받쳐 주었다. 그런 뒤 게드가 말했다.

"칼레신. 센바닛사인 아르 로크!"

그렇게 말한 뒤, 더 이상은 힘이 없었던 게드는 아렌의 어깨에 머리를 기대고 눈을 감았다.

용은 대답하지 않았다. 전과 똑같이 몸을 웅크린 채 움직이지 않고 있었다. 안개가 다시 밀려들며 바다로 져 가는 해를 흐려 놓았다.

아렌은 게드에게 옷을 입히고 바람막이로 몸을 감싸 주었다. 저만치 빠졌던 조수가 다시 차오르기 시작했고, 아렌은 동료를 모래언덕 위 좀 더 마른 장소로 옮기려고 생각했다. 차차 기운이 돌아오고 있었던 것이다.

하지만 게드를 안아 올리려 몸을 굽히자, 용이 갑주를 두른 거대한 발을 내밀었다. 거의 게드를 건드릴 참이었다. 그 발엔 갈고리 발톱이 넷 달렸고 뒤에 수탉의 발처럼 볼록 튀어나온 며느리발톱이 하나 더 있는데, 이 발톱들은 강철 같았고 큰 낫만큼이나 길었다. 용이 말했다.

"소브리오스트."

서리 내린 갈대밭 사이로 부는 1월의 바람 같은 소리였다.

"나의 주인을 놔둬라. 이분은 우리 모두를 구하셨고, 그러느라 힘을 다 써 버리셨다. 힘과 함께 아마 생명까지도……. 이분을 그냥 둬라!"

아렌은 그렇게 사정없이 명령조로 말했다. 놀라움과 경외심이 너무 과하고 두려움이 머리끝까지 차오른 나머지 이제 아주 신물이 나 더는 참을 수가 없었다. 용의 무지막지한 힘과 덩치에, 그렇게 불공평한 유리함에 아렌은 화가 났다. 그는 죽음을 보고 직접 맛본 터였다. 어떠한 위협도 그를 지배할 수 없었다.

늙은 용 칼레신은 그 길쭉하고 무시무시한 금빛 눈 한쪽으로 아렌을 쳐다보았다. 그 눈 속으로는 세월이 겹겹이 층지어 깊이를 더했다. 세계의 여명이 그 속 깊숙이에 있었다. 그 눈을 들여다보지는 않았지만, 아렌은 눈이 충심 어린 온화한 웃음을 띠고서 자신을 주시하고 있음을 알았다.

"아류 소브리오스트."

용이 말했다. 그러면서 녹슨 것 같은 두 콧구멍을 벌름거리자 그 속 깊이 갈무리해 둔 불이 반짝였다.

아렌은 게드의 겨드랑이에 팔을 넣어 부축하고 있었다. 칼레신의 움직임이 그를 멈춰 세웠을 때 그는 게드를 추켜올리려던 참이었다. 지금 아렌은 게드가 조금 움직여 머리를 돌리는 것을 느꼈고 그의 목소리를 들었다.

"여기 타라는 말이다."

잠깐 동안 아렌은 움직이지 않았다. 어처구니없는 이야기였다. 하지만 갈고리 발톱이 달린 거대한 발이 마치 디딤돌처럼 바로 앞에 놓여 있었다. 그 위로는 굽히고 있는 팔꿈치 관절이 있다. 그리고 그 위로 불룩 튀어나온 어깨와, 견갑골에서 뻗어나온 날개의 근육 조직이 있다. 네 계단으로 된 층계였다. 그리고 거기 날개 앞쪽, 등갑의 첫 번째 거대한 강철 침 앞 목이 옴폭 들어간 데에 사람이 올라타 앉을 만한 자리가 있었다. 한 사람, 아니면 두 사람이라도. 아주 정신이 나간 사람들, 희망을 다 잃고 자포자기해서 바보짓을 할 사람들이어야겠지만…….

"타라!"

칼레신이 창조의 언어로 말했다.

그래서 아렌은 일어서서 동료를 도와 일으켜 세웠다. 게드는 머리를 꼿꼿이 쳐들고 아렌의 팔에 이끌려 그 괴상한 계단을 딛고 올랐다. 두 사람은 거친 비늘로 덮인 용의 목에 올라 그 오목한 자리에 들어앉았다. 아렌은 뒤에 타서 만약의 경우 게드를 받쳐 줄 태세를 취했다. 그 자리에 들어가 앉자 둘 다 어떤 온기가 스미는 것을 느꼈다. 용의 살가죽에 닿은 데로부터 태양의 온기처럼 기꺼운 열기가 스며 왔다. 철갑 아래 불길 같은 생명이 타오르고 있었다.

아렌은 현자의 주목 지팡이를 놔두고 탔다는 걸 알았다. 지팡이는 모래에 반쯤 파묻혀, 바닷물이 그것을 가져가려고 슬금슬금 올라오는 중이었다. 지팡이를 가지러 내려가려는데 게드가 제지했다.

"놔두렴. 나는 그 마른 샘에다 가진 마법을 다 쏟아부었다. 레반넨. 난 이제 현자가 아니란다."

칼레신이 고개를 돌려 곁눈으로 그들을 보았다. 해묵은 웃음이 그 눈에 깃들었다. 칼레신이 여성일지 남성일지는 뭐라 말할 수가 없었다. 칼레신이 무슨 생각을 하는지, 그건 알 수 없는 일이었다. 천천히 날개가 쳐들렸고 접혔던 자락이 펼쳐졌다. 그 날개는 오름 엠바르의 날개처럼 금빛이 아니라 적색이었다. 쇠의 녹이나 피나 로바네리의 붉은 깁처럼 짙은 암적색이다. 용은 미약한 승객들을 떨어뜨리지 않으려고 조심스럽게 날개를 쳐들어 올렸다. 그리고 조심스럽게 등허리를 구부려 웅크렸다가, 고양이처럼 공중으로 훌쩍 뛰어올랐다. 두 날개가 밑으로 쳐 내리며 그들을 셀리더에 떠돌던 안개 위로 솟구어 올렸다.

저녁 대기 속에 선홍색 날개를 치며, 칼레신은 난바다 위를 빙그르르 선회하여 동쪽으로 날았다.

✳

한여름 며칠에 걸쳐 울라이 섬에서 낮게 비행하는 거대한 용이 목격되었고, 나중엔 유사이데로와 온투에고 북부에서도 목격되었다. 사람들이 용을 아주 잘 아는 서원해에서 용이란 공포의 대상이었지만, 이 용이 지나가고 주민들이 숨었던 곳에서 나오자 직접 본 사람들은 이렇게들 말했다.

"생각처럼 용이 다 죽어 버린 건 아니로군. 아마 마법사들도 다들 죽어 버린 건 아닐지 몰라. 분명히 날아갈 때 엄청난 광채가 났지. 어쩌면 그건 제일 나이 많은 용이었을 거야."

칼레신이 어디서 땅에 내렸는지를 본 자는 없었다. 그 외곽 섬들에는 사람이 거의 발 디뎌 보지 못한 숲과 야생의 산지가 펼쳐져 있었으므로 용이 내리는 광경조차도 눈에 띄지 않고 지나갈 수가 있다.

하지만 '아흔 섬'에서는 비명이 오르고 난리가 났다. 사람들은 서쪽에서 작은 섬들 사이를 노 저어 오며 고함을 질렀다.

"숨어라! 숨어라! 펜더의 용이 약속을 깼다! 대현자는 죽었다, 용이 짓밟으러 온다!"

땅에 내리는 일 없이, 흘긋 내려다보지도 않은 채 거대한 무쇳빛 고룡(古龍)은 그 작은 섬들과 작은 마을과 농장들 위를 날아 지나쳤다. 그렇게 조그만 구잇감에다가는 불 한 모금 뱉어 줄 마음도 없었다. 그렇게 용은 게스와 세르드를 지나치고 내해의 해협을 건너질러 로크 섬의 시야에 들어왔다.

사람들의 기억 속에는 물론 아예 그런 일이 없으며, 전설이 전하는 기억 속에서인들 어떤 용이 그 잘 방비된 섬의 보이고 보이지 않는 장벽들을 무시하고 밀고 들어왔던 일은 찾아보기 힘들다. 하지만 이 용은 멈칫하지도 않고 어마어마한 날개로 로

크 섬의 서쪽 해안을 날아 지나 마을과 들판을 지나서 스윌 읍
위로 솟은 초록빛 언덕으로 날아갔다. 거기서 마침내 용은 부드
럽게 땅에 내려, 붉은 날개를 높이 쳐들었다가 접은 다음, 로크
동산 정상에 도사리고 앉았다.

소년들이 대학당에서 마구 달려 나왔다. 그 무엇으로도 그들
을 말릴 수 없었다. 하지만 그들이 아무리 젊다고 해도 스승들
보다는 느렸기에 동산에는 한발 늦게 도착했다. 소년들이 다다
랐을 때 거기엔 조형사가 있었다. 그는 자기 숲에서 나와 여기
와서 빛깔 옅은 머리에 환하게 햇빛을 받고 있었다. 변화사도
함께 있었다. 그는 이틀 전 기진맥진해 한쪽 날개를 잘 가누지
못하는 큰 바다수리 모습으로 돌아온 터였다. 자기 자신의 주문
에 걸려 그 형상 속에 붙들려 있었던 탓으로 '숲'에 들어가기
전에는 본디 모습으로 돌아올 수 없었던 것이다. 바로 균형이
회복되고 부서진 곳이 도로 완전해진 그 밤의 일이었다. 깨질
듯 쇠약한 모습의 소환사도 왔다. 그는 고작 하루 전에 침상에
서 일어난 터였다. 그 곁에는 수문사가 서 있었다. 그리고 현자
의 섬의 다른 대마법사들 역시 거기 있었다.

그들은 위에 탔던 사람들이 내리는 것을 보았다. 한 명이 다
른 하나를 도와주었다. 그이들이 낯선 만족감과 불굴의 정신과
경이로움이 담긴 눈으로 주위를 둘러보는 것을 그들은 보았다.
용은 승객이 등에서 내려 옆에 설 때까지 돌처럼 꿈쩍 않고 웅

크리고 있었다. 그러고는 대현자가 말을 걸자, 머리를 조금 돌리고 듣다가 짤막하게 대답했다. 구경하던 이들은 차가우면서도 웃음기가 넘치는 노란 눈이 흘긋 곁눈질을 하는 것을 보았다. 그리고 이해할 수 있는 이들은 용의 말을 들었다.

"나는 젊은 왕을 그의 왕국으로, 늙은이를 그의 고향으로 데려왔노라."

"아직 조금 남았소이다, 칼레신."

게드가 응답했다.

"난 내가 가야 할 곳에 아직 도착하지 못했어요."

그는 햇살 아래 대학당의 지붕과 탑들을 내려다보며 설핏 웃음을 띠는 듯했다. 그러더니 아렌에게 돌아섰다. 아렌은 훤칠하고 여위었으며, 해진 옷을 입었고, 오랜 동안 용을 타고 온 피로와 지금껏 겪은 온갖 놀랄 일들 탓에 그다지 침착하게 서 있지는 못했다. 모든 이들이 지켜보는 가운데 게드가 아렌에게 무릎을 꿇었다. 그는 두 무릎을 다 꿇고서 허연 머리를 수그렸다.

그런 다음 게드는 일어서서 젊은이의 뺨에 입을 맞추며 이렇게 말했다.

"해브너의 당신 왕좌에 앉게 될 때에, 나의 군주이자 다정한 벗이여, 오랫동안 잘 다스리길 비오."

그는 대마법사들과 젊은 마법사들과 소년들과 주민들을 다시 한번 쳐다보았다. 사람들은 동산 비탈과 기슭에 모여들어 있었다. 게드의 얼굴은 평온했고 그 눈 속에는 칼레신의 눈에 깃들었던 웃음과도 같은 빛이 비쳤다. 그 사람들 모두를 등지고서, 게드는 용의 발과 어깨를 딛고서 도로 기어올라 용의 목 위 크게 솟아오른 두 날개 사이에 고삐도 없이 자리 잡고 앉았다. 붉은 날개가 자글거리는 북소리를 내며 높이 쳐들리더니, 가장 나이 든 용 칼레신은 공중으로 솟구쳐 올랐다. 용의 입으로부터 불과 연기가 뿜어져 나왔다. 그리고 그 날개에서는 천둥과 폭풍의 소리가 떨쳐 울렸다. 용은 동산 주위를 한 번 빙그르르 맴돈 다음 날아갔다. 북서쪽으로, 어스시의 다른 지역, 곤트의 산 섬이 솟아 있는 그곳을 향하여.

수문사가 웃음을 띠었다.

"저이는 이제 '하는 것'을 끝냈군. 이제 고향으로 돌아가는 거요."

그리고 그들은 용이 햇빛과 바다 사이로 날아가 시야에서 사라지는 것을 보았다.

＊

「게드의 위업」에서는 대현자였던 그가 세계의 심장인 해브너 '검의 탑'에서 거행된 '모든 섬의 왕'의 대관식에 갔다고 전한다. 노래에서는 대관식이 끝나고 축제가 시작되자 그가 사람들을 떠나 홀로 해브너 항구로 내려갔다고 한다. 거기 물 위에 배가 한 척 떠 있었다. 여러 해 동안 비바람과 폭풍우에 닳은 그 배는 돛도 없고 텅 빈 채였다. 게드가 "멀리보기야." 하고 이름을 부르자 배가 그에게 왔다. 게드는 부두에서 배 안으로 건너가 육지에 등을 돌렸고, 바람도 돛도 노도 없이 배는 움직여 갔다. 배는 그를 싣고 부두를 떠나고 항구를 벗어나 섬들 사이를 지나 서쪽으로, 서쪽으로 바다를 건너 나아갔으며, 그 뒤의 일은 전한 바 없다고 한다.

하지만 곤트 섬에서 전하는 이야기는 다르다. 대관식에 부르려고 게드를 찾은 이는 젊은 왕 레반넨이었다는 것이다. 하지만 곤트 항에서도 르 알비에서도 그를 찾지 못했다. 아무도 그가 어디에 있는지 알려줄 수 없었다. 그저 걸어서 산의 숲 속에 들어갔다고 이야기할 뿐이었다. 사람들은 그가 종종 그렇게 집을 떠나서 몇 달이고 돌아오지 않는다고 했다. 그가 홀로 걷는 길들은 아무도 알지 못했다. 몇몇이 그를 찾아 주겠다고 나섰지만 왕은 그러지 못하게 했다.

"그분은 내가 다스리는 것보다 더 큰 왕국을 다스리신다."

그러고는 산을 떠나 배를 타고서 왕관을 쓰기 위하여 해브너로 돌아갔다.

© 1991 by MARIAN WOOD KOLISCH

어슐러 르 귄 Ursula K. Le Guin

어슐러 르 귄은 1929년 미국 캘리포니아 주 버클리에서 태어났다. 아버지 알프레드 크뢰버는 북미 인디언 연구에 헌신한 저명한 인류학자였으며 어머니 테오도라 크뢰버는 아동 문학가로 『마지막 인디언Ishi in Two Worlds』 등의 작품을 남겼다. 르 귄은 래드클리프 대학을 졸업하고 컬럼비아 대학원에서 중세 불문학 석사 학위를 받은 후 풀브라이트 장학생으로 파리에서 체류하는 동안 역사학자 찰스 르 귄을 만나 결혼했으며, 현재 미국 오리건 주의 포틀랜드에 살고 있다. 세계3대 판타지 소설로 손꼽히는 대표작 어스시 시리즈는 전 세계 수백만 독자들의 사랑을 받으며 전미 도서상 등 유수의 문학상들을 수상하였고, 과학 소설 『빼앗긴 자들』, 『어둠의 왼손』 등은 발표 당시 네뷸러 상과 휴고 상을 동시에 휩쓸었다.

최준영

연세대학교 사회복지학과를 졸업하고 다년간 전문 편집자로 일했다. 옮긴 책으로 『어스시』 전집 외에 론 허버드 『투 더 스타』가 있다.

이지연

서울여자대학교 식품과학과를 졸업했다. 로즈마리 서트클리프의 『태양의 전사』를 비롯하여 『복제 인간 사냥꾼』, 『손바닥 동화』 등을 우리말로 옮겼다.

어스시 전집 제3권

머나먼 바닷가

1판 1쇄 펴냄 2004년 11월 25일
1판 2쇄 펴냄 2005년 12월 30일
2판 1쇄 펴냄 2006년 7월 14일
2판 16쇄 펴냄 2022년 8월 8일

지은이 | 어슐러 르 귄
옮긴이 | 최준영 · 이지연
발행인 | 박근섭
편집인 | 김준혁
펴낸곳 | 황금가지

출판등록 | 2009. 10. 8 (제2009-000273호)
주소 | 06027 서울 강남구 도산대로 1길 62 강남출판문화센터 5층
전화 | **영업부** 515-2000 **편집부** 3446-8774 **팩시밀리** 515-2007
홈페이지 | www.goldenbough.co.kr

도서 파본 등의 이유로 반송이 필요할 경우에는 구매처에서 교환하시고
출판사 교환이 필요할 경우에는 아래 주소로 반송 사유를 적어 도서와 함께 보내주세요.
06027 서울 강남구 도산대로 1길 62 강남출판문화센터 6층 민음인 마케팅부

ⓒ황금가지, 2004, 2006. Printed in Seoul, Korea

ISBN 978-89-8273-193-8 04840 (3권)
ISBN 978-89-8273-197-0 (set)

㈜민음인은 민음사 출판 그룹의 자회사입니다.
황금가지는 ㈜민음인의 픽션 전문 출간 브랜드입니다.